Edgar Wallace im Goldmann Verlag

1922 wird der Goldmann Verlag in Leipzig gegründet.

1926 veröffentlicht Goldmann die beiden ersten ins Deutsche übersetzten Kriminalromane des schon weltbekannten Edgar Wallace. Und nur ein Jahr später, nach der sensationellen Uraufführung von »Der Hexer« am Deutschen Theater in Berlin (Regie: Max Reinhardt), bricht das Wallace-Fieber aus. Goldmann hat damit eine neue Literaturgattung in Deutschland etabliert: den Kriminalroman.

1932 stirbt Edgar Wallace in Hollywood. Als der Sarg nach England überführt wird, ist im Hafen von Southampton halbmast geflaggt und in Londons legendärer Zeitungsstraße, der Fleetstreet, läuten die Glocken: Großbritannien erweist seinem berühmten Sohn die letzte Ehre.

1952 kommen die ersten Goldmann Taschenbücher auf den Markt. In der Reihe Goldmann Rote Krimi erscheinen im Laufe der nächsten drei Jahrzehnte sämtliche Kriminalromane von Edgar Wallace mit überwältigendem Erfolg. Über 40 Millionen Exemplare haben von 1926 bis heute ihre Leser gefunden. Und allein in Deutschland wurden 30 Kriminalromane von Edgar Wallace verfilmt.

1982 erscheinen zum 50. Todestag alle 82 Kriminalromane in einer einmaligen Sonderausgabe und ein Edgar Wallace-Almanach.

EDGAR WALLACE

Hands up

HANDS UP!

Kriminalroman

Wilhelm Goldmann Verlag

Aus dem Englischen übertragen
von Tony Westermayr

Herausgegeben von Friedrich A. Hofschuster

Gesamtauflage: 404 000

Made in Germany · 1/82 · 16. Auflage

Umschlagentwurf: Atelier Adolf & Angelika Bachmann, München
Umschlagfoto: Richard Canntown, Stuttgart
Druck: Mohndruck Graphische Betriebe GmbH, Gütersloh
Krimi 0013
Lektorat: Friedrich A. Hofschuster · Herstellung: Peter Sturm
ISBN 3-442-00013-0

1

»Du willst ihn also wirklich heiraten, Margaret?«

Rex Leferres Stimme klang so erregt, daß ihn seine Schwester erstaunt ansah. Für einen Augenblick vergaß sie den Ärger über ihren unpünktlichen Verlobten.

»Was meinst du denn damit?« fragte sie. »Soll ich meine Verlobung lösen, nur weil Luke ein schlechter Gastgeber ist und uns zehn Minuten warten läßt?«

Sie befanden sich im Wintergarten des Ritz-Carlton-Hotels, und die übrigen Gäste waren anscheinend so sehr in die Unterhaltung vertieft, daß sie Lukes schlechtes Benehmen nicht bemerkten.

Sie stand mit dem jungen Mann in der Nähe der Tür, und kein Fremder hätte sie für Geschwister gehalten. Rex hatte rote Haare und ein kleines Kinn. Von Zeit zu Zeit fingerte er nervös an seiner Smokingschleife.

Margaret Leferre hatte die Haltung einer großen Dame. Hellhäutig, makellose Züge, graue Augen – das Muster würdevoller Kühle. Sie hatte sich dem Modediktat, das kurzes Haar vorschrieb, nicht unterworfen. Die hochgetürmten Flechten erweckten den Eindruck, als trüge sie eine Krone aus stumpfem Gold.

»Ich weiß nicht recht ...« Rex besah sich nervös seine Fingernägel. »Luke ist ja in mancher Beziehung ein guter Kerl. Allerdings ein Knauser –«

»Wieso ein Knauser?« fragte sie und sah ihn fest an.

»Nun – ich meine – er ist mit seinem Geld nicht gerade besonders großzügig. Er gibt zwar anständige Trinkgelder und so weiter, aber irgendwie ist es mir nie gelungen, rechtzeitig einzusteigen ... natürlich war das mein eigener Fehler.«

Er versuchte, ihrem Blick auszuweichen, aber sie ließ nicht locker.

»Hast du dir schon wieder Geld geborgt?« fragte sie, und er scharrte verlegen mit den Füßen.

»Nein – Unsinn! Danty und ich hatten nur einen Plan ...«

Sie sah sich um. Irgendwie spürte sie, daß Danton Morell sie aus seinen dunklen Augen beobachtete. Danton war ein netter Kerl, und sie verließ sich sehr auf seinen Rat. Er schien zu bemerken, daß irgend etwas nicht stimmte, und kam herüber.

»Ach, sei doch endlich still, Margaret, sprich nicht mit Morell darüber – wenn du mir eine Szene machst . . .«

Rex zuckte die Achseln und entfernte sich, als Danty herantrat.

Danty lächelte amüsiert. Er war ungefähr vierzig, ein gutaussehender, lebenslustiger Junggeselle. Sie hatte ihn durch Rex kennengelernt.

»Nein, ich glaube nicht, daß er Schulden gemacht hat – Rex ist ein unvorsichtiger Junge, der noch die nächsten zehn Jahre pleite sein wird. Aber wenn er sich die Hörner abgestoßen hat, wird er viel Erfolg haben – Ihr junger Mann ist schon reichlich unpünktlich.«

Sie wußte schon seit langem, daß er Luke Maddison nicht mochte. Luke kann aber auch manchmal ein Pedant sein, dachte sie. Er war mit fast allen berühmten Familien Englands verwandt oder zumindest bekannt. Nur einmal hatte er verächtlich von Danton gesprochen.

»Woher kommt er denn eigentlich? Ich habe nie von ihm gehört«, hatte er gesagt.

Sie hätte ihm erwidern können, daß Danton viele Jahre in Argentinien zugebracht hatte, aber die Entrüstung über den Ton, in dem er von einem Freund ihres Bruders sprach, war zu groß gewesen. Und dann hatte Luke nur noch alles schlimmer gemacht.

»Er ist ein komischer Vogel. Ich wäre nicht überrascht, wenn er zu diesen langfingerigen Leuten gehörte, die bei der Polizei bestens bekannt sind. Man müßte nur einmal Erkundigungen einziehen.«

»Bitte. Tu dir keinen Zwang an«, hatte sie eisig erwidert.

Dieses unerquickliche Gespräch war allerdings vor der Verlobung geführt worden.

Während sie Danton zuhörte, blickte sie geistesabwesend auf den Brillantring, den ihr Luke zur Verlobung geschenkt hatte.

»... Rex ist flatterhaft und ein bißchen labil – manchmal kann er Maddison nicht genug herabsetzen. Manchmal aber auch nicht genug loben ... Aha, hier ist ja unser Gastgeber!«

Luke Maddison ging mit langen Schritten durch die Hotelhalle. Er zog den Mantel aus, nahm den Hut ab, warf beides einem Hoteldiener zu und wollte den Wintergarten betreten. In diesem Augenblick glitt er auf dem Marmorfußboden aus. Er wäre höchst unsanft hingefallen, wenn ihn nicht plötzlich eine Hand am Arm festgehalten hätte.

Der Mann, der Luke vor dem Sturz bewahrte, mußte ungewöhnlich stark sein, weil er Maddison buchstäblich mit einer Hand wieder auf die Beine half. Luke drehte sich um und starrte in ein markantes, braungebranntes Gesicht.

»Vielen herzlichen Dank!« – Der Fremde nickte.

»Der Sturz hätte übel ausgehen können. Ich bin Ihnen sehr verbunden!«

»Keine Ursache«, sagte der Unbekannte.

Er trug einen eleganten erstklassig geschneiderten Smoking. Maddison sah Furchen im Gesicht des Fremden, die nicht auf natürlichem Wege zustande gekommen waren. Er konnte nicht wissen, daß die beiden Narben auf der rechten Wange des Unbekannten von einer Begegnung mit dem berüchtigten Lew Selinski aus New York herrührten.

»Ich bin froh, daß ich hier war. Glücklicherweise warte ich immer in der Halle, wenn ich Bekannte zum Essen treffe. Guten Abend!«

Er wandte sich ab, als sei es ihm unangenehm, die Aufmerksamkeit auf sich gelenkt zu haben, und Luke betrat den Wintergarten.

Luke Maddison sah das Leben als ein wirres Durcheinander sich überschneidender und parallellaufender Pfade. Wenn er sich täuschte, dann in dem Glauben, daß sein Leben auf einer geraden Straße verlief, zu der alle anderen Wege führten.

Acht Generationen gebildeter, vornehmer Bankiers waren für seinen Reichtum und seine markante Erscheinung verantwortlich.

Er war groß, schlank und blauäugig. Großzügigkeit und Idealismus ließen ihn Risiken eingehen, vor denen seine etwas konservativeren Freunde zurückgeschreckt wären. Aber jemand hatte einmal zu Recht gesagt, daß man mit einer halben Million in mündelsicheren Papieren als Rückhalt schon ein Risiko eingehen könne.

›Gunner‹ Haynes, dessen starker Arm Luke Maddison vor einem gebrochenen Handgelenk oder Schlimmerem bewahrt hatte, besaß dagegen kein nennenswertes Vermögen. Seine Aktivposten bestanden vorwiegend aus einem eleganten Abendanzug, einer kultivierten Stimme und perfekten Manieren, die das Handikap, das sein schmales, dunkles, etwas unheimlich wirkendes Gesicht darstellte, bei weitem überwogen. Wo er wohnte, wußte niemand, aber man konnte ihn stets in denjenigen Luxushotels antreffen, wo er noch nicht als äußerst geschickter Juwelendieb bekannt war.

Den Namen ›Gunner‹ hatte er wegen gewisser Ereignisse in New York erhalten. Man behauptete, ohne es allerdings beweisen zu können, daß er Lew Selinski, den berüchtigten Bandenchef, umgelegt und sich nach einem Feuergefecht mit Lews Kumpanen auf einem Frachtdampfer in Sicherheit gebracht hatte, bevor die Polizei zugreifen konnte.

In England hatte man ihn niemals mit einer Pistole gesehen, aber die Kriminalbeamten, die ihn ein Jahr nach seiner Rückkehr verhafteten, kamen bewaffnet, weil sie darauf warteten, daß er sich mit der Waffe verteidigen würde.

Als er vor Gericht gestellt wurde, standen ihm weder seine hübsche Frau noch sein bester Freund, Larry Vinman, bei. Larry war ein junger, gutaussehender, vertrauenerweckender Schwindler.

Es mochte plausible Gründe gegeben haben, warum Larry es vorzog, bei Gericht nicht zu erscheinen; es gab jedoch keinen Grund, warum Lila weder schrieb noch irgend etwas unternahm. Ihr Vermögen betrug über tausend Pfund. Man hätte einen erstklassigen Rechtsanwalt beauftragen können. Aber als der Gunner sie zu sehen verlangte, hatte sie seine Wohnung mit unbekanntem Ziel verlassen. Er sah sie nie wieder. Wenige Mo-

nate vor seiner Entlassung aus dem Gefängnis erfuhr er, daß sie in der Krankenabteilung eines Arbeitshauses gestorben war.

Der Gunner hatte damals grimmig gelächelt. Er lächelte immer, wenn ihm etwas weh tat.

Er kam also aus dem Gefängnis und nach geraumer Zeit ins Ritz-Carlton-Hotel, wo Mister Luke Maddison seine Verlobung feierte. Luke war ihm unbekannt. Der Anlaß für die Anwesenheit des Gunners war eine Schmuckkassette, die eine reiche amerikanische Dame tagsüber im Hotelsafe, zwischen neun Uhr abends und ein Uhr nachts jedoch in ihrem Schlafzimmer aufbewahrte. Gunner Haynes hatte ein Zimmer im selben Stockwerk gemietet . . .

»Es tut mir wirklich außerordentlich leid«, sagte Luke nicht zum erstenmal während des Abendessens. »Mein Wagen stieß mit einer Taxe zusammen – der Taxichauffeur trug die Schuld –, und ein Polizist schrieb alles fein säuberlich in sein kleines Büchlein! Ich möchte nur wissen, warum man den Kerlen nicht das Stenografieren beibringt!«

»Es macht wirklich nichts, mein Lieber.«

Margarets Stimme klang etwas müde. Heute abend ging eben alles schief. Selbst Danty schien sich über etwas Sorgen zu machen. Luke war unpünktlich gewesen, und dann hatte er auch noch wilde Bewegungen vollführt und war nur durch den starken Arm eines fremden Herrn vor einem Sturz bewahrt worden. Was hatte eigentlich Danty so verstört? Sie hatte gesehen, wie er leichenblaß geworden war, als Luke das Hotel betreten hatte. Rex saß schweigsam und mürrisch am Tisch, ohne Lady Revellson zu beachten, die neben ihm saß. Und Luke hatte darauf bestanden, neben seiner Verlobten zu sitzen, obwohl sie vorher die Tischordnung genau festgelegt hatte.

»Wenn dieser Mann nicht unmittelbar neben mir gewesen wäre, hätte ich mir irgend etwas gebrochen . . . Es schneit draußen, und ich muß einen Eisklumpen an der Schuhsohle gehabt haben – das letzte Stück ging ich zu Fuß. Am Piccadilly Circus geriet der Wagen in eine Verkehrsstockung . . .«

»Wie sah er denn aus?« Dantons Stimme klang etwas heiser.

»Wer – der Mann, der mich vor dem Sturz bewahrte?« Als Danton nickte, fuhr Luke fort: »Ein dunkler Typ – ich hielt ihn für einen Deutschen ... zwei Narben an der rechten Wange – vielleicht Schmisse. Ich kann mich erinnern, daß ich an der Universität in Bonn ...«

Danton hörte nicht mehr zu. Zwei Narben an der rechten Wange! Dann hatte er sich nicht getäuscht. Die Frage war nur, ob ihn der Gunner erkannt hatte. Seit der letzten Begegnung waren sieben Jahre vergangen – Danton hatte damals keinen Schnurrbart getragen, auch sein Haar war heller gewesen. Lila Haynes hatte ihn damals liebevoll ihren ›goldhaarigen Jungen‹ genannt. Jetzt stimmte seine Erscheinung nicht mehr mit dem Steckbrief Larry Vinmans überein. Lange nachdem er Lila Haynes verlassen hatte, war diese Veränderung notwendig geworden.

Gunner Haynes! Danton atmete etwas schneller. Ein kalter Schauer lief ihm über den Rücken. Angenommen, er hatte seinen alten Freund wiedererkannt ... Angenommen, er trug eine Pistole bei sich ... Angenommen, er wartete draußen in der Halle ...

Danty wischte sich die Schweißtropfen von der Stirn und stand auf.

»Ich muß noch telefonieren ...« murmelte er, als er an Margaret Leferre vorbeiging.

Er ging die breite Treppe zum Wintergarten hinunter. Der Gunner war nicht da. Er betrat die Hotelhalle – leer. Auf der gegenüberliegenden Seite, zur Pall Mall hinaus, gab es ein zweites Foyer. Danton wandte sich dorthin.

Plötzlich blieb er stehen. Der Gunner betrat gerade den Lift und wandte sich Morell im Halbprofil zu.

Keine Frage ... er war es. Gunner Haynes! Die Aufzugtür schloß sich hinter ihm. Danton sah sich um. Sein Blick fiel auf den unauffälligen Mann, der neben der Drehtür stand.

»Sie sind doch der Hoteldetektiv, nicht wahr?« fragte er.

»Jawohl, Sir – haben Sie irgendeine Beschwerde?«

»Wie heißt der Herr, der eben den Lift betrat?«

Der Detektiv nannte einen Namen, den der Gunner häufig benützte, und Mr. Morell lachte.

»Wissen Sie, wer das in Wirklichkeit ist? Gunner Haynes. Er hat es auf Schmuck abgesehen. Zimmer 986? Rufen Sie Scotland Yard an – man wird ihn sofort unter die Lupe nehmen. Aber nennen Sie meinen Namen nicht, verstanden?«

Er wartete, bis der Hoteldetektiv in der Telefonzelle verschwunden war, dann kehrte er befriedigt zu seinen Freunden zurück.

Er konnte diese Geschichte nicht für sich behalten. Außerdem konnte er dadurch die Aufmerksamkeit der ganzen Tafelrunde für sich beanspruchen.

»Er hat ein Zimmer hier, Nr. 986. Ich kenne den Kerl – ich war mit einem Staatsanwalt in New York sehr gut bekannt, und er zeigte mir sein Bild. Einer der gefährlichsten Gangster. Hoffentlich gibt es keine Unannehmlichkeiten ... Ich erkannte ihn sofort, aber ich wollte sichergehen.«

»Was haben Sie getan?« fragte Luke besorgt. Er war etwas weichherzig, wie Danty wohl wußte.

»Natürlich verständigte ich den Hoteldetektiv – er telefoniert eben mit Scotland Yard.«

Luke Maddison seufzte. »Armer Teufel!« sagte er.

Margaret schüttelte hilflos den Kopf.

»Sie haben Luke den Abend verdorben«, sagte sie sarkastisch.

»Gar nicht, nur – Ihr entschuldigt mich wohl einen Augenblick?« meinte Luke und war verschwunden, ehe Margaret etwas einwenden konnte.

»Das paßt sehr gut zu Luke und zu dem verpatzten Abend«, sagte sie.

»Wohin geht er denn?« fragte Danty.

Sie zuckte die Achseln. »Was wird er tun? Eine Kaution stellen? Ihm Geld fürs Frühstück geben – irgend etwas besonders Menschenfreundliches«, erwiderte sie.

Luke eilte in das Foyer und betrat den Aufzug.

»Wo ist Nr. 986?« erkundigte er sich, als der Aufzug nach oben schwebte.

Der Liftboy hielt im vierten Stock und deutete auf eine Tür.

Luke Maddison zögerte nur eine Sekunde, dann drückte er die Klinke nach unten und betrat das Zimmer.

Ein Mann stand am Fenster, mit dem Rücken zur Tür.

»Nun, Sir?«

Er sah sich nicht um, und Luke erkannte, daß er mit Hilfe eines Spiegels, der auf dem Tisch stand, beobachtet wurde. Luke schloß die Tür.

»Wenn Sie Gunner Haynes sind, rate ich Ihnen zu verschwinden«, sagte er. »Wenn nicht, habe ich mich zu entschuldigen.«

Haynes drehte sich um.

»Oh . . .«, sagte er. »Ich bin Ihnen sehr verbunden.«

»Haben Sie Geld?«

Haynes schwieg eine Weile, dann meinte er: »Ja – ich habe alles, was ich brauche, vielen Dank.« Der Gunner lächelte. »Vielen Dank – ich glaube, ich verstehe. Ich bin mir nicht ganz sicher gewesen, ob es Larry war. Macht nur große Jobs, wie?«

Maddison verstand kein Wort. Er sah, wie der Gunner einen Mantel über den Arm warf, dann wurde die Tür aufgerissen. Drei Männer kamen herein. Der längste von ihnen sagte: »'n Abend, Gunner!«

Der Gunner nickte.

»Na, Sparrow – Sie sehen immer noch recht gut aus!«

Der lange Mann lachte. »Nicht wahr?« Er tastete den Gunner ab. »Haben Sie ein Schießeisen?« fragte er freundlich. »Nein, Sir.« Der Gunner lächelte immer noch. »Das Märchen, daß ich eine Waffe bei mir trage, ist weit verbreitet.«

Der Kriminalbeamte legte seinem Gefangenen Handschellen an, dann warf er Luke einen Blick zu.

»Hat dieser Mann irgend etwas, das Ihnen gehört, Mr. Maddison?« fragte er.

Luke vermerkte erstaunt, daß ihn der Kriminalbeamte kannte.

»Nein – bedauerlicherweise«, erwiderte er.

»Mr. Maddison – ich werde mir den Namen merken«, sagte der Gunner und nickte Luke freundlich zu, als er aus dem Zimmer geführt wurde.

»Armer Teufel!« sagte Luke Maddison zum zweitenmal an diesem Abend und kehrte zu seinem Tisch zurück.

Margaret Leferre akzeptierte seine Entschuldigung diesmal nicht, und als er ihr erzählte, wo er gewesen war, wurde sie so blaß wie Danty Morell.

Es dauerte drei Wochen, bis dieser Zwist endgültig beigelegt war.

2

Auf den Sturm, der über London hinwegfegte, waren zumindest zwei Menschen nicht vorbereitet. Luke Maddison befand sich in Hochstimmung. Margaret hatte ihm verziehen. Die Hochzeit sollte in aller Stille stattfinden. Erst vor wenigen Minuten hatte er ein Zugabteil reservieren lassen.

Die Blumenverkäuferin schob den Traggurt ihres Korbes auf die andere Schulter und sah bedrückt auf das dichte Schneetreiben hinaus. Man konnte kaum noch die andere Straßenseite erkennen.

Schnee bedeckte die Veilchen in ihrem Korb, die Feuchtigkeit drang durch den dünnen Schal, den sie um die Schultern gelegt hatte, und als sie Zuflucht unter dem Portal einer Bank suchte, trieb ihr der Wind die Schneeflocken ins Gesicht. Zwei Männer eilten an ihr vorbei in die Bank. Sie bot automatisch einen Strauß an. Der jüngere der beiden übersah sie, der andere mit dem schmalen Schnurrbart warf ihr einen schnellen, abschätzenden Blick zu und blieb stehen.

»Tag, Kleine – viel zu tun?«

Sie gab keine Antwort. Er zögerte einen Augenblick, dann öffnete sich die Tür, und der junge Mann rief ihn ungeduldig herein. In diesem Augenblick kam Luke Maddison die Straße herauf. Er trug keinen Mantel. Auf seinen Schultern lag Schnee.

Aus dem Augenwinkel sah er das Mädchen in einer Ecke des Portals zittern. Er trat zu ihr. »Sie sehen ja ganz durchfroren aus! Ich möchte eine Blume, und Sie sollen ein Geschenk haben, dann verlieren wir uns aus den Augen, ohne einander nochmals zu begegnen.«

Er nahm einen Geldschein aus der Tasche und ließ ihn lachend

vor ihren Augen hin und her baumeln. Aber dann erschrak er ein wenig.

Sie war hübsch – was Blumenverkäuferinnen, soweit sie nicht in Musicals auftreten, bekanntlich nicht sind.

Dabei war sie ärmlich gekleidet. Ihre ganze Erscheinung bewies, daß es ihr nicht gut ging.

»Hier haben wir etwas Besseres«, sagte er.

Er steckte den Schein in die Tasche und nahm einen anderen heraus. Er kritzelte etwas auf die Rückseite der Banknote.

»Das ist die Anschrift meiner Firma – wenn man Ihnen beim Einwechseln Schwierigkeiten macht, verweisen Sie die Leute an mich.«

Sie sagte nichts, starrte nur den Schein in ihren Händen an. Hundert Pfund! Als sie aufsah, war der Geber verschwunden.

Die Schwingtüren der Bank öffneten sich, und die beiden Männer kamen heraus. Sie knüllte den Schein zusammen, erstaunt, verwirrt und in gewisser Beziehung enttäuscht. Ihr Blick fiel auf das Gesicht des jungen Mannes. Es war leichenblaß.

»Um Himmels willen ... Das ging verdammt knapp, Danty – was hätten wir getan, wenn er hereingekommen wäre –«

»Halt den Mund, du Narr!«

Danty warf dem Blumenmädchen einen Blick zu. Sie schien mit ihren Blumen beschäftigt.

»Aber wenn er ... Er wollte doch wegfahren.«

Der junge Mann war sehr erregt. Danty suchte die Straße nach einer Taxe ab. Wieder blieb sein Blick an der Blumenverkäuferin haften. Sie war hübsch, aber ihr Gesicht hatte im Augenblick einen etwas geistesabwesenden Ausdruck. Sie ist sicher mehr an ihren Blumen als an unserem Gespräch interessiert, dachte er.

»Jetzt hör mal, Rex – du brauchst dir nicht den Kopf zu zerbrechen, du hättest einfach erklären können, daß Margaret ...« Seine Stimme wurde leiser. Das Mädchen hörte nur mehrmals die Worte ›Vertrag‹ und ›Konto‹. Zweimal fielen auch die Namen ›Margaret‹ und ›Luke‹.

»... schon regeln, keine Angst!« Danty klopfte dem anderen auf die Schulter. »Hier ist eine Taxe!«

Der jüngere Mann winkte und lief auf die Straße. Der andere schlenderte langsam an dem Blumenmädchen vorbei und legte etwas in den Korb – eine Visitenkarte.

»Besuchen Sie mich heut abend um neun«, murmelte er.

Sie nahm die Karte und zerriß sie, nachdem sie den Namen gelesen hatte.

Mr. Danton Morell war sichtlich verärgert, als er zu seinem Freund in die Taxe stieg. Dann sah die Blumenverkäuferin eine große Gestalt auftauchen, und instinktiv wußte sie, daß der Mann sie anreden würde.

Er war groß, breitschultrig, massiv.

Er ging langsam durch das Schneetreiben, die Hände auf dem Rücken, den Hut in den Nacken geschoben, eine Zigarre zwischen den Zähnen. Er blieb vor der Blumenverkäuferin stehen und sah auf sie hinab. Dann sagte er mit dröhnender Stimme: »Sie sind kein Kind der Armen!«

Er brachte das so freundlich und humorvoll heraus, daß sie lachen mußte.

»Aber auch kein Übeltäter«, meinte sie ernsthaft, und er lächelte erfreut.

»Sie sind der erste Mensch, der mir die richtige Antwort gibt«, sagte er. »Noch eine Frage – wo sind diese Worte eingemeißelt?«

»Über dem Eingang zum Old-Bailey-Gerichtsgebäude – die ›Kinder der Armen zu schützen und den Übeltäter zu bestrafen‹.«

Er nickte.

»Gewonnen. Aber es geht noch weiter. Wer und was bin ich? Für die richtige Antwort gibt es eine Tüte Erdnüsse und freien Eintritt in den Tierpark.«

Sie lachte ihn an. »Sie sind Kriminalinspektor Horace Bird – man nennt Sie: The Sparrow – den Sperling.«

Er grinste. »Gut getroffen! Jetzt bin ich dran. Sie heißen Mary Bolford, Sie sind Reporterin beim ›Daily Post Herald‹, und Sie möchten einen Artikel schreiben, der den Titel ›Ein Tag im Leben einer Blumenverkäuferin‹ tragen soll. Leugnen Sie nicht! Ihr Redakteur hat mich vor einer Stunde gebeten, ein bißchen auf Sie aufzupassen. Was sagen Sie zu meinem Scharfsinn? Kommen

Sie, trinken wir eine Tasse Tee miteinander, und ich erzähle Ihnen meine Lebensgeschichte.«

Er schob die Zigarre in den anderen Mundwinkel, nahm ihr den Korb ab, und gemeinsam stapften sie durch den Schnee, die St. James's Street entlang. Mehrere Fußgänger drehten sich um und starrten dem massiven Mann verwundert nach, der einen Korb voll Veilchen unter dem Arm trug.

»Dieser Einfall wird Ihnen noch leid tun«, dröhnte er. »Durch und durch naß, wie? Hoffentlich sind Sie warm angezogen. – Guten Tag, Tom.« Er hielt einen Mann an, der schnell an ihm vorbeihuschen wollte.

»Guten Morgen, Mr. Bird – ziemlich kalt, nicht wahr?«

»Sei hübsch vorsichtig, Tom, sonst verschaff' ich dir ein warmes Zimmer – mit einem hübschen Gitter vor dem Fenster!«

»Schrecklich!« murmelte sie, als der Mann davonhastete.

»Muß sein«, meinte er zufrieden. »Es ist die einzige Sprache, die sie verstehen – hier herein, Miss Bolford.«

Sie betraten das Lokal, und Mary Bolford seufzte zufrieden.

»Bestellen Sie, was Sie wollen, bis zu fünf Shilling«, meinte der Sparrow. »Sie werden mich entschuldigen, wenn ich nach dem zehnten Stück Kuchen Schluß mache, ich war nämlich erst beim Essen.«

Er schien den übrigen Gästen keine Aufmerksamkeit zu schenken, aber dann sagte er: »Dieser Kerl da drüben in der Ecke ist Sam Larber, der Schwindler. Bei diesem Wetter geht das Geschäft schlecht. Das Mädchen neben ihm ist Lisa Keane. Sehen Sie den kahlköpfigen jungen Mann, der sich hinter der Zeitung verstecken will? Ich hab' ihm neun Monate verschafft, weil er Autos geklaut hat – ich meine gestohlen.«

»Was halten Sie davon?«

Sie glättete ein zerknülltes Stück Papier und legte es auf die marmorne Tischplatte. »Ich halte von Hundertpfundnoten nichts, ich träume von ihnen«, sagte er, dann fügte er hinzu: »Das kommt davon, weil er heiratet. Ich hab' gesehen, wie er Ihnen den Schein vor die Nase hielt, und ich war ein bißchen enttäuscht. Ich hielt Mr. Maddison immer für einen anständigen Menschen. Aber plötzlich wußte ich, was los war.«

Ihre weibliche Neugier gewann die Oberhand. »Wen heiratet er denn?« fragte sie.

»Eine Dame. Das war übrigens ihr Bruder, der sich da mit einem anderen Herrn vor der Bank unterhielt. Danty! Rex hat Schulden noch und noch. Die Buchmacher überlegen sich schon, ob sie nicht eine Lebensversicherung für ihn abschließen sollen – sie wollen ihr sicheres Einkommen nicht gerne verlieren. Er ist bekannt dafür, daß man ihm leicht Geld abnehmen kann – das Geld anderer Leute. Ist das jetzt Verleumdung oder Beleidigung?«

»Beides – wenn ich es in die Zeitung brächte«, meinte sie.

Die Bedienung brachte den heißen Tee. Mr. Bird verzehrte mit großer Ernsthaftigkeit ein Törtchen nach dem andern.

»Ich bin ja auch ziemlich groß«, erklärte er. »Diese Törtchen sind eine Art Rauschgift für mich. Nach einem Dutzend vergesse ich meine ganzen Sorgen. Nach zwanzig Stück bekomme ich einen Wutanfall.«

Glücklicherweise ließ er es bei sieben Stück bewenden.

»Was soll ich mit diesen hundert Pfund anfangen?« fragte sie. »Ich komm' mir vor, als hätte ich mir das Geld unter Vortäuschung falscher Tatsachen erschlichen!«

»In einem Modegeschäft in der Bond Street hab' ich ein paar hübsche Abendkleider gesehen«, meinte er.

»Wer ist Danty?« unterbrach sie ihn. »Danton Morell? Er hat mir seine Visitenkarte gegeben.«

Mr. Bird nickte. »Das sieht ihm ähnlich. ›Kommen Sie doch abends mal bei mir vorbei.‹ Aber Danty ist ein schlauer Bursche. Eines Tages kriege ich ihn schon, dann kann er sich nach einem neuen Kopf umsehen.«

Er begann von den Menschen zu erzählen, mit denen er tagein – tagaus zu tun hatte.

»Sie machen wohl immer wieder neue Erfahrungen?« fragte sie.

Mr. Bird seufzte. »Ich glaube, ich weiß alles, was man über Gauner wissen kann«, sagte er.

Aber er täuschte sich.

*

Noch in dieser Nacht rief man ihn zur Brook Street 342. Unterstützt von Mr. Danton Morell brach er eine Schlafzimmertür auf und fand Rex Leferre. Er lag tot auf dem Boden, ein Revolver neben ihm. Danty bemerkte den mit Bleistift geschriebenen Zettel und ließ ihn schnell in seiner Tasche verschwinden. Eine Stunde später las Margaret Leferre mit leichenblassem Gesicht die Botschaft, die Mr. Bird nicht gesehen hatte.

›Liebste Margaret, es ist aus. Seit Monaten habe ich alles riskiert. Ich unternahm heute einen verzweifelten Schritt auf den Rat von Luke Maddison. Er hat mich ruiniert – er betet das Geld an. Ich bitte dich, vertraue ihm nicht. Verzeih mir! Rex‹

Sie las den Abschiedsbrief immer wieder. Luke Maddison. Der Mann, den sie in einer Woche heiraten sollte.

3

Zwei Tage lang bewegte sich Margaret Leferre in einer unwirklichen Welt. Seltsame Menschen sprachen mit ihr: ein großer breitschultriger Mann, der sich als sehr mitfühlend erwies, der Geschäftsführer einer Bank, der wildes und unverständliches Zeug redete, bis Danty erschien und ihn fortschickte.

Eine furchtbare Tatsache kam ihr immer mehr zum Bewußtsein – Rex hatte sich das Leben genommen, und der Mann, den sie heiraten wollte, der Mann, der dreimal täglich anrief, aber nicht zu ihr vorgelassen wurde, war schuld daran.

Es fiel schwer, die Ansichten über ihn zu ändern, schwerer noch, die gemeine Brutalität zu verstehen, die einen jungen Menschen in den Tod geschickt hatte.

Die Verlobung hatte sich ganz natürlich ergeben. Sie war mit Luke Maddison schon seit ihrer Kindheit befreundet gewesen. Keine Liebe auf den ersten Blick – sie konnte den Tag nicht bestimmen, an dem aus der Zuneigung Liebe geworden war.

Sie erinnerte sich jetzt an all das, was Rex über Luke gesagt hatte – daß er ein Geizkragen sei . . . Sie hatte Luke immer für unglaublich großzügig gehalten. Aber das war die Seite, von der

nur sie ihn kannte – die Männer wußten da sicher besser Bescheid. Sie biß die Zähne zusammen und zwang sich, Danty, der ihr in diesen Tagen sehr nahegekommen war, eine Frage zu stellen. Danty zuckte die Achseln.

»Ich fürchte, es stimmt – Maddison hält zuviel vom Geld. Ich traf ihn kürzlich, und er sagte, es sei doch ein Glück, daß Rex versichert war. Wenn es sich um Gelddinge dreht, wird Maddison fanatisch. Bei Ihnen gibt er sich natürlich anders.« Von diesem Augenblick an begann der Haß gegen den Mann, dessen Namen sie tragen sollte, Gestalt anzunehmen.

»Im Augenblick dürfte Maddison so darauf versessen sein, Sie zu heiraten, daß er sein ganzes Vermögen dafür opfern würde«, fuhr Danty fort. »Ich glaube allen Ernstes, daß er ohne jedes Zögern unterzeichnen würde, wenn Sie ihn bäten, sein Vermögen auf Sie zu übertragen – was bei einem Ehevertrag ja durchaus möglich ist. Er würde es natürlich später bereuen und Sie noch vor Ablauf der Flitterwochen dazu bringen, daß Sie ihm alles wieder überschreiben. Ich frage mich oft, was diese Männer sagen würden, wenn ihre Frauen dieses Ansinnen ablehnten . . .«

Sie starrte an ihm vorbei durchs Fenster.

»Es ist beinahe unglaublich«, sagte sie langsam. »Wenn ich annehmen müßte . . .«

»Daß Maddison das Geld anbetet?« fragte er überrascht. »Du lieber Himmel! Ich könnte Ihnen ein Dutzend Beweise bringen . . .«

Er brachte Beweise, zwar nicht ein Dutzend, aber sie genügten. Dantys Phantasie brauchte nur wenig Anregung.

»Ich kenne einen Mann in Norfolk – er ist einer von Maddisons besten Freunden . . . Maddison saß auf einem Aktienpaket einer Ölgesellschaft, die kurz vor dem Konkurs stand. Eines Abends bat er diesen Mann zum Essen, und nach kurzer Zeit hatte er einem Menschen, der ihm so vertraute wie Sie, Aktien über hunderttausend Pfund angedreht, die völlig wertlos waren. In einem anderen Fall . . .«

Die zweite Lüge kam ihm so glatt von den Lippen wie die erste. Es war alles sehr plump, und bei sachlicher Überlegung hätte er nur verächtlichen Unglauben geerntet. Vor einer Woche

noch hätte ihn Margaret gebeten, sofort ihr Haus zu verlassen. Aber Rex lag im Leichenhaus, und der Untersuchungsrichter hatte bereits zwölf Schiedsrichter bestimmt, die über den klaren Fall zu entscheiden hatten.

Danty sah, wie der rote Mund schmaler wurde . . .

Er hatte einen Diener, mit dem er manchmal zusammenarbeitete. Pi Coles war Falschspieler gewesen, bevor seine Hände durch eine rheumatische Erkrankung die Ausübung dieses Berufes nicht mehr zuließen. Er war klein, schmächtig und vollkommen kahl. Danty vertraute ihm seine geheimsten Gedanken an – ohne jedoch ein Risiko einzugehen, da er stets vermied, Namen zu nennen.

»Es ist wirklich merkwürdig, Pi, wie leicht die meisten Leute auf irgendeine Geschichte hereinfallen. Erinnerst du dich noch daran, als wir beide eine Zelle im Gefängnis Strangeways bewohnten? Scheint kaum acht Jahre her zu sein, und hier befinde ich mich in der besten Gesellschaft, berate Leute, die Hunderttausende besitzen.«

»Du bist immer ein Gentleman gewesen, Larry – immer elegant und vornehm«, meinte Pi schmeichlerisch.

»Vorsicht mit dem ›Larry‹«, sagte Mr. Morell.

Am dritten Tag nach dem Selbstmord Rex Leferres befand sich Danty jedoch nicht in allerbester Stimmung. Am Abend zuvor hatte er von Luke Maddison ein Schreiben erhalten, das sehr unfreundlich abgefaßt gewesen war. Danty wußte nur zu gut, warum ihn Maddison zu sich bat. Er hatte nur gehofft, seine Anwesenheit in jener Bank an dem verschneiten Nachmittag wäre unbemerkt geblieben.

Luke hatte sein Büro in der Pall Mall, was durchaus nicht der Brauch für einen Finanzier war. Aber Maddisons Bank gehörte das Grundstück, auf dem das moderne Gebäude errichtet worden war, seit zweihundert Jahren, und der bescheidene Raum, dessen Fenster auf den Waterloo Place hinausgingen, hatte von Anfang an als Zentralstelle gedient.

Luke saß schon seit acht Uhr in seinem Büro, und hier fand

ihn sein Geschäftsführer. Maddison saß am Schreibtisch, den Kopf in die Hände gestützt, die Briefe ungeöffnet.

Als der Geschäftsführer das Zimmer betrat, schreckte Luke hoch. »Guten Morgen!« sagte er verlegen. »Irgend etwas nicht in Ordnung?«

Nach Ansicht Mr. Stiles war vieles nicht in Ordnung. Er legte ein paar Schriftstücke auf den Schreibtisch und meinte:

»Hier sind vier Vorgänge, die heute abgeschlossen werden müßten, Mr. Maddison. Ich mache mir ziemliche Sorgen deswegen. Bei den Krediten für die Gulanga Oil Company haben wir beträchtliche Verluste erlitten.«

Luke nickte ungeduldig. »Erledigen Sie das«, sagte er. »Keine Nachricht von – von Miss Leferre?«

Das war eine alberne Frage, weil er wußte, daß man jeden Anruf sofort an ihn weitergeben würde.

Mr. Stiles schüttelte bedrückt den Kopf. »Eine unangenehme Geschichte, Sir. Ich habe nicht mit Ihnen darüber gesprochen, weil ich weiß, wie Ihnen zumute ist. Die Northern und Southern Bank hat heute morgen noch einmal wegen des Schecks angerufen. Sie erinnern sich, daß die Unterschrift gestern beanstandet wurde?«

»Ja, ja.« Lukes Stimme klang ungewöhnlich scharf. »Sagen Sie dem Geschäftsführer, daß die Sache in Ordnung geht.«

»Das hab' ich gestern schon getan.« Mr. Stiles schien entschlossen, bei einem Thema zu verweilen, das Maddison äußerst unangenehm war.

In seiner Verzweiflung kam Luke wieder auf das Geschäft mit der Gulanga Oil Company zu sprechen, und zum erstenmal ärgerte ihn Mr. Stiles' väterliche Besorgnis.

»Ich weiß selbstverständlich, Sir, daß die Firma Maddison auf festen Füßen steht, aber wir dürfen unsere Augen nicht vor der Tatsache verschließen, daß wir im letzten halben Jahr erhebliche Verluste hinnehmen mußten, und ich fürchte, daß ich auf Ihre Rücklagen zurückgreifen muß. Persönlich war ich immer der Anschauung, daß wir einen Fehler gemacht haben, als wir nicht an einen Konzern verkauften. Im Privatbankgeschäft ist mir die vorgeschriebene persönliche Sicherheitsleistung zu riskant –«

Glücklicherweise läutete in diesem Augenblick das Telefon. Luke nahm den Hörer ab und lauschte stirnrunzelnd.

»Ja, führen Sie ihn bitte herein.« Er legte den Hörer auf und sagte zu Mr. Stiles: »Bei meiner Unterhaltung mit Mr. Morell wünsche ich nicht gestört zu werden.«

Mr. Stiles verzog den Mund. Er hatte sein ganzes Leben in der Firma Maddison & Sons verbracht, und er hielt es nicht für seine Pflicht, seine Abneigung gegen Mr. Morell zu verbergen.

»Ich kann diesen Kerl nicht leiden, Mr. Maddison. Hoffentlich wollen Sie ihn nicht als Kunden gewinnen?«

Luke schüttelte den Kopf und deutete zur Tür.

Mr. Danton Morell spürte sofort, daß die Atmosphäre äußerst feindselig war. Trotzdem lächelte er gewinnend und legte seinen eleganten Hut auf den Schreibtisch. Luke entging nicht, daß er eine schwarze Krawatte zum Zeichen der Trauer trug, und aus irgendeinem Grund zerrte diese Tatsache noch mehr an seinen Nerven.

»Wollen Sie nicht Platz nehmen?« fragte er brüsk. »Sie waren mit dem armen Rex befreundet?«

Danty neigte leidend den Kopf.

»Ja, ich stand ihm sehr nahe«, sagte er. »Ich glaube, ich habe Ihnen schon erzählt –«

»Standen Sie ihm auch so nahe, daß Sie ihn vor drei Tagen zur Northern und Southern Bank begleiteten, wo er einen Scheck über achtzehntausendfünfhundert Pfund einlöste?« unterbrach ihn Luke.

Danty riß mit gespielter Überraschung die Augen auf. »Aber natürlich«, sagte er. »Rex hatte durch Spekulationen erhebliche Beträge verloren, und ich riet ihm, sich an Sie zu wenden. Ich nahm an, Sie hätten ihm einen Scheck über diesen Betrag ausgestellt –«

»Hat er Ihnen das erzählt?«

»Selbstverständlich. Wieso, war etwas nicht in Ordnung? Ich hab' doch den Scheck selbst gesehen.«

Nach einer Pause fragte Luke: »Haben Sie gesehen, wie er ihn unterschrieben hat?«

Danty wich seinem Blick nicht aus. »Ich fürchte, ich verstehe

nicht ganz, was Sie meinen«, erklärte er gleichmütig. »Ich sah, wie er den Scheck indossierte –«

»Meine Unterschrift war gefälscht. Von mir erhielt Rex keinen Scheck in dieser Höhe. Ich habe Erkundigungen eingezogen. Ich stellte fest, daß er sehr stark an einem konkursreifen westafrikanischen Goldminensyndikat beteiligt war, dessen Aktien Sie vor einem Jahr für ein Butterbrot gekauft hatten. Rex erwarb diese Aktien, und seither ist ihr Wert ständig gesunken. An dem Tag, als er Ihnen den Betrag von achtzehntausendfünfhundert Pfund auszahlte, erreichte ihn eine noch größere Forderung.«

»Ich weiß nicht genau, worauf Sie hinauswollen«, erwiderte Danty. »Meine Beteiligung an der erwähnten Gesellschaft ist sehr gering, und ich war entsetzt, als ich erfuhr, daß Rex mit den Papieren spekuliert hatte. Sie können das jederzeit nachprüfen.«

Luke öffnete die Schreibtischschublade und nahm einen Scheck heraus. Danty betrachtete die Unterschrift immer noch als relativ gute Fälschung. Er hatte das auch Rex bestätigt, als dieser ihm den Scheck brachte.

»Es ist Ihnen klar, was an dem Scheck nicht stimmt?« sagte Luke.

Der andere schüttelte den Kopf. »Wollen Sie etwa andeuten, ich hätte gewußt, daß der Scheck gefälscht ist?« fragte er.

Bevor Luke etwas erwidern konnte, klopfte es. Maddison sah gereizt auf. »Was ist denn?« fragte er. Mr. Stiles steckte den Kopf zur Tür herein. »Entschuldigen Sie die Störung, Mr. Maddison, Mr. Bird von Scotland Yard möchte Sie sprechen.«

Trotz seiner Selbstbeherrschung zuckte Danty zusammen. Nichts war ihm unangenehmer, als mit Bird zusammentreffen zu müssen.

4

Luke überlegte kurz. »Einen Augenblick.«

Er stand auf, ging durch das Zimmer und öffnete die Tür, die auf einen anderen Korridor hinausführte.

»Wir sprechen uns noch wegen dieses Schecks, Mr. Morell«, sagte er.

»Warum nicht jetzt?«

Maddison ignorierte die Herausforderung, denn er spürte, wie unehrlich sie gemeint war.

»Mr. Bird will mich in einer anderen Sache sprechen«, sagte er. »Zu gegebener Zeit unterhalten wir uns dann gemeinsam mit ihm über den Scheck.«

Er schloß die Tür hinter seinem Besucher, als der Sparrow durch die andere Tür hereingeführt wurde. Mr. Bird sah sich langsam in dem Zimmer um. Er schien enttäuscht – als hätte er erwartet, irgend jemanden hier zu finden.

»Besuch gehabt, Mr. Maddison? Ich dachte, ich hätte jemanden gesehen, als ich draußen auf der Straße wartete.«

Luke nickte. »Mr. Danton Morell«, sagte er. »Kennen Sie ihn?«

Mr. Bird lächelte. »Wie man den Oberbürgermeister kennt – aus geziemender Entfernung. Ich bin ein bescheidener Mensch. Ich dränge mich nie in die gute Gesellschaft. Ich besitze seit siebzehn Jahren einen Smoking und trage ihn jährlich zweimal – einmal zum Bankett der Polizeibeamten und das zweitemal, damit sich die Motten erkälten.«

»Wissen Sie irgend etwas über Mr. Morell?«

Der Sparrow grinste. »Den Namen und seine Anschrift – mehr will ich gar nicht wissen. – Schlimme Geschichte mit dem jungen Leferre, Mr. Maddison. Sie wollen in dem Fall sicher nicht genannt werden, nehme ich an?«

Luke starrte ihn erstaunt an. »Ich? Was habe ich denn damit zu tun?«

Mr. Bird hüstelte. »Nun, das steht noch nicht ganz fest«, sagte er. »Ich hab' die Leiche und das Zimmer durchsucht. Ich fand drei auf die Northern und Southern Bank ausgestellte Schecks – dort haben Sie doch Ihr Privatkonto? Und das hier –«

Gelassen nahm er eine dicke, abgetragene Brieftasche heraus, legte sie auf den Schreibtisch und begann zu suchen. Nach einer Weile fand er das Gewünschte – zwei zusammengefaltete Bogen Papier. Er glättete sie, und Luke sah eine Reihe von Unterschriften – ›Luke Maddison – Luke Maddison‹.

»Sieht beinahe so aus, als hätten Sie zerstreut immer wieder

Ihren Namen hingekritzelt.« Mr. Bird sah Luke Maddison unverwandt an. »Aber auf der anderen Seite kann ich mir nicht vorstellen, daß ein Geschäftsmann wie Sie so etwas Albernes tut, wenn Sie diese Bemerkung entschuldigen. Ich rief gestern nachmittag bei der Northern und Southern Bank an, aber man war dort sehr zugeknöpft – ›zugeknöpft‹ ist ein gutes Wort – und verwies mich an Sie. Durch einen gemeinen Trick brachte ich aber heraus, daß der junge Mr. Leferre neulich einen Scheck über achtzehntausend Pfund eingelöst hat.«

»Ja«, unterbrach ihn Luke, »ich hab' ihm einen Scheck über diesen Betrag ausgehändigt.«

»Tatsächlich?« meinte der Sparrow skeptisch. »Vielleicht hätten Sie die Güte, mir den Kontrollabschnitt zu zeigen?«

Luke war einen Augenblick bestürzt. »Wenn es irgendeinen Grund dafür gäbe, könnte ich es natürlich tun«, erwiderte er kühl, »aber ich sehe keinen.«

Mr. Bird war nicht verlegen. Er stützte seine Arme auf den Schreibtisch und sagte mit ernster Stimme: »Ich habe kein Recht, Sie darum zu bitten – ich gehöre nicht zu den Menschen, die einen Gentleman wie Sie zu bluffen versuchen. Ich lege meine Karten auf den Tisch. Der Scheck wurde in bar ausbezahlt, und ich möchte wissen, an wen die Banknoten gegangen sind. Wenn dieser Scheck eine Fälschung war, erwirbt sich der Tote zwar einen schlechten Ruf, aber mir würde es um so leichter fallen, eine bestimmte Person unschädlich zu machen. Ich sag's Ihnen ganz ehrlich, Mr. Maddison. Ich bin so scharf auf die Fingerabdrücke dieses Mannes, daß ich mich frage, warum ich ihm auf der Straße nicht aufs Haupt schlage und mir die Abdrücke einfach nehme!«

Luke wich seinem Blick aus. »Ich bedauere, Ihnen nicht helfen zu können«, sagte er. »Der Scheck ist von mir ausgestellt und unterschrieben.«

Mr. Bird seufzte und stand auf. »Sie sind zu gütig zu den Gaunern, Mr. Maddison«, meinte er. »Kein Wunder, daß Gunner Haynes Sie für einen guten Menschen hält – sechs Monate hat er übrigens gestern bekommen. Das ist ein Mann! Als ich versuchte, etwas über Ihren Freund aus ihm herauszubekommen, wollte er nicht einmal zugeben, daß er ihn kennt.«

»Morell?« fragte Luke unbedacht. Der Sparrow grinste.

»Genau. Was hat es für einen Sinn, aneinander vorbeizureden? Er ist der –«

»Ich weiß nichts über Morell«, erklärte Luke nachdrücklich. »Er war mit Rex befreundet. Ich möchte lieber nicht über ihn sprechen.«

Der Sparrow seufzte wieder, nahm die Blätter, auf denen der unglückliche Rex die Unterschrift Maddisons geübt hatte, und legte sie in seine Brieftasche zurück.

»Kein Mensch hilft der Polizei«, sagte er bekümmert. »Na ja ... Ich muß gehen.«

Er gab Maddison die Hand und verließ das Zimmer. Die Tür hatte sich kaum hinter ihm geschlossen, als das Telefon läutete. Zum erstenmal seit dem Selbstmord Rex Leferres hörte Luke wieder die Stimme seiner Verlobten.

»Kannst du mich morgen besuchen, Luke?« sagte sie leise.

»Jetzt gleich, Liebling, bitte!«

»Morgen – wenn diese entsetzliche Geschichte vorbei ist«, erwiderte sie. »Luke, war Rex dir Geld schuldig?«

Die unerwartete Frage machte ihn unsicher, und wenn Luke Maddison verwirrt war, stotterte er unzusammenhängendes Zeug, aus dem gleichen Grund wie viele andere Menschen – er dachte schneller, als er sprechen konnte.

»Ja – aber es ist nicht der Rede wert ... Er war hoch versichert, weißt du, und ich glaube nicht, daß die Police ungültig ...«

Er hörte, wie sie schneller atmete, und verlor nun ganz den Kopf.

»Ich dachte an dich ... daß es nicht nötig ist, sich über seine Angelegenheiten Sorgen zu machen ... er schuldet mir praktisch nichts.«

»Also morgen?«

Bevor er etwas erwidern konnte, knackte es in der Leitung. Margaret Leferre hatte eingehängt.

5

»Ich sehe nicht ein, warum wir die Hochzeit verschieben sollten, Luke.«

Der Untersuchungsrichter hatte seine Nachforschungen gemacht, die Mitteilung eines Buchprüfers, daß der Tote in finanziellen Schwierigkeiten gewesen war, hatte man akzeptiert. Nach Einzelheiten war nicht gefragt worden.

Margaret Leferre konnte sich nicht verstehen. Ihre Gelassenheit erstaunte sie. Hatte sie jemals diesen Mann geliebt, der vor ihr stand? Manchmal fürchtete sie, er könne an ihren Augen ablesen, wie sehr sie ihn verabscheute. Überrascht stellte sie fest, wie leicht es ihr fiel, ihm mitzuteilen, daß sie die Hochzeit nicht zu verschieben wünschte.

»Mein armer Liebling!«

Er nahm sie in die Arme, und sie sträubte sich nicht.

»Ich würde alles tun, um dir das Leben leichter zu machen«, sagte er. »Wenn dich Geld glücklich machen könnte, würde ich dir alles geben, was ich habe!«

Sie lächelte schwach. Er hatte Rex ruiniert; er hatte ihn immer gehaßt. Sie erinnerte sich an seine gereizten Bemerkungen über die Unvorsichtigkeit ihres Bruders in Gelddingen.

Er sah sie liebevoll an. »Ich hab' mir natürlich furchtbare Sorgen gemacht ... Wie dumm von mir, am Telefon von Versicherungen zu sprechen – ich wußte einfach nicht, was ich sagen sollte –«

»Luke, bist du sehr reich?«

Er war es gewohnt, überraschende Fragen von ihr zu hören.

»Nun – ja, ich glaube schon. Mit der Bank steht zwar nicht alles zum Besten, aber mein Privatvermögen beläuft sich auf über eine halbe Million Pfund. Ich dachte, du wüßtest das.«

Sie lächelte. »Ich hab' dich nie gefragt. Ich fürchte mich vor der Armut. Ich weiß, wie das sein kann. Mein Vater konnte uns nichts hinterlassen ... Es muß wunderbar sein, wenn man so reich ist – sich nie über Rechnungen Sorgen zu machen, nie den Zwang zu fühlen, daß man sich sein tägliches Brot verdienen muß.«

Er sah sie bestürzt an. »Aber ich wußte ja nie . . . Liebling, das ist ja schrecklich! Ich dachte, du hättest ein Einkommen?«

Sie schüttelte den Kopf. Diesmal schauspielerte sie nicht.

»Wenn dir Geld ein Gefühl der Sicherheit gibt, und das wird es, dann . . . nun, ich würde dir alles übertragen, was ich habe –«

Er sah ihr ungläubiges Lächeln und wurde wütend auf sich selbst, weil er in diesem Lächeln einen Schatten der Unehrlichkeit in seinem eigenen Angebot zu erkennen glaubte.

»Warum nicht? Es gibt Männer, die das ganze Vermögen ihren Frauen überschreiben. Das ist auch eine ganz vernünftige Überlegung – wir sind dann wirklich Partner. – Warte.«

Er ging zum Telefon, nahm den Hörer ab und wählte.

»Luke . . . was tust du denn? Sprichst du mit deinem Anwalt?«

Sie spürte plötzlich eine unerklärliche Angst. Zum erstenmal wurde ihr klar, welchen Verrat sie begehen wollte.

»Ja, Hilton – hier Luke Maddison . . . Du hast doch den Entwurf des Ehevertrages? Gut, ich möchte, daß du alles aufnimmst! Die Liste ist in deinem Besitz? . . . Ja, alles. Auch das Bankkonto. Alles . . . Meine Beteiligung an der Bank . . . Nein, ich bin nicht verrückt!«

»Doch!« Sie stand mit leichenblassem Gesicht neben ihm. »Du bist verrückt, Luke – das war nicht mein Ernst . . .«

Er lächelte und küßte sie.

Plötzlich glaubte sie wieder die Worte Danty Morells zu hören: »Sie sind ihm im Augenblick wichtiger als das Geld.«

Nach einer Weile legte er den Hörer auf und wandte sich ihr mit triumphierendem Lächeln zu.

»Jetzt bist du Maddison & Company«, sagte er strahlend. »Bis zum letzten Penny – und ich bin das, was der alte Bird ein Kind der Armen nennt.«

Nicht einmal sie ahnte, wie recht er hatte.

Am Morgen des Hochzeitstages fuhr Luke Maddison in sein Büro, da ihn Mr. Stiles dringend um eine Unterredung gebeten hatte. Luke folgte diesem Wunsch nicht ungern, da sein Anwalt bei ihm vorgesprochen hatte, um gegen den Ehevertrag zu protestieren.

»Luke, ich glaube langsam, daß du der größte Narr bist, den ich je kennengelernt habe ... Ja, ja, ich weiß, daß du Margaret unbedingt Vertrauen schenken kannst, aber begreifst du denn nicht, daß du dadurch in die größten Schwierigkeiten kommen kannst? Nimm einmal an, sie stirbt plötzlich, ohne ein Testament zu hinterlassen – natürlich ist das ein schrecklicher Gedanke, das brauchst du mir nicht zu sagen – aber nimm nur einmal an ...«

»Ich habe nicht die Absicht, so etwas auch nur für eine Sekunde anzunehmen, Jack!« sagte Luke hitzig. »Ich bin der Meinung, daß eine Frau Anteil an dem Vermögen ihres Mannes haben sollte.«

»Einen Anteil!« brauste Jack Hilton auf. »Du verdammter Narr, sie hat ja alles!«

Mr. Stiles' pessimistische Äußerungen trugen ebenfalls nicht dazu bei, Lukes Stimmung zu heben.

»Wir können unsere Verluste ausgleichen, aber es wird Sie eine Menge Geld kosten«, meinte er düster. »Ich hoffe nur, daß Sie in Zukunft vorsichtiger sein werden, Mr. Maddison. Diese Spekulationen –«

»Ich weiß, ich weiß!« erwiderte Luke gereizt. »Sie haben völlig recht. Ich bin eigentlich gegen meinen Willen in diese Sache 'reingeschlittert.«

Er konnte nicht zugeben, daß Rex dafür verantwortlich gewesen war. Mr. Stiles hätte kaum zu glauben vermocht, daß sein geschäftstüchtiger Chef sich auf Anraten eines unerfahrenen jungen Mannes in diese Spekulationen eingelassen hatte.

»Wie hoch sind unsere Verluste?« fragte Luke.

»97 640 Pfund«, erwiderte Mr. Stiles eindrucksvoll, und Luke lächelte.

»Ich weiß zufällig, daß ich weit mehr wert bin«, sagte er lachend. »Erst durch die Vermögensaufstellung habe ich erfahren, wie reich ich bin. – Also gut, schicken Sie mir einen Scheck, ich werde ihn unterschreiben.«

Mr. Stiles verließ das Zimmer, und Luke sah die Schriftstücke durch, die er noch zu unterzeichnen hatte.

Er sollte Margaret um zwei Uhr am Standesamt treffen.

Auch Danty sollte erscheinen – Luke runzelte die Stirn bei diesem Gedanken, aber er hatte keinen Einwand erhoben. Auf irgendeine geheimnisvolle Art war es Danty gelungen, Margarets Vertrauen zu erwerben. Vielleicht lag es an seiner engen Freundschaft mit Rex, dachte Luke. Als zweiter Trauzeuge war Mr. Stiles vorgesehen.

Maddison wollte eben seinem Geschäftsführer klingeln, als dieser das Zimmer betrat.

»Ein Mann namens Lewing möchte Sie sprechen«, sagte er.

»Lewing? Wer ist denn das?«

»Ein merkwürdiger Mensch«, meinte Stiles. »Ich hätte ihn weggeschickt, aber er behauptete, im Auftrag eines Gunner Sowieso vorzusprechen, der offensichtlich mit Ihnen bekannt ist.«

Luke war einen Augenblick verwirrt. Dann erinnerte er sich plötzlich an Gunner Haynes. Er hatte den Hoteldieb völlig vergessen gehabt, ja, nicht einmal in der Zeitung verfolgt, was aus ihm geworden war.

»Bitten Sie ihn herein.«

Der Mann, der hinter Mr. Stiles das Zimmer betrat, war groß und hager. Seine tiefliegenden Augen und die Art, wie er den Kopf hielt, wirkten wenig vertrauenerweckend.

»Morgen, Sir. Ich hätt' gern allein mit Ihnen gesprochen, Sir«, sagte er heiser.

Luke gab Mr. Stiles einen Wink. Der Geschäftsführer zog sich widerstrebend zurück.

»Nehmen Sie Platz.«

Ohne Luke aus den Augen zu lassen, zog sich der Besucher einen Stuhl heran.

»Nun?«

Der Besucher setzte sich. »Der Gunner hat sechs Monate bekommen«, erklärte er. »Der Sparrow hat sich zwar für ihn eingesetzt, aber der Richter gab ihm trotzdem sechs Monate. Der Gunner will Berufung einlegen.«

Luke nickte. »Hoffentlich hat er Erfolg. Schickt er Sie zu mir?«

»Ja; ein paar Scheinchen täten ihm ganz gut. Er braucht einen Anwalt. Der Sparrow meint, daß er dann freikommt – und der Sparrow weiß Bescheid.«

»Wer ist der Sparrow?«

Mr. Lewing lächelte. »Einer von der Polente. Bird heißt er –«

Luke nickte.

»Ich war auch schon in Haft – wegen Einbruchdiebstahl«, vertraute ihm Lewing an, »aber man hat mir nichts beweisen können. Ich steh' mit dem Gunner sehr gut. Er war im Gefängnis Brixton in der Zelle neben mir und hat mich gebeten, bei Ihnen vorzusprechen – ein paar Pfund würden ihm weiterhelfen.«

Luke überlegte. Seine Bekanntschaft mit dem Mann, der sich Haynes nannte, war zwar nur sehr oberflächlich, aber während des Vorfalls im Ritz-Carlton-Hotel hatte er bemerkt, daß der Gunner das Benehmen und den Umgangston eines Gentlemans hatte; dieser kleine Gauner, der ihn unverwandt anstarrte, war wohl kaum der Mann, den der Gunner ins Vertrauen ziehen würde.

Luke nahm ein paar Pfundnoten aus der Tasche.

»Ich nehme an, daß Sie Mr. Bird sehr gut kennen«, sagte er, als er das Geld zählte. Der Mann grinste. »Den Sparrow? Das will ich meinen! Er faselt dauernd von den Kindern der Armen – aber er bringt sie trotzdem ins Kittchen!«

»Hier sind zehn Pfund. Geben Sie das Ihrem Freund. Ich fürchte, das ist alles, was ich für ihn tun kann. Ich möchte gern wissen, was aus ihm wird. Er kann mir unter dieser Anschrift schreiben.«

Eine schmutzige Hand schoß hervor und packte das Geld.

»Wenn Sie den Sparrow treffen, dann erzählen Sie ihm nicht, daß ich hier gewesen bin. Und wenn Sie einmal etwas Besonderes erleben wollen, dann kommen Sie nach Rotherhithe und fragen Sie nach Harry Sidler.«

Er suchte in seiner Westentasche und zog schließlich eine beschmutzte Karte hervor. Amüsiert nahm Luke sie entgegen und las:

›HARRY SIDLER
neben Gasthof *Cap and Bells*
Höchstpreise für Alteisen‹

Lewing starrte ihn grinsend an. »Alteisen!« lachte er heiser.

»Nicht übel! Wenn Sie die Kinder der Armen sehen wollen – dort ist genau der richtige Platz!«

Er stand auf, nickte Luke zu, schlich durch das Zimmer und verschwand. Für immer, dachte Luke, aber er sollte sich täuschen.

6

Margaret Leferre hatte an diesem Morgen dreimal den Hörer abgenommen, um Luke anzurufen; dreimal hatte sie wieder aufgelegt. Dann ließ sich Mr. Danty Morell melden. Sie hätte ihn beinahe nicht empfangen. Sie befand sich in einem Gemütszustand, in dem sein Auftreten der Wirklichkeit eine Häßlichkeit verlieh, der sie nicht gegenübertreten wollte.

Sie hatte in der vergangenen Nacht schwer geträumt, von ihrem toten Bruder, von Luke, von Rechtsanwälten, die endloses Geschwätz über Eheverträge vom Stapel gelassen hatten. Und aus all diesen Träumen war eine Tatsache klar und deutlich hervorgegangen: Sie haßte Luke – haßte ihn mit einer Intensität, die jeder vernünftigen Überlegung unzugänglich war. Sie versuchte sich an die Zeit zu erinnern, da er ihr alles bedeutet hatte, da ihr Herz immer ein wenig schneller geschlagen hatte, wenn er auf sie zugekommen war. Sie bemühte sich, eine Entschuldigung für sein Verhalten zu finden, ohne zu bemerken, daß sie dadurch den Widerwillen gegen ihn noch steigerte. Der Plan, ihn zu hintergehen, erfüllte sie mit Ekel. Das Ganze wurde noch dadurch kompliziert, daß sie mit einem Mann zusammenarbeitete, der ihr noch vor wenigen Monaten ein Fremder gewesen war.

In dieser Stimmung traf Danton sie an. Er war dunkel und seriös gekleidet, selbst sein Zylinder deutete eher auf eine Beerdigung als auf eine Hochzeit hin.

Sie begann ohne Umschweife zu sprechen. »Ich kann das nicht tun, Danton«, sagte sie. »Ich habe mich entschlossen, Luke anzurufen und ihm alles zu sagen. Es ist furchtbar – ich kann es nicht tun.«

Er war zu klug, als daß er direkt widersprochen hätte. Außerdem hatte er etwas Ähnliches erwartet.

»Was finden Sie denn so schrecklich?« fragte er. »Schrecklich scheint mir nur zu sein, daß Sie ihn hassen und sich opfern müssen. Als mir Luke erzählte, daß die Flitterwochen in Paris verbracht werden sollten ... fand ich das gar nicht gut. Ich weiß überhaupt nicht, warum Sie eine Hochzeitsreise unternehmen wollten. Sie erinnern sich doch an Miss Fletcher, die sich das Bein brach, als sie in die Kutsche stieg ... Man spricht natürlich nicht gern von solchen Dingen, aber – ich kenne einen Arzt, der jederzeit bescheinigen würde, daß Sie sich den Fuß verstaucht haben ...«

Sie schüttelte den Kopf, aber offensichtlich dachte sie über seinen Vorschlag nach. Sie wollte den Höhepunkt des Dramas sofort haben. Sie wollte an der Tür des Standesamts Luke die Wahrheit über ihre Ehe sagen.

Danty sah, daß sie schwach wurde. Er mußte ihren Haß steigern. Er hatte noch eine Waffe in der Hand.

»Sie wundern sich wohl, warum mir Maddison so zuwider ist?« sagte er. »Ich hasse ihn, weil ich Rex gern hatte – und er läßt Rex nicht in Ruhe. Der arme Junge ist kaum unter der Erde, und schon kommt Maddison mit einer schockierenden Beschuldigung –«

»Was?«

»Sie werden es nicht für möglich halten, aber Luke erzählte mir im Vertrauen, daß Rex ein paar Tage vor seinem Tod einen Scheck über achtzehntausend Pfund gefälscht habe. Eine alberne Beschuldigung, denn ich war dabei, als Luke Maddison Rex den Scheck gab.«

»Das hat er gesagt?« fragte sie leise. »Rex soll ... Aber das gibt es doch gar nicht! Das ist eine Gemeinheit!«

Ihre Lippen zitterten. Danty wußte, daß jetzt sein Augenblick gekommen war. Er beugte sich vor und begann auf sie einzureden. Er sprach von Dingen, die sie zu einem anderen Zeitpunkt niemals akzeptiert hätte. Aber jetzt hörte sie zu.

Um zwei Uhr stieg sie vor dem Standesamt Marylebone aus dem Wagen, und Luke, der im Vorzimmer wartete, begrüßte die blasseste Braut, die jemals dieses Haus betreten hatte.

Sie beantwortete nur die Fragen, die ihr der Standesbeamte stellte. Sie spürte, wie der Trauring über den Finger glitt ...

Es war alles so schnell vorbei, daß sie es kaum zu glauben vermochte. Jemand gab ihr einen Federhalter in die Hand, und ein Zeigefinger deutete auf die Stelle, wo sie zu unterschreiben hatte.

»Ich kann es immer noch kaum glauben, daß du meine Frau bist!« Sie saßen allein in Margarets Wohnzimmer, und Luke hatte den Arm um sie gelegt. Luke war aufgeregt wie ein kleiner Junge. »Hast du übrigens den merkwürdigen Mann gesehen, der auf dem Bürgersteig stand, als wir herauskamen? Er heißt Lewing – scheint ein Dieb zu sein. Ich frage mich nur, ob er ein paar Taschen ausleeren wollte? Wahrscheinlich ... Er nahm seinen Hut ab, als ich vorbeikam ...«

Sie hörte nicht zu, und nachdem er gegangen war, konnte sie sich nur daran erinnern, daß er einmal von Rex gesprochen hatte. Es war unanständig von ihm, über den Jungen zu reden. Danty rief an, aber sie wollte ihn nicht sehen. Sie mußte jetzt ohne Hilfe auskommen.

Luke sollte sie um sieben Uhr abholen. Um sechs Uhr wählte sie seine Nummer.

»Liebling ... ist es nicht merkwürdig?« sagte er. »Ich komme mir noch immer wie ein Junggeselle vor –«

»Luke, ich muß dich um etwas bitten«, unterbrach sie ihn. »Nein – nein, bitte, laß mich ausreden. Ich möchte heute nicht wegfahren. Ich muß ein paar Tage allein sein. Ich bin mit den Nerven völlig am Ende.«

Er hörte mit wachsender Besorgnis zu.

»Selbstverständlich, Liebling«, sagte er schließlich. »Ich verstehe dich vollkommen.«

Das Gespräch dauerte keine fünf Minuten. Er konnte kaum begreifen, was vor sich ging, wozu er seine Zustimmung gab, bevor er an seinem Schreibtisch saß und die Telegrammformulare anstarrte, mit deren Hilfe er die reservierten Zimmer abbestellen mußte.

Danty wartete am Bahnhof Waterloo, bis der Zug nach

Southampton abgefahren war. Dann ging er befriedigt nach Hause, denn Mr. und Mrs. Luke Maddison waren nicht unter den Fahrgästen gewesen.

7

Der Geschäftsführer von Maddisons Bank war ein Mann, den man nicht ohne weiteres überraschen konnte. Aber er war sprachlos, als er Luke Maddison durch die Büroräume gehen sah. »Alles in Ordnung, Stiles«, meinte Luke lächelnd. »Sie sehen keine Gespenster.«

Mr. Stiles fand die Sprache wieder. »Ich dachte – äh –«

»Sie dachten, ich sei auf der Hochzeitsreise, aber das bin ich nicht«, erwiderte Luke und öffnete die Tür zu seinem Privatbüro. Er blieb erstaunt stehen. In dem bequemsten Sessel hatte sich der Sparrow niedergelassen.

»Ich dachte, es würde Ihnen nichts ausmachen, wenn ich mit Mr. Bird in Ihrem Büro spreche.«

Luke Maddison schüttelte seinem Besucher die Hand.

»Ich hab' mir schon gedacht, daß Sie hier aufkreuzen würden«, meinte der Sparrow fröhlich. »Mit dem Flitterwochenexpreß sind Sie jedenfalls nicht weggefahren.«

Luke lachte. »Sie waren wohl am Bahnhof?«

»Ich und vierzehn Gauner«, sagte Mr. Bird, »aber nur zwei davon waren an dem Zuge nach Paris interessiert.«

»Wer war der andere?« erkundigte sich Luke, aber Mr. Sparrow wich aus.

»Es ist doch alles in Ordnung, Mr. Maddison? Ja, ich weiß, daß es Ihrer Gattin nicht gutgeht, aber es ist doch nichts Ernstes?«

Luke mußte wieder lachen, weil es ihm seltsam vorkam, daß Margaret als seine ›Gattin‹ bezeichnet wurde.

»Ich bin eigentlich hier, um mich bei Ihnen wegen eines schäbigen, kleinen Gauners zu erkundigen«, erklärte der Sparrow. »Wenn es nicht zuviel verlangt ist, möcht' ich doch gerne wissen, was Lewing gestern zu Ihnen geführt hat.«

Luke zögerte. Er wollte weder Haynes noch Lewing in Schwierigkeiten bringen.

»Hat er nicht vielleicht Geld verlangt – im Auftrag des Gunners?« Mr. Bird sah Maddison scharf an. »Das hab' ich mir gedacht. Der Gunner geht in die Berufung, und er wird wohl Erfolg haben. Dieser Lewing scheint mitgehört zu haben, als ich mich im Gefängnis Brixton mit jemand darüber unterhielt. Wieviel haben Sie ihm gegeben?«

Luke erzählte ihm kurz den Inhalt des Gespräches. Der Sparrow lächelte amüsiert. »Der Gunner würde sich niemals mit einem Mann wie Lewing einlassen. Haynes gehört zu den Aristokraten seines Geschäfts, wie die Reporter das so nennen. Wenn Sie Anzeige erstatten, verhafte ich Lewing.«

Aber Luke lehnte ab.

»Na gut, lassen wir das. Er wird so lange die Kinder der Armen bestehlen, bis ich ihn erwische.«

Der merkwürdige Ausdruck erregte wieder Lukes Aufmerksamkeit, und er stellte eine Frage. Der Sparrow schnitt eine Grimasse.

»Leute wie Sie, Mr. Maddison, begreifen einfach nicht«, sagte er. »Schauen Sie mal zum Fenster hinaus.« Luke ging mit zum Fenster und sah hinaus. »Sehen Sie dieses Mädchen – wahrscheinlich eine Stenotypistin. Sieben Pfund in der Woche. Vermutlich eine große Familie zu Hause. Auf solche Leute gehen die Kerle los. Das glauben Sie nicht? Sie drängen sich um sie beim Einsteigen in den Bus und klauen ihr die Geldbörse. – Sehen Sie diesen Mann dort? Schreiner oder etwas Ähnliches. Wissen Sie, was die Kerle mit ihm anfangen? Sie ziehen ihn in eine dunkle Gasse, nehmen ihm das Werkzeug und leeren ihm die Taschen.«

»Aber ich dachte, daß sich Diebe meistens nur an reiche Leute heranmachen«, meinte Luke.

»Die Reichen haben das Geld meistens im Safe. Sie haben Diener und Telefone, das Gesetz steht auf ihrer Seite«, erwiderte Mr. Bird. »Ein Dieb bestiehlt viel lieber ärmere Leute, weil die hilflos sind. – Also, was ist jetzt mit diesem Lewing?«

Luke schüttelte den Kopf. Der Sparrow erhob sich mühsam und sagte mißbilligend: »Er ist einer der Schlimmsten. Einbruchdiebstahl hat er Ihnen erzählt? Er ist durch und durch feige. An so etwas würde er sich nie herantrauen! Er ist ein ganz

billiger Dieb – ich erzähl' Ihnen das nächstens genauer.« – Mr. Bird hatte sich kaum verabschiedet, als auch schon Stiles das Zimmer betrat.

»Mr. Maddison, die Northern und Southern Bank hat wegen des Schecks über 97000 Pfund angerufen. Der Geschäftsführer möchte Sie dringend sprechen.«

Luke runzelte die Stirn. »Aber es handelt sich doch um mein Privatkonto«, sagte er.

»Das habe ich ihm auch erklärt«, sagte Mr. Stiles. »Ich teilte ihm mit, daß Sie diesen Betrag der Bank gutschreiben wollen, aber er sagt, daß er Sie sprechen müsse.«

Die Bank war nicht sehr weit entfernt, zehn Minuten später saß Luke im Büro des Geschäftsführers. Zuerst mußte er die Glückwünsche über sich ergehen lassen und seine Anwesenheit in der Stadt erklären.

»Nun zu diesem Scheck, Mr. Maddison«, sagte der Geschäftsführer schließlich. »Es ist Ihnen natürlich klar, daß er nicht eingelöst werden kann?«

»Wie bitte?« Luke sah ihn ungläubig an, und der Geschäftsführer lachte .

»Klingt komisch, nicht wahr? Besonders für mich, wenn ich mir klarmache, daß Ihnen Maddisons Bank gehört. Aber es ist nun einmal so. Es handelt sich natürlich lediglich um eine Formalität, aber Sie als Bankier werden wissen, daß das Bankgeschäft auf Formalitäten beruht –«

»Würden Sie mir bitte sagen, worauf Sie hinauswollen?« sagte Luke ungeduldig. »Ich habe sechshunderttausend –«

»Sie hatten«, erwiderte der Geschäftsführer lächelnd, »aber Sie scheinen zu vergessen, Mr. Maddison, daß Sie Ihr gesamtes Vermögen Ihrer Gattin übertragen haben!«

Jetzt erst begriff Luke Maddison, daß er keinen Penny mehr besaß. Er begann, schallend zu lachen, und der Geschäftsführer lachte mit.

»Das ist der beste Witz, den ich je gehört habe«, meinte Luke und wischte sich die Augen. »Natürlich, das hatte ich vergessen. Ich werde mit Mrs. Maddison sprechen und sie bitten, mir einen Scheck über diesen Betrag zur Verfügung zu stellen.«

»Aber bitte bald«, bat der Geschäftsführer. »Sie wissen natürlich, daß ich diesen Scheck zurückgehen lassen muß, wenn die Ermächtigung Ihrer Gattin fehlt.«

Luke lächelte nur verächtlich. Er bemühte sich nicht einmal, sofort mit Margaret zusammenzutreffen. Vor dem Mittagessen fiel es ihm ein, und er rief bei ihr an.

»Ich muß dich sprechen, Liebling«, sagte er.

»Warum?« Es fiel ihr schwer, den Argwohn in ihrer Stimme zu unterdrücken.

»Ich möchte, daß du mir etwas unterschreibst«, erwiderte er fröhlich.

Das war es also! Danty hatte sie gewarnt. Sie hätte es jedoch nie für möglich gehalten, daß er so früh sein Vermögen zurückverlangen würde.

»Was soll ich unterschreiben?«

»Du mußt mir etwas Geld überweisen«, sagte er, »es handelt sich nur um eine Formalität – ich habe festgestellt, daß ich etwas mehr brauche.«

Sie überlegte schnell. »Nun gut, komm um drei Uhr zu mir.«

Er vergaß, daß die Bank schon um halb vier schloß, und stimmte zu. Immerhin war es auch nicht so schlimm, wenn der Scheck zurückgegeben wurde.

Er kam fünf Minuten zu spät und wurde in ihr Wohnzimmer geführt. Als er sie in die Arme nehmen wollte, sagte sie: »Küß mich bitte nicht!«

Es war keine Bitte, sondern ein Befehl.

»Warum denn – was ist denn, Liebling?«

Sie schüttelte ungeduldig den Kopf.

»Bitte sag mir, was du willst.«

Er berichtete von der Situation, die eingetreten war, sie hörte zu und sagte nichts, bis er fertig war.

»97 000 Pfund«, sagte sie, »ein Zehntel davon hätte Rex gerettet.«

Er starrte sie verständnislos an.

»Es war furchtbar, zusehen zu müssen, wie ein Mensch das Geld anbetet, Luke, und zu wissen, daß er um des Geldes willen sogar bereit ist, ein junges Leben zu opfern ...«

Er war wie vor den Kopf geschlagen.

»Und diesen armen Jungen auch noch der Fälschung zu bezichtigen!«

»Ich .. sprichst du von mir?« sagte er leise.

Sie nickte. »Von dir. Ich wußte, daß du kommen würdest, um dein Geld zurückzuverlangen – deswegen bin ich nicht mit dir nach Frankreich gefahren. Ich wollte, daß es hier geschieht, hier, wo ich Freunde habe und dir gleichberechtigt gegenüberstehe.«

Sie schwieg eine Weile, dann fuhr sie fort: »Luke . . . ich gebe dir kein Geld. Du hast es mir überlassen – es gehört mir. Du bekommst nicht einen Penny – nicht einen einzigen Penny!«

Es wurde still. Sie wartete darauf, daß er etwas sagte, daß er tobte, sie beschimpfte, all das tat, was dem Bild entsprach, das sie sich von ihm machte, aber er sagte nichts. Er sah sie nicht einmal an, sondern schien das Muster des Teppichs zu studieren. Nach einiger Zeit hob er plötzlich den Kopf.

»Leb wohl«, sagte er und drehte sich abrupt um. Sie hörte, wie die Tür hinter ihm ins Schloß fiel, und dann überfiel sie eine Erkenntnis, die ihr den Boden unter den Füßen entzog. Sie liebte ihn.

8

Luke Maddison betrat sein Büro mit einer Ruhe und Gelassenheit, die Stiles, der ihn vorbeigehen sah, nichts von der Katastrophe ahnen ließ. Stiles warf einen Blick zur Uhr und nickte dann zufrieden. Offensichtlich war die Sache mit dem Scheck klargegangen.

Das Haustelefon läutete, und er nahm den Hörer ab.

»Würden Sie bitte zu mir kommen?« Lukes Stimme klang wie immer. Stiles, der Luke seit seiner Kindheit kannte, bemerkte etwas in dessen Gesicht, das er nie zuvor gesehen hatte. »Ist irgend etwas nicht in Ordnung, Sir?« erkundigte er sich besorgt.

Luke Maddison verzog den Mund. »Ich weiß nicht . . . Ich sehe noch nicht klar. Nehmen Sie Platz, Stiles.« Wieder verzog er den Mund und sah an seinem Mitarbeiter vorbei. In ruhigem, sachlichem Ton berichtete er ihm, was geschehen war. Er sah

keinen Sinn darin, irgend etwas zu verschweigen; auch fühlte er sich nicht veranlaßt, Margarets Vorgehen zu decken oder zu entschuldigen. Er hatte es mit klaren, eindeutigen Fakten zu tun, und er zählte sie mit einer kaltblütigen Präzision auf, die ihn selbst erstaunte.

Stiles schien die Größe der Katastrophe anfangs nicht ermessen zu können. Nach einer Weile ächzte er leise, und das schien Luke Maddisons Galgenhumor zu wecken, denn er lächelte.

»Sie müssen eben versuchen, das Beste daraus zu machen, Stiles. Ich nehme an, daß wir Geschäftsfreunde haben, die uns beistehen, aber ich besitze nicht genug Zuversicht, um sie aufsuchen zu können ... Nein, ich bin nicht betäubt, ich bin völlig erledigt. Ich kann mich nicht selbst bemitleiden – leider nicht. Das würde mich zumindest zur Realität zurückführen.«

»Was wollen Sie tun?« flüsterte Stiles.

Luke Maddison schüttelte den Kopf. »Ich weiß es nicht«, meinte er stirnrunzelnd. »Was tut man unter solchen Umständen? Verreisen? Ich weiß es nicht.«

Stiles warf einen Blick auf die Uhr und stand auf. »Ich werde bei der Bank vorsprechen«, sagte er energisch. »Wir müssen das Konto überziehen und die Spinnereiaktien als Sicherheit hinterlegen.«

Luke sagte nichts. Stiles verließ das Zimmer.

Zehn Minuten lang saß Luke bewegungslos am Schreibtisch. Er bemühte sich mit aller Kraft, den Kontakt zur Wirklichkeit wiederzugewinnen. Dann stand er auf, nahm seinen Hut, zog die Handschuhe mechanisch an und ging die Treppe hinunter zur Straße.

Als er die Tür zu seiner Wohnung aufschloß, hörte er das Telefon läuten. Er hielt den Butler zurück, der den Hörer abnehmen wollte. »Lassen Sie es bitte«, sagte er.

Das Telefon stand in seinem Arbeitszimmer. Er nahm den Hörer ab und legte ihn auf den Tisch. Dann sperrte er die Tür ab und zog sich um. Er nahm das erste beste, was ihm in die Hände fiel, ohne zu bemerken, daß Hose und Sakko nicht zusammenpaßten. Als er das Geld in seinen Taschen zählte, stellte

er fest, daß er etwas über fünfzig Pfund besaß. Er wurde sehr nachdenklich. Gehörte das nun ihm oder ihr? Es war ein lächerliches Problem, aber er versuchte lange Zeit, es zu lösen.

Schließlich warf er die Banknoten auf den Tisch und behielt nur das Hartgeld. Er trat in die Diele hinaus und nahm einen leichten Mantel vom Haken, als der Butler erschien und die übliche Frage stellte.

»Nein, nein, ich esse heute abend auswärts.« Im Hinausgehen fügte er hinzu: »Auf dem Tisch in meinem Arbeitszimmer liegt Geld. Teilen Sie es sich mit dem Dienstmädchen – ich brauche Sie beide nicht mehr.«

Er ließ die Tür hinter sich ins Schloß fallen.

Er wußte nicht, warum es ihn zur Themse trieb, er hatte nicht die Absicht, Selbstmord zu begehen. Er wanderte ziellos dahin. Als er Scotland Yard erreichte, blieb er stehen und betrachtete das große Gebäude. Hier arbeitete also Mr. Bird. Er hatte die Kinder der Armen zu schützen und die Übeltäter zu bestrafen. Wer hatte Böses getan? Margaret? Er versuchte, ihr alle Schuld zuzuschieben, sie zu hassen ...

Er schüttelte den Kopf und ging langsam in Richtung Blackfriars zurück. Gegenüber dem Temple blieb er wieder stehen. Hier in der Nähe mußte doch die Norfolk Street sein? Dort befand sich auch das Büro seines Rechtsanwalts. Warum ihn nicht aufsuchen und ihm alles erzählen? Es wäre das Vernünftigste. Aber Luke wußte, daß er nichts Vernünftiges tun konnte. Er wanderte weiter. An einer Bushaltestelle sah er zu, wie die Menschen in langen Reihen warteten, den Autobus bestiegen und davonfuhren. Ehepaare, junge Männer, die sich mit ihren Freundinnen trafen, Mädchen, die irgendeinem Mann vertrauten. Für Luke Maddison schien jeder Bus voll von glücklichen Menschen, die nach der Arbeit dem Vergnügen zustrebten, alte Männer, junge Männer, adrette Mädchen, bebrillte Studenten, Männer, die Pfeife rauchten, eine Zeitung unter dem Arm trugen ...

Er lehnte an einem Geländer, die Ellbogen aufgestützt.

»Warten Sie auf jemanden?«

Ein Bobby war herangekommen und sah ihn mißtrauisch,

aber nicht unfreundlich an. Die Polizei sah es nicht gerne, wenn sich jemand unentschlossen zu nahe am Fluß herumtrieb – noch dazu, wenn er leichenblaß und verstört war.

»Nein«, stotterte Luke, »ich – ich sehe nur zu.«

Der Polizist sah ihn neugierig an. »Ich habe Sie doch schon irgendwo gesehen, oder?«

»Möglich«, erwiderte Luke und ging weiter.

Er ging über die Blackfriars Bridge. Es war dunkel und kalt. Er zog den Mantel an, den er bisher über dem Arm getragen hatte. Irgendwo im Stadtteil Borough betrat er ein kleines Café, bestellte, ging wieder. Gegen elf Uhr begann es zu regnen. Er wanderte die York Road in Richtung Westminster entlang. Vor ihm ging ein Mann, der die Hände in der Tasche und den Kragen hochgeschlagen hatte. Luke trug Schuhe mit Gummisohlen, und er hatte den Mann erreicht, bevor er überhaupt auf ihn aufmerksam wurde. Der andere sprang zur Seite und duckte sich, als wollte er fliehen, aber plötzlich richtete er sich auf.

»'n Abend!« sagte er heiser. »Hab' Sie für einen von der Polente gehalten.«

Luke erkannte ihn. »Sie sind Lewing, nicht wahr?«

Der Mann starrte ihm ins Gesicht. »Donnerwetter, das ist ja Mr. Maddison! Was machen Sie denn hier? Sie hätten mich in der Tooley Street besuchen sollen, das hier ist nicht mein Revier.«

Er sah sich wieder ängstlich um.

»Sie hielten mich für einen Kriminalbeamten?«

Der andere verzog verächtlich den Mund. »Das hab' ich nur gesagt. Nein, ich hielt Sie für einen von Connors Bande. Sie haben mich aus Rotherhithe fortgejagt ... Ich hätt' sie angeblich bespitzelt. Deswegen bin ich hier. Connors Kerle glauben immer, daß jemand spioniert hat, wenn einer von der Bande hochgeht.«

»Spioniert?«

»Na ja, eben an die Polizei verraten«, erklärte Mr. Lewing. »Gestern haben sie Connors Bruder geschnappt, und in der Tooley Street erzählt man sich, daß ich daran schuld wäre.«

Luke begann zu begreifen.

»Kommen Sie hier entlang.« Lewing packte ihn und zerrte ihn eine enge, dunkle Straße entlang. »Ich bin heut ziemlich

nervös«, sagte er. »Sie sind ein Gentleman, Mr. Maddison. Sie würden doch sicher einem armen Kerl helfen. Sie wissen ja, wie Connor ist – er legt einen um wegen nichts. Kaltmachen nennt er das – er ist Amerikaner, jedenfalls soll er in Sing-Sing gewesen sein. Ein paar Pfund würden mir reichen, damit ich aus London verschwinden kann.«

»Ich habe kein Geld bei mir«, erwiderte Luke.

Er war seines Begleiters bereits überdrüssig und hätte sich unter normalen Umständen nie in diese schmutzige Gasse zerren lassen.

»Vielleicht kann ich Sie morgen früh in Ihrem Büro anrufen?« fragte Lewing besorgt. »Die zehn Pfund hab' ich dem Gunner übrigens gegeben –«

»Das ist nicht wahr«, erwiderte Luke kalt. »Mr. Bird hat mir alles erzählt.«

Nach einer Verlegenheitspause meinte Lewing: »Jedenfalls wäre ich froh, wenn Sie noch bei mir bleiben würden, Sir. Sie sehen nämlich wirklich aus wie einer von der Polente. Wenn mich einer von Connors Schlägern mit Ihnen sieht, dann traut er sich –«

Sie waren eben in eine noch engere Gasse eingebogen, und Lewing blieb plötzlich stehen. Vier dunkle Schatten bauten sich vor ihnen auf, zwei auf der Straße, zwei auf dem Bürgersteig. Luke starrte sie neugierig an. Sie hatten die Mützen tief in die Stirn gezogen und die Hände in der Tasche.

»He, was soll denn das heißen, Joe?« winselte Lewing. »Dieser Herr bringt mich nach –«

Der Anführer der vier Männer lachte rauh. »Du mußt auch noch einen von der Polente dabeihaben, wie?« sagte er. »Es genügt dir nicht, uns zu bespitzeln, du mußt dich auch noch bei Scotland Yard einschmeicheln. Das ist für dich, Lewing!«

Luke schien es nur, als sei der Mann ein wenig näher an Lewing herangetreten. Lewing hustete und brach zusammen.

»Legt den anderen um«, knurrte eine Stimme.

Luke wich zurück, aber es war zu spät. Er sah eine Klinge aufblitzen, dann schien es ihm, als habe jemand mit einem glühenden Eisenstab seine Brust berührt. Er fühlte sich plötzlich

schwach, lehnte sich an die Wand und sank langsam zu Boden ... Das letzte, was er bewußt aufnahm, waren die polternden Schritte der flüchtenden Männer. Vier dunkle Schatten verschwanden in einer undurchdringlichen Finsternis, und er blieb allein zurück. Neben ihm lag etwas auf dem Pflaster und starrte aus erloschenen Augen in das flackernde Licht der Straßenlaterne.

Um die Mittagszeit des nächsten Tages meldete sich Mr. Danton Morell.

»Er scheint aus London verschwunden zu sein, aber ich würde mir deswegen keine allzu großen Sorgen machen«, sagte er.

Margaret Maddison saß mit blassem Gesicht an ihrem Schreibtisch. Seit Lukes Butler sie um Mitternacht angerufen und nach dem Verbleib seines Herrn gefragt hatte, war es ihr nicht mehr gelungen, einzuschlafen. Am frühen Morgen war sie so schwach geworden, daß sie in Lukes Büro angerufen hatte. Es war ihr aber nur gelungen, ihre eigene Aufregung an Mr. Stiles weiterzugeben.

»Er will Sie natürlich beunruhigen«, meinte Danty lächelnd. »Das gehört zu seinem Plan. Wenn Sie dem alten Stiles mitteilen würden, daß Sie ihm einen Scheck geben, möchte ich wetten, daß –«

»Ich habe Mr. Stiles mitgeteilt, daß er jeden Betrag haben kann, den er für nötig hält«, sagte sie. Ihre Stimme klang ein wenig hart. Danty wurde vorsichtig.

»Dann haben Sie aber sehr unvernünftig gehandelt, wenn ich mir die Bemerkung erlauben darf. Schließlich kennen Sie doch den Mann. Sie wissen genau, was der arme Rex von ihm hielt. Sie wollten doch selbst –«

»Ich weiß«, unterbrach sie ihn ungeduldig. »Ich glaube, ich würde es wieder tun – aber auf andere Weise. Ich war – gemein.«

Sie stand auf, ging zum Kamin, zündete sich eine Zigarette an, drückte sie aus.

»Ich mache mir Sorgen«, gab sie zu. »Ich kann nicht mit Ausdauer hassen. Ich habe nicht einmal die Illusion, daß meine Handlungsweise richtig war.«

»Stiles hat Ihren Scheck natürlich genommen?«

Sie schüttelte den Kopf. »Nein, er sagte, es sei wohl nicht notwendig. Ich glaube, Luke muß ihm alles erzählt haben. Er war beinahe grob zu mir.«

»Werfen Sie ihn hinaus«, sagte Danty sofort. »Vergessen Sie nicht, daß die Bank Ihnen gehört!«

»Das stimmt nicht«, unterbrach sie ihn. »Mein Anwalt hat mich heute morgen angerufen und mir mitgeteilt, daß durch einen Zufall die Bank nicht in den Ehevertrag aufgenommen wurde – und ich bin sehr froh darüber. Selbstverständlich werde ich Luke jeden Penny zurückgeben, den er mir überschrieben hat.«

»Sind Sie wahnsinnig?« Beinahe hätte er es hinausgeschrien.

So hatte sie Mr. Morell noch nie gesehen. Sie starrte ihn entgeistert an. Er begriff sofort, daß er einen Fehler gemacht hatte. – »Es tut mir schrecklich leid«, sagte er. »Ich denke an Sie. Ich denke daran, daß sein Verschwinden sehr leicht nur ein Trick sein kann, ja, ich bin mir sogar sicher, daß es so ist. Es sieht Ihnen ähnlich, daß Sie ihm das Geld zurückgeben wollen. Aber was dann? Sie sind mit ihm verheiratet. Er wird Ihnen kaum einen Scheidungsgrund liefern, und das Endergebnis Ihrer Großzügigkeit würde sein, daß Sie ohne jeden Penny dastünden und auf seine Gnade angewiesen wären.«

Sie dachte lange Zeit darüber nach und starrte ins Feuer.

»Ich wollte ihn verletzen, und trotzdem hatte ich Angst. Wenn er nur irgend etwas gesagt hätte, wenn er mich beschimpft hätte . . . Es war schrecklich!«

Sie schloß die Augen, als wolle sie die Erinnerung an Lukes Gesicht verdrängen.

»Er wird heute abend zurück sein«, meinte Danty heiter, »und dann können Sie sich ja besprechen. Es tut mir fast schon leid, daß ich Ihnen Ratschläge gegeben habe, obwohl ich weiß Gott nicht aus Eigennutz handelte.«

»Aber natürlich nicht.« Sie streckte ihm impulsiv die Hand entgegen, und er nahm sie. Er war wieder Herr der Lage.

Trotzdem schien ihm die Sache nicht ganz geheuer, und auf dem Heimweg versuchte er eine Erklärung für Lukes Verschwinden zu finden.

Ein Zeitungsplakat erregte seine Aufmerksamkeit. Er klopfte ans Glasfenster, ließ die Taxe halten und kaufte das Blatt. ›Bandenmord im Stadtteil Borough‹ verkündete die Schlagzeile in großen Lettern, und Danty interessierte sich für solche Dinge.

›Bei einer Messerstecherei, deren Ursache in einem Streit zwischen Mitgliedern rivalisierender Banden zu suchen sein dürfte, wurde ein Mann namens Lewing getötet. Sein Begleiter, dessen Identität die Polizei festzustellen versucht, befindet sich mit einer lebensgefährlichen Stichverletzung im St.-Thomas-Hospital. Die Bemühungen der Polizei, der Verbrecher habhaft zu werden, konzentrieren sich vor allem auf Süd-London.‹

Danty warf die Zeitung beiseite. Es handelte sich um eines jener alltäglichen Verbrechen, die bei begüterten Bürgern nur geringes Interesse zu wecken vermögen.

Er hatte sich noch keinen genauen Plan zur Ausnützung der gegenwärtigen Situation zurechtgelegt. Nun, da Luke aus dem Weg geräumt war und Margaret über ein Vermögen verfügte, konnte er jedenfalls leichter zu Geld kommen als unter den wachsamen Augen Maddisons, der ihn nicht mochte.

Sein Verschwinden wirkte sich tatsächlich äußerst günstig aus. Dantys Freundschaft mit Margaret hätte sich wohl kaum aufrechterhalten lassen, wenn sie nicht Maddisons Einfluß entzogen worden wäre. In welcher Form Danty zu seinem Profit kam, war ihm gleichgültig, abgesehen von seiner wachsenden Zuneigung für Margaret. Sie hatte ihm zwar vor einiger Zeit deutlich zu verstehen gegeben, daß sie seine Avancen nicht wünschte, aber man mußte eben auf die Flatterhaftigkeit der Frauen im allgemeinen bauen.

Er stieg aus dem Taxi und wollte eben den Chauffeur bezahlen.

»Morgen, Mr. Morell.«

Danty wandte langsam den Kopf. Woher war der Sparrow plötzlich aufgetaucht?

»Ich hab' mir gedacht, eine kleine Unterhaltung mit Ihnen könnte nichts schaden«, meinte Mr. Bird freundlich. »Sind Sie vielleicht zufällig mit Mr. Maddison zusammengetroffen?«

»Seit der Hochzeit nicht«, erwiderte Danty.

»Vielleicht ist er allein auf die Hochzeitsreise gegangen«, sagte der Sparrow mit breitem Lächeln. »Heutzutage ist ja alles möglich. Sie waren sicher wohl schon lange nicht mehr auf einer Hochzeitsreise?«

Danty sah ihm ruhig in die Augen. »Ich war noch nie verheiratet«, sagte er.

Er hätte das Gespräch leicht dadurch beenden können, daß er an dem Kriminalbeamten vorbeigegangen wäre und sein Haus betreten hätte – es war sein Fehler, daß er sich dem Kreuzverhör unterzog.

»Dann haben Sie dieses Vergnügen also noch vor sich«, meinte der Sparrow. »Übrigens hab' ich mich mit Gunner Haynes über Sie unterhalten.«

Danton Morell fühlte, wie ihm das Blut aus dem Gesicht wich.

»So, haben Sie das?« fragte er. »Und wer ist Gunner Haynes?«

»Ein Übeltäter«, sagte der Sparrow melancholisch. »Ich komm' eben nur mit solchen Leuten zusammen. Aber der Gunner hat etwas an sich, das mir gefällt. Erstens mag ich ihn, weil er nie eine Pistole hat, und zweitens bewundere ich sein Gedächtnis! Ein Gedächtnis hat der Mann! Wahrscheinlich weiß er sogar noch, welche Farbe die Socken hatten, die er am Waffenstillstandstag trug. Welche Socken haben Sie übrigens damals getragen, Mr. Morell?«

Danton hielt einen Augenblick den Atem an. Damals hatte er eine Gefängnisstrafe von achtzehn Monaten in Peterhead verbüßt. Hatte ihn der Gunner erkannt und verraten? Aber so etwas sah dem Gunner nicht ähnlich. Er würde seine Rechnung mit Danty selbst begleichen wollen.

»Ich kann Ihnen nicht sagen, welche Socken ich getragen habe«, erwiderte Danty. »Sind Sie am Strumpfwarengeschäft interessiert?«

Mr. Bird nickte ernsthaft. »Vor allem an grauen Socken«, sagte er. »An grauen Wollsocken mit dem Stempel ›Staatseigentum‹.«

Bevor Danton etwas erwidern konnte, fuhr der Sparrow fort: »Sie können mir wohl auch nicht helfen? Ich möchte wissen, war-

um Mr. Maddison gestern weggegangen ist und wo er sich aufhält. Ich habe die Absicht, ihm etwas zum Geburtstag zu schenken. Wie lange bleiben Sie in London, Mr. Morell?«

Die Frage kam ganz plötzlich.

»Ungefähr einen Monat«, erwiderte Danton.

»Ich dachte, Sie würden es vielleicht vorziehen, schon nächste Woche abzureisen.«

Mr. Bird nickte kurz und ging. Danty sah ihm verwirrt nach.

Für den Abend hatte er sich mit Margaret zum Essen verabredet. Als sie nachmittags anrief, glaubte er, sie wolle absagen, aber sie fragte nur, ob er etwas über Maddisons Verbleib erfahren hatte.

»Sie hören sicher morgen von ihm«, meinte Danty. »Er gehört nicht zu den Leuten, die sich allzu weit von ihrem Geld entfernen.«

Sie seufzte. »Ich fürchte, Sie haben recht«, sagte sie.

Währenddessen standen zwei Ärzte an einem Krankenbett im St.-Thomas-Hospital. Der eine steckte sein Stethoskop in die Tasche und verzog den Mund, während er den bewußtlosen Patienten ansah.

»Sie haben seinen Namen nicht in Erfahrung bringen können?«

Der Kriminalbeamte, der am Fenster stand, schüttelte den Kopf. »Nein, Sir.«

Der Arzt wandte sich an seinen Kollegen. »Lungenentzündung, Sir John«, sagte er. »Bei dieser Lungenverletzung wohl auch nicht anders zu erwarten.«

Er winkte den Stationsarzt herbei. »Dieser Mann dürfte die Nacht wohl nicht überleben«, erklärte er. »Man kann nur versuchen, ihm alles so schmerzlos wie möglich zu machen. Für ein Bandenmitglied sieht er übrigens sehr distinguiert aus.«

Der Bewußtlose lächelte und murmelte etwas.

»Das klang wie ›Margaret‹«, sagte der Arzt. »Bedauerlich, daß wir nicht wissen, wer er ist, sonst hätten wir seine Frau verständigen können.«

9

Am dreizehnten Tag nach dem Verschwinden Luke Maddisons erhielt Margaret eine Nachricht, die ihrer Unruhe ein für allemal ein Ende setzte.

Bis zu einem gewissen Grade hatte sie sich auch schon vorher bei dem Gedanken beruhigt, daß Mr. Stiles, der Geschäftsführer von Maddisons Bank, keine allzugroße Besorgnis zeigte. Sie nahm an, daß ihm Luke seinen jetzigen Aufenthalt mitgeteilt hatte. Sie wußte allerdings nicht, daß Luke früher die Angewohnheit gehabt hatte, von Zeit zu Zeit wegzufahren, ohne irgend jemanden zu verständigen. Gelegentlich war Stiles von einer Postkarte aus Spanien überrascht worden, auf der sein Chef mitgeteilt hatte, daß man ihn in Kürze zurückerwarten könne.

Mr. Stiles war daher zwar nicht ganz beruhigt, aber er nahm doch an, daß Luke Maddison irgendwo Zuflucht gesucht hatte.

Margaret hatte an diesem Morgen ein Telegramm erhalten und Danton Morell telefonisch um seinen Besuch gebeten, als ihr Butler mit einer Visitenkarte hereinkam. Margaret las den Namen und runzelte die Stirn. Miss Mary Bolford? Wer war das?

»Sagen Sie ihr, daß ich nicht zu Hause bin.«

»Das hab' ich bereits getan, Madam«, erwiderte der Mann, »aber die Dame läßt sich nicht abweisen. Sie sagt, sie wisse, daß Sie zu Hause seien, und besteht darauf, Sie zu sprechen.«

Margaret starrte wieder auf die Visitenkarte. In der linken unteren Ecke stand: ›Daily Post Herald‹.

»Führen Sie sie herauf, bitte«, sagte sie.

Sie erwartete ein unweibliches, etwas verschrobenes Wesen und war daher nicht auf das hübsche Mädchen in dem eleganten Kostüm vorbereitet, das kurze Zeit später das Wohnzimmer betrat, ohne Nervosität zu zeigen.

»Sie sind Miss Bolford?« fragte Margaret überrascht.

Das Mädchen nickte und lächelte.

»Ich bin Reporterin, das haben Sie wohl schon meiner Visitenkarte entnommen, Mrs. Maddison.«

Mrs. Maddison! Es war das erste Mal, daß man sie bei diesem Namen nannte, und irgendwie schien es die Last der vergangenen zwölf Tage noch zu verstärken.

»Ich habe dem Butler Auftrag gegeben, alle Besucher abzuweisen. Ich bin nicht gesund und bleibe in der Stadt –«

»Deswegen bin ich gekommen – darf ich Platz nehmen?«

Margaret deutete auf einen Stuhl, und Mary Bolford setzte sich.

»Sie halten uns wohl für schreckliche Menschen, weil wir uns um Ihre Privatangelegenheiten kümmern, aber das ist nun einmal unser Beruf«, erklärte sie. »Die Zeitungsleser erwarten romantische Geschichten, ob sie nun glücklich oder unglücklich ausgehen, und wir haben in Erfahrung gebracht, daß Ihr Mann während der Flitterwochen plötzlich ins Ausland fahren mußte – stimmt das eigentlich? Mr. Stiles – der Geschäftsführer der Bank – deutete so etwas an.«

Margaret sagte nach einer Pause: »Mein Mann ist im Ausland, ja.«

»Wissen Sie, wo er sich aufhält?«

»Ja, ich denke schon«, erwiderte Margaret, »aber ich kann mir nicht denken, daß das die Öffentlichkeit interessiert.«

Mary Bolford schüttelte den Kopf. »Es tut mir leid, Mrs. Maddison, aber ich glaube, es ist am besten für Sie, wie auch für mich, wenn ich ganz offen mit Ihnen rede. Wir haben erfahren, daß Sie am Hochzeitstag mit Ihrem Ehemann einen Streit hatten und daß er –«

»Fortgelaufen ist?« meinte Margaret kalt.

»Nun, nicht ganz. Die Sache ist nämlich die: Ich hab' einen sehr guten Bekannten in Scotland Yard, der sich heute bei mir erkundigte, ob wir bei der Zeitung etwas über den Verbleib von Mr. Maddison wüßten. Natürlich war uns nichts bekannt. Mr. Bird – Chefinspektor Bird von der Kriminalpolizei – war zwar nicht sehr redselig –«

»Angenommen, ich würde Ihnen mitteilen, daß wir uns gestritten haben?« sagte Margaret schnell. »Ist diese Tatsache für das Publikum auch von Interesse?«

Zu ihrer Überraschung entdeckte sie, daß sie ganz zufällig

auf eine Erklärung gestoßen war, die Lukes Verschwinden unverfänglich erscheinen ließ.

»Selbstverständlich nicht! Sie werden mich sicher für sehr unverschämt halten. Wir haben natürlich nicht die Absicht, uns in rein persönliche Angelegenheiten zu drängen. Wenn das eine Erklärung ist, kann ich mich nur entschuldigen und den Rückzug antreten.«

Mary Bolford erhob sich, aber Margaret las in ihren Augen Mitgefühl. »Wäre Mr. Maddison an seinem Hochzeitstag aus irgendwelchen Gründen gezwungen gewesen, eine größere Reise anzutreten, dann hätte sich vielleicht eine interessante Geschichte ergeben«, fuhr Miss Bolford fort. »Unter den gegebenen Umständen scheidet das natürlich aus. Ich bitte vielmals um Entschuldigung, Mrs. Maddison.« Sie gab Margaret die Hand.

»Es tut mir auch leid«, erwiderte Margaret seufzend.

Dann sah Mary Bolford, wie ihr Gesicht hart wurde.

»Es hat mir gestern leid getan – heute nicht mehr. Das klingt ziemlich rätselhaft, und ich hoffe nur, daß Sie nicht versuchen, hinter den Sinn dieser Worte zu kommen.«

Sie begleitete das Mädchen zur Tür.

Inzwischen war Danty gekommen. Er saß in dem kleinen Nebenzimmer. Sie öffnete die Tür. »Kommen Sie herein«, sagte sie.

»Wer war das?« fragte Danton Morell besorgt. »Fenning behauptete, es sei eine Reporterin gewesen. Was wollte sie hier?«

Margaret lächelte müde.

»Sie wollte Romantik in meiner Ehe finden«, sagte sie. »Ich fürchte, daß sie da kein Glück hat – lesen Sie das.«

Sie öffnete eine Schublade, nahm ein Blatt Papier heraus und gab es ihm. Es war ein Telegramm:

›Du kannst wohl nicht erwarten, daß ich zu Dir zurückkomme. In ein paar Monaten werde ich Dir die entsprechenden Scheidungsgründe liefern. Ich bin nicht ganz ohne Geld, so daß mir auch die nötigen Tröstungen nicht fehlen. Luke‹

Das Telegramm war an diesem Morgen um halb neun in Paris aufgegeben worden.

»Das wär's also«, sagte sie. Sie versuchte, sich nicht anmerken zu lassen, wie sehr sie dieses Telegramm getroffen hatte. Tröstungen! Luke Maddison, der Idealist – er war also auch nicht besser als die anderen.

»Ich bin eigentlich überrascht, daß Sie das hier bekommen haben«, meinte Danty ernst. »Ich hätte nicht geglaubt, daß er sich die Mühe nimmt, zu telegrafieren.«

Sie zuckte die Achseln. »Stiles kennt wahrscheinlich seine Adresse. Er dürfte ihm telegrafiert haben, daß die Polizei Erkundigungen anstellt –«

»Die Polizei?« fragte Danty scharf. »Wer hat Ihnen gesagt, daß sich die Polizei mit der Sache befaßt?«

Sie erzählte ihm das, was sie von Mary Bolford erfahren hatte. Sein Gesicht verdüsterte sich.

»Der Sparrow – das ist Birds Spitzname. Er ist nicht hier gewesen?«

Sie schüttelte den Kopf.

»Was wollen Sie tun?« fragte er nach einer längeren Pause.

»Ich fahre am Samstag nach Madeira. Die Seereise wird mir guttun, und außerdem bleibt mir dadurch der Weg über Paris erspart.« Sie verzog verächtlich den Mund.

»Ich glaube nicht, daß ich am Samstag weg kann«, fing er an.

»Das ist auch gar nicht nötig, Danton. Ich fahre allein. Ich will mir alles in Ruhe überlegen.«

»Wie lange werden Sie fort sein?«

»Einen Monat vielleicht«, erwiderte sie. »Sie sind doch sicher so lieb und kümmern sich hier um alles – ich kann Ihnen notfalls eine Vollmacht ausstellen. Sie werden sie besser zu nutzen wissen, als ich es Luke gegenüber getan habe!«

Danty atmete erleichtert auf. »Ich stehe Ihnen selbstverständlich zur Verfügung«, sagte er.

Als er gegangen war, entfaltete sie die Morgenzeitung. Auf der ersten Innenseite des ›Post Herald‹ sah sie die Photographie eines hageren, unrasierten Mannes. Das Photo war offensichtlich in einem Krankenhaus aufgenommen worden. Die Augen des Verletzten waren geschlossen.

›Kennen Sie diesen Mann?‹ lautete die Bildunterschrift.

Margaret las sie. Ihr war zu entnehmen, daß der Unbekannte das Opfer eines Überfalls geworden und nur um Haaresbreite dem Tod entgangen war.

Niemand hätte Luke Maddison erkennen können, weil das Bild erst am elften Tag nach seiner Einlieferung ins Krankenhaus, noch dazu bei schlechten Lichtverhältnissen aufgenommen worden war.

10

Mr. Bird unterhielt sich mit einem Kollegen über den Mord im Stadtteil Borough.

»Ich hab' übrigens das Photo von dem anderen Kerl in der Morgenzeitung gesehen«, sagte er. »Sieht aus wie ein Schiffbrüchiger, den man erst sehr spät aufgefischt hat.« Er zog die Brauen zusammen. »Haben Sie irgendeine Spur?«

Inspektor Kelly schüttelte den Kopf. »Nein, wir werden auch kaum etwas finden. Wäre Lewing noch am Leben, er würde schwören, daß er den Mann nicht erkannt hat, der ihn mit dem Messer überfiel. Bei dem anderen Mann wird es dasselbe sein.«

Der Sparrow runzelte die Stirn. »Ich würde ihn mir gern mal ansehen. Wird er eigentlich davonkommen?«

Kelly zuckte die Achseln. »Was weiß ich? Aber ich würde Ihnen nicht raten, sich um die Sache zu kümmern. Gennett, der sie bearbeitet, ist sehr empfindlich.«

Aus Zuständigkeitsgründen gelang es Mr. Bird daher nicht, die Unfallstation im St.-Thomas-Hospital aufzusuchen. Er bekam jedoch eine Abschrift der Aussage des Schwerverletzten in die Hand.

›Ich weiß nicht, wer Lewing getötet hat. Ich war zwar bei ihm, als es geschah, aber ich kannte ihn nur oberflächlich. Ich würde keinen der Männer, die uns überfielen, wiedererkennen; sie waren mir fremd. Ihre Gesichter konnte ich nicht sehen.‹

Darunter stand in Klammern: ›Der Aussagende weigert sich, seinen Namen anzugeben.‹

Der Sparrow lachte. »Ich möchte nicht mit Inspektor Gennett tauschen«, meinte er. »Er wird sich die Beine ausreißen und nichts erreichen.«

Am späten Nachmittag traf er sich mit Miss Mary Bolford zum Tee.

»Na, wie war's?«

»Bei Mrs. Maddison?« Mary seufzte und schüttelte den Kopf. »Ich weiß nicht recht ... Ich habe mich nicht wohl gefühlt. Am Hochzeitstag scheint es einen Riesenkrach gegeben zu haben. Selbstverständlich weiß ich nicht, warum.«

»Vielleicht des Bruders wegen?« meinte Mr. Bird. »Sie wissen ja, bei Verwandten –«

»Aber er ist tot.«

Der Sparrow nickte ernsthaft.

Sie saßen in einem der gutbesuchten Teelokale bei Charing Cross. Mr. Bird hatte sich einen kleinen Tisch in einer Nische geben lassen, und von hier aus konnte er die Tür im Auge behalten.

»Sie haben also gestritten, wie? Nehmen Sie sich das zu Herzen, Mary – heiraten Sie nie. Ich habe erst heute gesagt –«

Sie sah, wie sich seine Augen vor Erstaunen weiteten. Er starrte zur Tür, und sie folgte seinem Beispiel. Ein großer, gutaussehender Mann hatte das Lokal betreten.

»Sososo!« murmelte Mr. Bird. »Das ist der Augenblick, wo die Göttin der Gerechtigkeit vom Gerichtsgebäude fällt und den Freigesprochenen erschlägt.«

»Wer ist denn das?« flüsterte sie.

»Ein böser Mensch«, erwiderte der Sparrow leise. »Wollen Sie ihn kennenlernen?«

Sie nickte, und in diesem Augenblick trafen sich die Augen des Fremden und des Kriminalbeamten. Mr. Bird krümmte seinen Finger. Der Fremde lächelte, kam herüber und setzte sich.

»Tag, Gunner!« sagte der Sparrow anklagend. »Sind Sie ausgebrochen?«

»Gewiß«, meinte Gunner Haynes lächelnd. Dann rief er eine Bedienung herbei und bestellte Kaffee.

»Das ist eine gute Bekannte – von der Zeitung«, stellte der Sparrow Mary Bolford vor. »Als Angehörige dieses gesetzlosen Berufs kann sie den geschicktesten Juwelendieb Englands kennenlernen, ohne erröten zu müssen!«

»Falls Sie nicht wissen sollten, wer ich bin«, meinte Haynes ironisch. Sie lächelte.

»Das Urteil ist aufgehoben?« Als der Gunner nickte, stöhnte Mr. Bird auf. »Mein Vertrauen in das Revisionsgericht ist dahin«, meinte er verzweifelt. »Ich weiß genau, warum Sie im Hotel waren und worauf Sie Ihr Auge hatten – es gibt keine Gerechtigkeit auf der Welt, Gunner.«

Der Gunner rührte in seiner Tasse und lachte.

»Ihre Anschuldigung stand auf schwachen Füßen, Mr. Bird, das wissen Sie ganz genau. – Ich würde gerne den Mann kennenlernen, der versucht hat, mich – mir zu helfen.«

»Sie wollten sagen, ›mich zu warnen‹.« Der Sparrow sah ihn scharf an. »Nun, das geht nicht, weil er seine Flitterwochen verlebt.«

»Maddison, nicht wahr? Ich erinnere mich. Hat er mit der Bank zu tun? Sie können ruhig sprechen, Mr. Bird. Ich habe nicht vor, ihm etwas zu nehmen. Bei mir hat er einen Stein im Brett.«

»Da wird er sich aber freuen«, erwiderte Bird ironisch. Dann fragte er sachlich: »Was haben Sie jetzt vor, Gunner? Sind Sie vernünftig geworden?«

Aber Gunner Haynes hörte nicht zu. »Wen hat er geheiratet – das hübsche Mädchen, das damals im Hotel an seinem Tisch saß? Eine blendende Erscheinung! Sie erinnerte mich an –« Er brach plötzlich ab. Mary Bolford sah, wie ein Muskel in seinem Gesicht zuckte.

»– an jemanden, den ich gekannt habe. Nun, ich wünsche den beiden viel Glück!«

»Ihre Glückwünsche müssen Sie schon jedem einzeln zustellen«, meinte Mary Bolford. »Sie haben sich am Hochzeitstag getrennt.«

Er warf ihr einen Blick zu. »Was hat sie ihm angetan?« fragte er, und Mary Bolford mußte lachen.

»Sie sind Ihrer Sache aber sehr sicher, wie? Halten Sie es nicht für möglich, daß er irgend etwas Scheußliches getan hat?«

Er schüttelte den Kopf. »Ein Mensch wie er ist gar nicht fähig, etwas Anfechtbares zu tun – glauben Sie mir. Ich kenne mich bei Männern aus – die Tatsache, daß ich über ihre Schwächen und Stärken genau Bescheid wußte, hat mir meinen Beruf ermöglicht. Frauen verstehe ich nicht. Sie haben sich übrigens getäuscht, Bird – ich war nicht hinter dem Schmuck der Amerikanerin her. Ich hatte es auf ein Brillantarmband abgesehen. Im Hotel wohnte ein alter Narr, der auf eine angebliche Schauspielerin scharf war. – Nein, ich habe genug Geld zum Leben.« Er sah den Sparrow amüsiert an. »Geld genug, um mir eine Maschinenpistole zu kaufen und endlich meinen Spitznamen zu rechtfertigen.« Er wandte sich an Mary Bolford. »Wo ist Maddison?«

»Fragen Sie mich«, knurrte der Sparrow. »Ich bin hier der Auskunftsbeamte! Wenn Sie Ihre Lebensgeschichte erzählen wollen, wird Miss Bolford sicher das Nötige veranlassen, aber ich habe Sie nicht hierhergebeten, um mit Ihnen den Nachmittag zu verplaudern.«

Haynes sah, wie Mary ein bißchen zusammenzuckte. Er lachte. »Er hat recht – natürlich hat er recht«, sagte er. »Ich will Ihnen einen Rat geben, Miss Bolford.« Seine Stimme klang seltsam sanft; selbst der Sparrow sah ihn ein wenig erstaunt an. »Bevor Sie Mitgefühl mit einem Vorbestraften empfinden, erkundigen Sie sich, weshalb er gesessen hat – und, was noch wichtiger ist, wie oft er im Gefängnis war. Wenn man ihn zweimal eingelocht hat, brauchen Sie kein Mitleid an ihn zu verschwenden – ich hatte bereits dreimal das Vergnügen.«

Er drehte sich plötzlich um, winkte der Bedienung und bezahlte. Dann erhob er sich und gab dem Sparrow die Hand.

»Bird und ich kämpfen im selben Krieg«, sagte er. »Nur auf verschiedenen Seiten. Meine Seite verliert zwar immer, aber sie hat auch den meisten Spaß.«

Er drehte sich um, ging langsam durch das Lokal und tauchte in dem Menschengewühl auf der Straße unter.

11

Luke Maddison wurde in eine Privatstation verlegt, und eines Morgens blieb die Fieberkurve am Fußende des Bettes hängen. Darauf stand, daß er jetzt Smith hieß.

»Seit wann bin ich schon Smith?« fragte er.

Die Krankenschwester lächelte. »Wenn wir den Namen eines Kranken nicht wissen, nennen wir ihn einfach Smith – Bill Smith«, erwiderte sie. »Aber Sie sind sicher so nett und sagen uns Ihren wirklichen Namen.«

Er schüttelte den Kopf. »Nein, ich glaube nicht. Smith ist ein sehr guter Name. Vielleicht wäre alles anders gekommen, wenn ich wirklich Smith geheißen hätte.«

Am sechzehnten oder siebzehnten Tag nach dem Überfall kam die Krankenschwester herein und sagte: »Ein Freund von Ihnen möchte Sie besuchen. Er behauptet, Sie zu kennen.«

Luke runzelte die Stirn. »Ein Freund?« wiederholte er. »Er verwechselt mich sicher mit jemand anders.«

»Nein, er hat sich speziell nach Ihnen erkundigt. Er sagte, er wolle den Mann sprechen, der bei der Messerstecherei verletzt wurde. Selbstverständlich habe ich ihm nicht gesagt, daß Sie Smith heißen, weil es ja nicht stimmt.«

»O doch, Schwester – aber ich bin neugierig. Lassen Sie ihn herein.«

Wer konnte das sein? Einen verrückten Augenblick lang träumte er davon, eine reuige Margaret würde sein Zimmer betreten. Er hätte sofort über diesen Gedanken gelacht, aber davon bekam er nur Schmerzen.

Er hatte den Mann, der kurze Zeit später hereinkam, noch nie gesehen. Seine etwas schäbige Erscheinung hatte er durch einen neuen, strahlendweißen Kragen und eine grellfarbene Krawatte aufzubessern versucht. Sein Schädel war außerordentlich klein, das Gesicht scharf geschnitten.

»Ist das Ihr Freund?« fragte die Schwester.

Der Mann nickte. »Natürlich, Miss.«

Die Schwester zog sich zurück, und der Mann beugte sich

über das Bett. Er roch muffig und unangenehm, als seien seine Kleidungsstücke an einem feuchten Ort aufbewahrt gewesen.

»Joe sagt, er wird alles recht machen, weil Sie nichts verpfiffen haben.«

»Weil ich was nicht?« fragte Luke.

»Verpfiffen. Lassen Sie die Späße! Wenn Sie entlassen werden, besuchen Sie ihn.« Er schob ein schmutziges Stück Papier unter das Kopfkissen und fügte hinzu: »Er schickt Ihnen fünf Pfund. Joe sagt, daß er sich um Sie kümmert.«

»Ich kann's gebrauchen«, erwiderte Luke.

Am Tag vor seiner Entlassung aus dem Krankenhaus fragte ihn die Krankenschwester, ob er nicht zum Friseur gehen wolle. Luke lächelte und meinte: »Nein, aber vielleicht kann ich mal einen Spiegel haben.«

Sie brachte ihm einen Handspiegel, und er sah einen fremden, ungepflegten Mann mit langen Haaren und einem ungestutzten Bart.

»Du lieber Himmel!« murmelte er.

»Sie sind keine Schönheit, wie?« meinte die Krankenschwester.

»Nie gewesen«, erwiderte Luke fröhlich. Dann runzelte er die Stirn. »Kommt eigentlich dieser Polizist wieder?«

Sie schüttelte den Kopf. »Nein, man hat es aufgegeben. Die ganze Sache ist seit letzter Woche abgeschlossen. Haben Sie denn die Zeitung nicht gelesen?«

»Ich kann nicht lesen«, sagte Luke. Die Schwester lachte.

Als die Schwester gegangen war, holte er noch einmal den Zettel hervor, den ihm der geheimnisvolle Besucher überbracht hatte.

›Gehen Sie zu Mrs. Fraser, Gimlet Street 39, Lambeth. Sie wird sich um Sie kümmern.‹

Er lachte leise. Es gab also jemanden, der sich um ihn kümmern wollte. Warum sollte er es nicht versuchen?

Er verließ das Krankenhaus an einem sonnigen Nachmittag. Er hatte Gewicht verloren, aber er fühlte sich bereits soweit gekräftigt, daß er den Weg zu Fuß zurücklegen konnte.

Er mußte einige Zeit suchen, bis er die Gimlet Street fand, eine unappetitliche Straße im Stadtteil Borough. Nummer neununddreißig war ein Grünkramladen an der Ecke. Eine schmale Gasse führte zu einem Hinterhof. Das Geschäft sah nicht besonders einladend aus. Das Innere war schmutzig und eng. Hinter der Theke befand sich ein Gestell, auf dem Kartoffeln gelagert waren, während man ein paar verkümmerte Blumenkohlköpfe in das Fenster gelegt hatte. In einer Ecke des Ladens lag ein Kohlenhaufen, daneben stand eine Waage – offensichtlich kauften die Leute in der Gimlet Street das Heizmaterial pfundweise.

Er öffnete die Tür. Eine blecherne Ladenglocke schepperte, und nach einer Weile trat eine schlampige Frau mit grellgefärbten Haaren aus dem Hinterraum.

»Ich bin Mrs. Fraser«, sagte sie.

»Man hat mich gebeten, Sie aufzusuchen«, begann er, aber sie unterbrach ihn sofort. »Sind Sie der Mann aus dem Krankenhaus – Smith?«

Luke lächelte und nickte. Sie hob das Klappbrett hoch. »Kommen Sie bitte herein.« Ihr Ton war respektvoll, beinahe kriecherisch. »Ich dachte, Sie kämen erst morgen.«

Sie führte ihn in einen muffig riechenden Wohnraum und schloß die Tür, die zum Laden führte.

»Gut, daß ich das Zimmer für Sie heute schon hergerichtet hab'«, sagte sie. »Bei mir klappt's eben immer. Würden Sie bitte mit mir kommen?«

Die Neugier trieb ihn, ihr zu folgen. Beim ersten Anblick des schmutzigen Ladens wäre er beinahe umgekehrt, aber jetzt beschloß er, sich auf das Abenteuer einzulassen.

Irgendwann einmal hatte man einen kleinen Anbau erstellt. Die Böden schienen hier fester, die Türen schwerer zu sein. Sie öffnete eine davon und führte ihn in ein Zimmer, dessen Behaglichkeit ihn erstaunte. Das Bett war sauber, das Mobiliar ordentlich. Im Kamin brannte ein Feuer.

Auf dem Tisch lag ein Federhalter neben Schreibpapier und Tintenfaß.

»Eine gewisse Person dachte, Sie würden gerne Ihren Freun-

den schreiben«, meinte die Frau, »weil Sie aus dem Krankenhaus nicht geschrieben haben.«

»Woher wissen die Leute das?« fragte er überrascht.

Mrs. Fraser lächelte geheimnisvoll. »Er weiß eben alles«, sagte sie. »Es ist besser für Sie, wenn Sie mit Lewings Kumpanen nichts mehr zu tun haben«, fuhr sie fort und sah ihn forschend an. »Die Polizei hat vergangene Woche die Bande auseinandergesprengt. Dieser Lewing hätte seine eigene Mutter um den letzten Pfennig beschwindelt!«

»Ein übler Bursche, wie?«

»Wenn Sie sich mit ihm eingelassen hätten, wäre es Ihnen schlecht ergangen.«

»Ich möchte etwas klarstellen, Mrs. Fraser«, sagte Luke. »Ich war weder bei Lewings Bande noch bei irgendeiner anderen Gruppe Mitglied.«

»Ich weiß. Er wußte das auch. Aber Lewing brüstete sich immer mit den Leuten, zu denen er Beziehungen hatte, und er tratschte überall herum, wie gut Sie fahren könnten. Sind Sie Fahrer?«

»Nun ja, das kann man mit mehr oder weniger Berechtigung sagen«, erwiderte Luke lächelnd.

»Sie haben sogar Rennen gewonnen, nicht wahr?« fragte sie.

Luke erinnerte sich an ein Gespräch, das er mit dem kleinen Gauner einmal geführt hatte.

»Er ist mit Gunner Haynes befreundet gewesen, nicht wahr?«

Die Frau zuckte zusammen und blinzelte.

»Ich weiß nichts über Mr. Haynes«, sagte sie. »Am besten spricht man gar nicht von ihm. Wir haben nie Schwierigkeiten mit Mr. Haynes gehabt und wollen das auch in Zukunft so halten.«

An ihrem Tonfall konnte er erkennen, daß sie den Gunner fürchtete.

Sie verließ das Zimmer, um ihm Tee zu kochen, und er zog einen Stuhl an den Tisch heran. Das Schreibpapier lockte, aber wem sollte er schreiben. Er dachte nicht an Margaret.

Aber Stiles? Was würde Stiles denken? Zum erstenmal kam ihm ein schrecklicher Gedanke. Angenommen, Stiles war des

Glaubens, Luke hätte Selbstmord begangen? Angenommen, die Zeitungen waren voll von Geschichten über einen Millionär, der sich vielleicht in die Themse gestürzt hatte?

Mrs. Fraser kam mit einer Tasse Tee zurück. Er versuchte, sie auszufragen. Sie schüttelte den Kopf.

»Nein, in der Zeitung steht nichts.«

»Ich glaube mich zu erinnern«, meinte Luke nebenhin, »daß ich im Krankenhaus die Schwestern von einem reichen Mann sprechen hörte, der verschwunden sein soll; seine Bank scheint bankrott zu sein ... man sprach von Selbstmord.«

Sie schüttelte wieder den Kopf. »Ich habe nichts davon gehört, und es wäre mir bestimmt aufgefallen, weil meine arme Mutter ihr ganzes Geld verlor, als die Webbick-Bank pleite ging ...«

Er atmete auf, als sie gegangen war. Offensichtlich hatte es Stiles nicht für angebracht gehalten, die Polizei zu verständigen ...

Er zog ein Blatt Papier heran und begann zu schreiben.

12

Wenn Danty Morell jemandem nicht zu begegnen wünschte, dann war das Chefinspektor Bird. Die einzige Entschädigung für die Begegnung im Green Park war Mr. Birds Begleiterin, deren Gesicht Danty schon einmal gesehen zu haben glaubte.

Danton schlenderte ziellos am Teich entlang und sah den Enten zu. Als er bemerkte, daß der Sparrow in Begleitung war, hoffte er, der Kriminalbeamte würde so diskret sein und an ihm vorbeigehen. Mr. Bird schien es aber an Diskretion zu mangeln, denn er blieb stehen und grinste befriedigt, als habe er einen längst vermißten Freund wieder entdeckt.

»Morgen, Morell – darf ich Ihnen diesen Herrn vorstellen, Miss Bolford?«

Sein Ton war so freundlich, daß Danty für einen Augenblick seine Reserve fallen ließ. Er lächelte bezwingend.

»Wir haben uns doch schon irgendwo gesehen –«

»Und Sie werden sie sicher wieder sehen«, dröhnte der Spar-

row. »Diese junge Dame ist eine Reporterin – waren Sie schon im Old Bailey, Miss Bolford?«

Sie lachte. »Zweimal. Mir genügt das.«

»Das kann ich verstehen«, gab der Sparrow zu. »Bei manchen Leuten ist einmal schon zuviel, wie, Morell?«

Dantys Gesicht rötete sich. Bevor er etwas erwidern konnte, fuhr Mr. Bird fort: »Haben Sie etwas von Mr. Maddison gehört?«

»Er ist in Paris«, erwiderte Danty kurz.

»Das hab' ich mir gedacht.« Der Sparrow nickte. »Als ich Ihren Diener mit dem Continental-Expreß hier ankommen sah, sagte ich zu mir: ›Ich wette, daß Maddison in Paris ist. Ich wette, daß er seiner Frau ein Telegramm nach dem andern schickt, solange sich Morells Diener in Paris aufhält.‹ – Kennen Sie übrigens Mr. Stiles?« Er neigte den Kopf wie ein Vogel zur Seite, so daß Mary Bolford Mühe hatte, ein ernstes Gesicht zu bewahren. »Den Geschäftsführer von Maddisons Bank?«

»Ich habe von ihm gehört. Ich bin sicher auch schon mit ihm zusammengetroffen«, sagte der andere knapp.

»Tüchtiger Mann, aber nicht sehr gesprächig«, meinte Bird. »Je mehr Sie sich mit ihm unterhalten, desto weniger sagt er. Was er über den Aufenthalt von Mr. Maddison nicht weiß, gibt er auch nicht preis.«

»Soviel mir bekannt ist«, sagte Danty, »befindet sich Maddison in Paris, und er scheint sich zu amüsieren.«

»Bitte nicht vor der jungen Dame«, murmelte der Sparrow und schloß gequält die Augen. »Das hat er wohl in seinem Telegramm mitgeteilt? Ich wette zehn Millionen Pfund, daß es kein Brief gewesen ist.«

»Da fragen Sie besser Mrs. Maddison«, antwortete Danty. Er wandte sich ab und wollte gehen, aber Mr. Bird hielt ihn zurück.

»Ich hätte gerne noch etwas gewußt – haben Sie den Gunner getroffen?«

Morell zuckte zusammen. »Den Gunner?« stammelte er. »Meinen Sie Haynes – er sitzt doch im Gefängnis.«

»Sie lesen die Zeitungen nicht.« Der Sparrow schüttelte miß-

billigend den Kopf. »Da bemühen sich Tausende ehrlicher Menschen, gute Zeitungen zu machen, und Sie lesen sie nicht! Das Urteil gegen den Gunner wurde aufgehoben – er treibt sich irgendwo in London herum.«

Danty hatte sich wieder in der Gewalt. Sein Gesicht war zur Maske erstarrt. »Ich bin an Kriminellen nicht interessiert«, sagte er kalt.

»Das glaub' ich Ihnen gerne«, sagte Mr. Bird. »Ich gebe Ihnen einen Tip, Morell – meiden Sie die offenen Plätze. Ich hab' zwar die berüchtigte Pistole vom Gunner nie gefunden, aber vielleicht weiß er sehr gut, wo er sie sich besorgen kann. Auf Wiedersehen!«

Er sah Danton nach, als sich dieser wütend entfernte. Dann grinste er seine Begleiterin an.

»Na, was halten Sie von Mr. Morell?« fragte er.

»Immerhin hat er mich in seine Wohnung eingeladen«, meinte Mary lächelnd.

»Ach ja, natürlich!« sagte Mr. Bird. »Das hatte ich ganz vergessen.« Er kratzte sich am Kinn. »Wer war damals eigentlich bei ihm?« fragte er plötzlich interessiert.

»Ein junger Mann. Ich kannte ihn nicht. Anscheinend ein Spekulant.«

Der Sparrow pfiff durch die Zähne. »Sie waren gemeinsam in der Bank«, sagte er sanft, »etwa um drei Uhr nachmittags, als ein Scheck über ich weiß nicht wieviel tausend Pfund eingelöst wurde! Sehr merkwürdig.«

Aber Mr. Bird blieb schweigsam, als Mary Bolford mehr aus ihm herauszuholen versuchte.

Danty war beunruhigt. Er hatte damit gerechnet, daß der Gunner mindestens drei Monate im Gefängnis sitzen würde. Und in den drei Monaten konnte man viel erledigen. Danty hatte vorgehabt, seinen Coup zu landen und ins Ausland zu gehen, bevor Gunner Haynes sich ihm auf die Fersen setzte.

Er blieb plötzlich stehen. Warum hatte ihn der Sparrow gewarnt? Es gab nichts, was ihn mit der Verhaftung des Gunner in Verbindung bringen konnte, außer – die Polizei hatte ihn

verraten! Der Gunner wußte also Bescheid – es war immerhin merkwürdig, daß sich Haynes noch nicht hatte sehen lassen. Danty beruhigte sich bei diesem Gedanken und ging weiter, um seine Verabredung einzuhalten.

Margaret war ausgegangen. Er mußte eine Stunde in ihrem Wohnzimmer warten, ehe sie zurückkam.

»Sie müssen sich in der Zeit geirrt haben«, meinte er. »Ich sagte elf Uhr –«

»Ich weiß. Ich hatte zu tun.«

Er schluckte. »Waren Sie einkaufen?« Sie schüttelte den Kopf und blätterte in einem Kursbuch.

»Ich dachte, Sie hätten sich in Madeira gelangweilt? Sie wollen doch nicht schon wieder verreisen?«

»Ich verreise nicht«, sagte sie. »Ich schicke einen Mann nach Spanien. Mr. Stiles meint, daß Luke nach Ronda gefahren sein könnte, obwohl er noch nicht dort sein dürfte.«

Er starrte sie erstaunt an. »Stiles? Haben Sie ihn denn gesehen?«

Sie nickte. »Ja.«

»Aber ich dachte, er sei damals sehr unhöflich zu Ihnen gewesen?«

Sie lächelte schwach. »Er war heute auch nicht viel freundlicher – aber ich habe nicht nachgegeben«, erwiderte sie ruhig.

»Aber meine liebe Margaret! Sie werden sich doch nicht so weit herablassen, daß Sie Luke nachlaufen? Nachdem er in dem Telegramm zugegeben hat, Trost gefunden zu haben –«

»Luke ist nicht in Paris gewesen«, sagte sie gleichmütig. »Mr. Stiles erhielt eine kurze Nachricht von ihm, wonach Luke bisher in London war und jetzt für einige Zeit nach Ronda fahren will. Er bat Mr. Stiles, ein Scheckbuch an das Hotel Carlton in Madrid zu schicken. Luke hat ein Konto bei der Spanischen Nationalbank. Das scheint ihm offensichtlich erst eingefallen zu sein.«

Danty war klug genug, nicht auf der Echtheit des Pariser Telegramms zu bestehen. »Sie schicken einen Mann nach Ronda?« fragte er schließlich.

Sie nickte.

»Aber was kann er dort tun?«

»Er kann mir mitteilen, wann Luke ankommt – dann fahr' ich selbst hin.«

Morell starrte sie an. »Sie fahren hin?« wiederholte er ungläubig. »Wollen Sie damit sagen, daß Sie Rex und seinen Brief vergessen haben?«

»Als Rex ...«, sie zögerte, »... sich erschossen hat, kann er nicht bei Verstand gewesen sein. Er muß sich geirrt haben. Es ist ausgeschlossen, daß Luke etwas mit der Sache zu tun hatte. Ich denke seit Wochen darüber nach.«

»Sie glauben Ihrem Bruder also nicht?«

Sie sah ihn an. »Ich glaube nicht einmal mir selbst«, sagte sie.

»Und mir?« forderte er sie heraus.

Sie zögerte. »Ich glaube, daß Sie sich sehr für mich bemüht haben«, erwiderte sie. »Wahrscheinlich habe ich Sie dazu gebracht, meine Gedanken zu übernehmen. Außerdem hat Rex Sie sehr gern gehabt.«

Er lächelte bitter. »Ist das alles?«

»Was haben Sie erwartet?« fragte sie überrascht.

Danty lächelte. »Entschuldigen Sie – der Mensch hofft eben, solang er lebt.« Bevor sie etwas sagen konnte, fuhr er fort: »Ich war wohl gegen Maddison eingenommen. Ich habe ihn immer für einen Schwächling gehalten. Ich bin mir immer noch nicht sicher. Wenn einer von uns beiden den andern beeinflußt hat, dann war ich es wohl.«

Der Instinkt sagte ihm, daß er auf dem richtigen Weg war, aber er mußte an seine eigenen Geschäfte denken.

»Ich habe Ihnen neulich von der argentinischen Energieversorgungsgesellschaft erzählt, die ich aufbaue. Sie werden sich erinnern, daß ich Ihnen den Geschäftsbericht und die Statistiken zeigte. Sie erklärten damals, ein paar tausend Aktien kaufen zu wollen.«

Sie nickte. »Ich hatte vor, mit Ihnen darüber zu sprechen –«, begann sie. Aber er unterbrach sie.

»Nun, ich habe heute morgen ein Telegramm bekommen. Es ist mir gelungen, einen meiner Geschäftsfreunde zum Rücktritt zu bewegen. Sie können jetzt hunderttausend Pfund investieren –«

»Es tut mir leid«, sagte sie nachdrücklich, »aber ich kann nicht

einmal ein paar tausend anlegen. Ich habe Mr. Stiles und Lukes Rechtsanwalt zu treuen Händen das gesamte Vermögen übergeben – das ist der Grund, warum ich Mr. Stiles aufsuchte.«

Danty sah Margaret Maddison entsetzt an.

»Sie haben das ganze Geld zurückgegeben?« stotterte er.

Sie nickte. »Warum nicht? Ich habe genug zum Leben«, sagte sie. »Mr. Stiles, der das Vermögen jetzt verwaltet, sorgt dafür, daß ich mir deswegen keine Sorgen zu machen brauche.«

Danton Morell stand wie vom Donner gerührt. Bevor er etwas erwidern konnte, fuhr sie fort: »Luke ist niemals in Paris gewesen – irgendeine interessierte Person muß das Telegramm geschickt haben. Ich fühle mich beinahe selbst dafür verantwortlich, als hätte ich nach einer Rechtfertigung gesucht.« Sie lächelte. »Es wäre wirklich unangenehm, wenn ich glauben müßte, daß Sie mit meinem Geld gerechnet haben. Glücklicherweise sind Sie ja ein reicher Mann.« Danty nickte langsam. Erst an diesem Morgen hatte er ein Mahnschreiben seiner Bank erhalten.

Er bemühte sich, seine Beherrschung wiederzugewinnen, und sagte in gleichgültigem Ton: »Ich bin mir nicht ganz sicher, ob Sie klug gehandelt haben. Was sagt Ihr Rechtsanwalt dazu?«

Sie schüttelte den Kopf. »In Fragen des Gewissens bespricht man sich nicht mit seinem Rechtsanwalt«, meinte sie ruhig.

»Wann wollen Sie nach Ronda fahren?«

»In zwei Tagen«, sagte sie. »Sobald ich sicher bin, daß Luke sich in Ronda aufhält.«

»Was werden Sie ihm sagen?«

Er konnte diese Frage nicht unterdrücken, obwohl ihm sofort klar wurde, daß er einen taktischen Fehler begangen hatte.

»Diese Sache geht nur Luke und mich an«, sagte sie kühl. »Ich habe mir die Suppe eingebrockt, und ich muß sie auch auslöffeln.«

In seiner Verzweiflung machte er einen zweiten Fehler.

»Sie sind auch dem Andenken Ihres Bruders etwas schuldig. Ich weiß nicht, wie Ihre Gefühle Luke gegenüber sind, aber eine Tatsache kann man doch nicht aus der Welt schaffen. Luke hätte das Leben Ihres Bruders retten können. Statt dessen ruinierte er ihn völlig. Er betet das Geld an –«

»Und doch hat er mir alles gegeben«, erwiderte sie ruhig. »Und als ich mich weigerte, ihm Geld zu geben, ging er fort, ohne ein Wort zu sagen. Verstehen Sie denn nicht, Danton? Wenn er seinen Rechtsanwalt beauftragt hätte, vor Gericht zu klagen, hätte ich ihm das Geld zurückgeben müssen. Nicht, weil er gesetzlich einen Anspruch darauf hätte, sondern weil ich es nicht gewagt hätte, mich einer öffentlichen Auseinandersetzung zu stellen. Vielleicht hat er grausam gehandelt, aber ich kann nicht einen Fehler durch einen anderen beseitigen. Das war die Überlegung, die mich dazu gebracht hat, Mr. Stiles das Geld zurückzugeben«, meinte sie in beinahe freundlichem Ton. »Wir werden die Sache mit Rex ausfechten müssen – sie ist sehr häßlich, und sie tut weh. Ich bin jetzt noch nicht einmal in der Lage, in Ruhe darüber nachzudenken. Vielleicht hat Luke irgendeine Erklärung. Es kann einen durchaus plausiblen Grund geben, warum er sich geweigert hat, meinem Bruder zu helfen. Auf jeden Fall ist es meine Aufgabe, die Wahrheit herauszufinden.«

Er verzog verächtlich den Mund. »Das Ergebnis Ihrer Versöhnung – und darauf läuft es wohl hinaus – dürfte sein, daß ich bei allen Leuten in schiefem Licht erscheine. Finanziell kann das mein Ruin sein. Luke hat großen Einfluß in der City, und selbst jetzt macht mir die bloße Andeutung, daß ich ihm feindlich gesinnt gewesen sei, große Schwierigkeiten.«

Zu seiner Überraschung lachte sie.

»Danton«, sagte sie beinahe fröhlich, »Sie glauben doch nicht, ich würde zusehen, wie ein Freund meines Bruders in Schwierigkeiten gerät, nur weil er mir zu helfen versuchte?«

Er wollte etwas sagen, als es klopfte und das Dienstmädchen hereinkam.

»Ein Herr möchte Sie sprechen – ein Mr. Haynes.«

Danty wurde blaß.

»Er sagt, er sei mit Mr. Maddison bekannt«, fuhr das Mädchen fort, »und er möchte sich mit Ihnen unterhalten.«

Danty starrte sie an. »Sie haben ihm doch nicht gesagt, daß ich hier bin?« fragte er.

Margaret sah ihn erstaunt an. »Kennen Sie ihn denn?«

Er nickte.

»Warten Sie doch bitte einen Augenblick draußen«, sagte Margaret zu dem Dienstmädchen. Als es die Tür hinter sich geschlossen hatte, fragte Margaret: »Wer ist er?«

»Ein Mann, dem ich nicht begegnen möchte und den Sie auch nicht empfangen sollten. Er ist ein Gangster, er wurde damals im Ritz-Carlton-Hotel verhaftet. Ich rate Ihnen, ihn wegzuschicken.«

Sie zögerte. »Wenn er Luke kennt –«

»Er kennt ihn nicht – es ist nur ein Trick. Er wird wahrscheinlich Geld verlangen, und er ist ziemlich gefährlich.«

»Dann ist es wohl besser, Sie sind zugegen, wenn er mit mir spricht«, meinte sie. Aber an seinem Gesicht konnte sie ablesen, daß er damit nicht einverstanden war. »Ich möchte mit ihm sprechen«, sagte sie. »Warten Sie einstweilen im Nebenzimmer?«

Er zog sich zurück und hörte kurze Zeit später, wie der Gunner an der Tür vorbeiging.

Margaret war auf den Mann, der ihr Zimmer betrat, völlig unvorbereitet. Das gutgeschnittene, markante Gesicht sprach von Intelligenz und Willensstärke, die sie nicht erwartet hatte.

»Sind Sie Mrs. Maddison?« fragte der Besucher. Sie neigte leicht den Kopf. »Ich heiße Haynes – die Polizei kennt mich als Gunner Haynes. Unter anderem bin ich auch Juwelendieb«, sagte er.

Er sagte das so gelassen, als zähle er Ehrentitel auf.

»Ich habe vor einiger Zeit Ihren Mann kennengelernt. Er versuchte, mir einen Dienst zu erweisen – ich möchte ihm das vergelten, Mrs. Maddison.«

Wieder nickte sie.

»Mr. Danton Morell ist mit Ihnen befreundet, nicht wahr?« fragte er.

»Ja«, erwiderte sie kühl. »Warum?«

Sie bemerkte, daß seine Lippen zuckten.

»Ich habe mich nur gefragt ... Mrs. Maddison, würden Sie mich für unverschämt halten, wenn ich Sie frage, warum Ihr Mann Sie verlassen hat?« Sie hielt seinem Blick stand.

»Was ist Ihre eigene Meinung?« fragte sie ruhig.

Er lächelte schwach. »Nun ja, Sie haben recht, aber ich in-

teressiere mich sehr für Ihren Mann, Mrs. Maddison. Er hat alles getan, mich zu warnen, obwohl er wußte, daß die Polizei schon unterwegs war, um mich zu verhaften. Ich hätte Ihnen diese Frage nicht stellen sollen, und ich konnte auch keine befriedigende Antwort erwarten. Sagen Sie mir nur das eine: Haben Sie eine Ahnung, wo sich Ihr Mann aufhält?«

»Wollen Sie ihn unbedingt finden?« fragte sie.

Er schüttelte den Kopf. »Nein, aber ich möchte gerne genau wissen, wo er sich befindet. Ich habe einen besonderen Grund dafür. Ist er in London?«

Sie schüttelte den Kopf. »Augenblicklich hält er sich in Spanien auf, aber ich kann Ihnen die Anschrift nicht geben.«

»Mr. Morell – ist er auch in Spanien? Entschuldigen Sie, Mrs. Maddison, aber auch für diese Frage habe ich einen sehr wichtigen Grund. Morell ist ein Mann, den keine anständige Frau kennen sollte –«

Sie ging zum Tisch und drückte auf den Klingelknopf. Er lächelte. – »Das bedeutet, daß Sie mich hinauswerfen, und ich nehme es Ihnen nicht übel. Ich war wohl nicht geschickt genug. Ich wollte nur wissen, wo sich Mr. Maddison aufhält –«

»Das habe ich Ihnen gesagt«, erwiderte sie, als das Dienstmädchen die Tür öffnete.

»Und was Danty Morell angeht –« begann er.

Sie deutete zur Tür.

»Ich habe nicht die Absicht, über meine Freunde zu diskutieren – nicht einmal mit den kriminellen Bekannten meines Mannes.« Sie hörte ihn lachen, als er die Treppe hinunterging.

Sie wartete, bis die Haustür ins Schloß fiel, aber Morell saß nicht mehr im Nebenzimmer. Das Dienstmädchen erklärte, daß er wenige Minuten nach Gunner Haynes' Erscheinen gegangen sei.

Margaret Maddison hatte im Westend einiges zu erledigen, und im Laufe des Nachmittags ließ sie sich mit dem Wagen in den Park fahren. In der Nähe des Marbel Arch stieg sie aus. Sie wollte spazierengehen und nachdenken.

Sie wanderte langsam auf dem asphaltierten Spazierweg da-

hin. Da sah sie auf der anderen Straßenseite einen Wagen heranrollen. Am Steuer saß ein außergewöhnlich hübsches, elegant gekleidetes Mädchen. Neben ihr ein bärtiger Mann, dessen Gesicht halb durch den breitkrempigen Hut verdeckt wurde. Vor Margaret gingen ein breitschultriger Mann und ein Mädchen. Als sie die beiden überholte, hörte sie den Mann sagen: »Sehen Sie sich das Mädchen in dem Wagen an. Das ist Jean Gurley – die größte Schwindlerin in ganz London.«

Sie erkannte den Sparrow und seine Begleiterin. Da sie von den beiden nicht gesehen werden wollte, setzte sie sich auf eine Bank. Sie sah, wie der offene Sportwagen am Marble Arch umkehrte und die Straße, die er gekommen war, wieder zurückfuhr. In dem Augenblick, als der Wagen langsam an ihr vorbeirollte, hörte sie den bärtigen Mann sagen: »Das ist ja alles recht geheimnisvoll. Was bedeutet es?«

Sie wurde blaß und stand zitternd auf. Sie hatte die Stimme erkannt. Es war Luke gewesen!

13

Das Leben in der Gimlet Street kann vielleicht ganz amüsant werden, dachte Luke Maddison.

Er wohnte nun seit drei Tagen dort, und er hatte keinen Grund, sich zu beklagen. Er war froh, sich ausruhen zu können, keine Entscheidung treffen zu müssen.

Mrs. Fraser belästigte ihn nicht. Sie brachte ihm Bücher, kochte ihm einfache, aber schmackhafte und reichliche Mahlzeiten. Er konnte sich im Haus frei bewegen. Sie riet ihm lediglich, möglichst nur nachts auszugehen. Obwohl ihm klar war, daß sie im Auftrag des bisher noch nicht in Erscheinung getretenen Connor handelte, empfand er es als merkwürdig, daß sie sich so sehr um ihn bemühte.

Am dritten Tag sah er etwas klarer, als sie ihm eine Reihe von Fragen über Australien stellte. Nachdem er ihr erklärt hatte, daß er nie dort gewesen sei, lächelte sie rätselhaft.

»Wenn dieser Lewing so vernünftig gewesen wäre wie Sie und

seine Klappe gehalten hätte, wäre er sicher noch am Leben. Dann hätte auch niemand etwas über Sie erfahren. Aber er hat eben gerne großgetan. Er mußte überall erzählen, was er uns mit seinen Leuten antun würde, obwohl ihm bekannt sein mußte, daß wir das ganze Geld hatten.«

Luke erfuhr, daß Lewing von einem Mann erzählt hatte, der aus Australien hierherkommen würde, um mit seiner Bande zu arbeiten.

»Als Connor hörte daß Sie kommen, sagte er: ›Das ist genau der Mann für uns – holt ihn her.‹ Für Connor war der Bankraub in Sidney eine großartige Sache.«

Luke begriff, wofür man ihn hielt. Aus den einzelnen Informationen konnte er sich ein recht gutes Bild machen. Lewing war zumindest ein wichtiges Mitglied der Borough-Bande, wenn nicht gar ihr Anführer gewesen. Er hatte auch den Australier angeheuert.

Luke hörte, daß die Auseinandersetzung zwischen den Verbrechern eine besondere Bedeutung hatte. Die Borough-Bande bestand im wesentlichen aus Hafendieben, und mehrere Mitglieder waren durch den Verkauf des gestohlenen Frachtgutes rasch reich geworden.

»Sie sind also der Meinung, daß ich ein australischer Gangster bin, Mrs. Fraser – wenn ich sage ›sie‹, meine ich Ihre Auftraggeber.«

»Meine was?« fragte Mrs. Fraser verwirrt.

Luke erklärte es ihr. »Nun, ich bin nicht der Mann, den Sie erwartet haben«, fuhr er fort. »Die Tatsache, daß ich Lewings Begleiter war, bedeutet gar nichts – es war der reinste Zufall. Ich kann zwar chauffieren, aber Ihren Freunden dürfte ich nur sehr wenig nützen.«

Sie lächelte wieder geheimnisvoll. »Ich finde das prima, Mr. Smith, daß Sie so zurückhaltend sind«, meinte sie.

Spät am Abend sah er Mr. Connor zum erstenmal. Als er ihm die Hand schüttelte, lief es ihm kalt über den Rücken, denn er hatte die tiefe Stimme schon einmal gehört – in jener Nacht, als Lewing getötet worden war.

»Ich brauche Sie die nächsten Tage noch nicht, Smith«, erklärte Connor kurz. »Bekommen Sie alles, was Sie brauchen? Gut.«

Seine Stimme klang befehlend. Bevor Luke erklären konnte, wer er war, oder zumindest, wer er eben nicht war, hatte Connor das Zimmer bereits wieder verlassen.

Ein paar Tage später erlebte Luke eine neue Überraschung. Er saß am Tisch und war in ein Buch vertieft, als ein hübsches, blondes Mädchen hereinkam. Sie sah ihn mit einem zugleich amüsierten und interessierten Blick an.

»Connor hat mich hergeschickt. Ist Ihre neue Garderobe angekommen?«

Luke schüttelte den Kopf und lächelte.

»Nein«, sagte er. »Werde ich neu eingekleidet?«

Sie sah ihn kritisch an. »Außerdem brauchen Sie einen Friseur. Ich schicke Ihnen jemand herauf. Könnten Sie morgen mit mir eine kleine Fahrt unternehmen?«

Er lachte. »Warum nicht?« sagte er.

Sie war gut, aber nicht zu elegant gekleidet, als wolle sie um jeden Preis vermeiden, irgendwie aufzufallen.

»Das ist aber ein übles Loch!« sagte sie verächtlich, als sie auf die Straße hinabsah. »Ich verstehe nicht, wie diese Leute hier leben können.«

Er schwieg.

»Wir treffen uns am Kriegerdenkmal im Green Park«, sagte sie. »Ich hole Sie dort mit dem Wagen ab.«

Am nächsten Nachmittag ging er mit frischgestutztem Bart, neu eingekleidet und abenteuerlich gestimmt zu dem Treffpunkt. Er war kaum vor dem Kriegerdenkmal angekommen, als neben ihm ein Wagen hielt. Er stieg ein. Sie fuhren zum Hyde Park, wo sie im Schrittempo zwischen den Bäumen dahinrollten. Luke machte die Fahrt Spaß. Nach einer Weile sagte das Mädchen: »In der Nähe der Cavalry Street wartet ein Wagen. Hoffentlich können Sie fahren?«

»Ein anderer Wagen?« fragte er erstaunt.

Sie nickte. »Ich möchte einen Versuch mit Ihnen machen.«

Er lachte. »Das ist alles sehr geheimnisvoll«, sagte er.

Der Wagen, eine dunkle Limousine, wartete auf die beiden.

»Hier ist er«, sagte sie. »Los.«

Luke stieg aus und setzte sich ans Steuer der Limousine. Sie sank neben ihm auf den Sitz und schlug die Tür zu.

»Grafton Street«, sagte sie kurz. »Halten Sie am Rean Club.«

Er glaubte, sie wolle seine Fahrpraxis prüfen, weil er einen größeren Umweg machen mußte, bevor er den Wagen an der von ihr vorgesehenen Stelle zum Halten brachte.

»Passen Sie auf«, sagte sie schnell, »ich werde jetzt meinen Mann besuchen.« Sie sah ihm in die Augen. »Wenn er mir Schwierigkeiten macht, müssen Sie mir helfen. Wenn nicht, fahren wir in aller Ruhe die Albemarle Street zur Vauxhall Bridge hinunter.«

»Ihren Mann?« fragte er verständnislos.

Sie warf ihm einen argwöhnischen Blick zu. »Das sagen Sie jedenfalls den Polypen, wenn es Ärger gibt.«

Sie erklärte nicht, was ein Polyp war, und ehe er sie fragen konnte, hatte sie die Tür geöffnet und den Wagen verlassen. Ihren Anweisungen entsprechend ließ er den Motor laufen. Sie blieb etwa zwanzig Minuten weg. Dann sah er sie bei der Bond Street um die Ecke kommen und gelassen auf das Auto zustöckeln. Als sie die Wagentür öffnete, kam ein Mann in Hemdsärmeln um die Ecke gerannt; er stürzte sich auf das Mädchen und packte es beim Arm. Sie versuchte sich loszureißen, und bevor Luke überhaupt zum Denken kam, hatte er den Angreifer niedergeschlagen.

»Los!« befahl sie, und Luke Maddison gab Gas.

Sie überquerten die Oxford Street, fuhren die St. James's Street entlang durch den Park und hatten die Vauxhall Bridge hinter sich, bevor ihm klarwurde, was geschehen war. – »Warum hat der Kerl Sie festgehalten?« fragte er.

»Das war mein Mann – ich hatte Streit mit ihm«, sagte sie ruhig. »Ich wußte, daß sich Connor getäuscht hat«, fuhr sie fort. »Wenn ich nicht auf Draht gewesen wäre, hätten sie mich geschnappt.«

Er bemerkte, wie sie jeden Polizisten beobachtete, und sein Herz schlug schneller, als sie zum Tooting Place kamen und er auf ihren Befehl hin den Wagen anhielt.

»Hier steigen wir aus«, sagte sie. »Sie können mit dem Bus zurückfahren, ich nehme eine Taxe. Wenn Connor heute abend kommt, sagen Sie ihm, daß ich das Zeug habe.«

Sie wollte gehen, aber er packte sie beim Arm.

»Welches Zeug?« fragte er streng.

Dann bemerkte er das lange, schmale Kästchen, das sie unter dem Arm trug.

»Großer Gott!« sagte Luke Maddison. »Das haben Sie gestohlen!«

Sie sah ihn amüsiert an und nickte. »Natürlich, was dachten Sie denn?«

Sie winkte einer vorbeifahrenden Taxe. Er ließ ihren Arm los. Wie im Traum sah er sie mit der Taxe davonfahren.

Er wanderte die nächsten Stunden ziellos umher. Schließlich nahm er sich zusammen und trat den Weg zurück nach Lambeth an. Er hatte die Westminster Bridge überquert, als er einen Zeitungsjungen mit einem Plakat umhermarschieren sah. Der Text lautete: ›Frecher Raub im Westend‹. Er blieb stehen, starrte das Plakat fassungslos an, dann suchte er in seiner Tasche und gab dem Zeitungsjungen eine Münze . . .

Er wagte nicht, die Zeitung zu lesen, bevor er eine stillere Straße erreicht hatte . . .

›FRECHER RAUB IM WESTEND

Brillanthalskette im Wert von zwanzigtausend Pfund bei Taffany gestohlen. Heute nachmittag wurde im Juweliergeschäft Taffany in der Bond Street ein frecher Raub verübt. Kurz vor vier Uhr betrat eine gutgekleidete Frau das Geschäft und ließ sich Trauringe vorlegen. Während ihr der Verkäufer den Rükken zuwandte, muß sie mit einem durch Gummipuffer geschützten Hammer die Scheibe eines Schaukastens zerschlagen haben. Als er zurückkam, war die Frau und mit ihr eine wertvolle Brillanthalskette verschwunden. Er rannte auf die Straße hinaus

und holte sie ein, als sie in einen Wagen steigen wollte. Er wurde sofort von ihrem Begleiter, einem großen bärtigen Mann in hellgrauem Anzug, niedergeschlagen . . .‹

Luke Maddison saß in seinem kleinen Zimmer in der Gimlet Street, den Kopf in die Hände gestützt, und dachte nach. Mrs. Fraser war nicht in dem Zimmer hinter dem Laden gewesen, und er nahm an, daß sie seine Rückkehr nicht bemerkt hatte. Aber er irrte sich, denn etwa eine Viertelstunde später brachte sie ihm eine Tasse Tee.

Er hatte das Gefühl, daß sie sehr wohl wußte, was an diesem Nachmittag geschehen war, obwohl sie auf sein Abenteuer nicht zu sprechen kam, bevor sie wieder an der Tür stand.

»Connor meint, die einzige Gefahr sei, daß jemand von Lewings Kumpanen zu singen anfängt.«

»Was heißt das?« fragte Luke.

Sie lächelte bewundernd. »Sie sind aber einer! Nun, vielleicht gibt es in Australien diese Ausdrücke nicht.«

Er lehnte sich zurück. »Wissen Sie, was mir auffällt, Mrs. Fraser?« fragte er ruhig. »Jeder Mensch in der Umgebung, der die Beschreibung gelesen hat, wird mich erkennen. Mindestens hundert Leute müssen mich in der Gimlet Street schon gesehen haben –«

Sie schüttelte den Kopf. »Ich kenne alle Leute hier und weiß, was sie tun«, erwiderte sie. »Der einzige, der Sie gesehen hat, ist der alte Joe, der Besorgungen für mich macht. Connor meint, Sie sollen den Bart abnehmen und einen anderen Anzug anziehen. Dann nehme ich den grauen mit.«

»Was soll ich denn anziehen?« fragte er scharf.

»Im Schrank hängt ein blauer Anzug. Er ist erst vor ein paar Stunden gekommen«, sagte sie und verließ das Zimmer.

Er saß eine Viertelstunde regungslos am Tisch. Er, Luke Maddison, war ein Dieb, ein Gangster, aktives Mitglied einer Organisation, die bei Taffany einen Raub geplant und ausgeführt hatte! Er kannte das Juweliergeschäft recht gut, er hatte dort Margarets Verlobungsring gekauft. Es gab nur eins: Er mußte so schnell wie möglich von hier fort. Er hatte Mr. Stiles gebeten,

das Scheckbuch nach Ronda zu schicken, und es war ziemlich einfach, Spanien zu erreichen. Aber plötzlich fiel ihm ein, daß er keinen Paß hatte. Aber vielleicht besaß sein Anwalt einen Schlüssel zur Wohnung. Jack Hilton hatte ein Appartement in der St. James's Street. An ihn mußte er sich wenden.

Luke schob jeden Gedanken an die Ereignisse des Nachmittags beiseite. Als Mrs. Fraser das Zimmer betrat, um den grauen Anzug abzuholen, pfiff er fröhlich vor sich hin.

»Connor meint, Sie sollten den Schnurrbart behalten«, sagte sie.

»Wo ist Connor? Befindet er sich hier im Haus?«

Sie schüttelte den Kopf. »Nein, er hat mich angerufen.«

»Ich wußte gar nicht, daß Sie Telefon haben«, sagte er überrascht.

Mrs. Fraser lächelte. »Wir haben allerhand hier, wovon die Leute nichts wissen.«

Er schnitt seinen Bart zuerst mit der Schere zurecht und rasierte sich dann.

Als Mrs. Fraser das Essen brachte, starrte sie ihn bewundernd an.

»Na, ich hätte Sie nie wiedererkannt, Mr. Smith«, meinte sie. »Ich glaube, daß Sie so nicht einmal Ihr bester Freund erkennt.«

Luke selbst war überrascht. Er betrachtete sich im Spiegel und mußte feststellen, daß ihn der Schnurrbart völlig veränderte.

Mrs. Fraser schien gesprächiger als gewöhnlich. Sie fragte ihn, ob er verheiratet sei, und bevor er etwas erwidern konnte, fugte sie hinzu, daß sie Witwe sei.

»Praktisch läuft es jedenfalls darauf hinaus«, meinte sie. »Mein Mann hat vor zwei Jahren lebenslänglich bekommen. Nun ja, er war selbst schuld. Hat einen Polizisten angeschossen und schwer verletzt. Connor wollte damit natürlich nichts zu tun haben. Aber Fraser wollte eben alles mal ausprobieren –«

»Hat er denn schon vorher im Gefängnis gesessen?«

»Aber selbstverständlich! Einmal wegen einer Betrugsgeschichte in Manchester – er hatte zusammen mit Danty –«

Luke riß die Augen auf. »Danty?« fragte er ungläubig. »Wer ist das?«

»Ein Schwindler – Sie haben doch sicher schon von ihm gehört. Angeblich soll er ehrlich geworden sein, aber das ist ja nie ganz sicher. Er lebt im Westend, kennt lauter reiche Leute und hat ein Appartement in der Jermyn Street. Früher arbeitete er mit Gunner Haynes zusammen –«

»Gunner Haynes – Sie kennen ihn?« fragte Luke.

Am Tonfall ihrer Stimme konnte er erkennen, daß Haynes anscheinend eine wichtige Persönlichkeit war.

»Nein, ich kenne ihn nicht, ich habe nur von ihm gehört. Wie nennt sich Danty jetzt gleich wieder?« Sie runzelte die Stirn und dachte angestrengt nach. »Ich hab's auf der Zunge – Danton Morell – so heißt er jetzt. Connor hat mir erst neulich von ihm erzählt.«

Das Zimmer schien sich um Luke zu drehen. Danton Morell – ein Schwindler, ein Vorbestrafter? Unglaublich! Und plötzlich fiel ihm ein, daß Danty Morell der engste Vertraute seiner Frau war.

»Wie sieht er denn aus?«

»Danty? Ich habe ihn zwei- oder dreimal gesehen . . .«

Sie beschrieb Morell und verscheuchte damit den letzten Zweifel, den Luke gehabt haben mochte. Er mußte von hier weg, seinen Anwalt aufsuchen und ihm die Wahrheit sagen.

Gegen neun Uhr wollte er aufbrechen, als sich eine unerwartete Schwierigkeit einstellte. Er war gerade dabei, das Licht auszuknipsen, als Mrs. Fraser erschien. Sie schloß die Tür hinter sich, und an ihrem Verhalten konnte er ablesen, daß etwas Ernstes geschehen war.

»Zwei von Lewings Bande sind unten«, sagte sie leise. »Ich hab' nicht mehr die Gelegenheit gehabt, Connor anzurufen. Das Telefon befindet sich im Wohnzimmer, und sie kamen herein, ehe ich wußte, was los war.«

Sie hielt etwas unter ihrer Schürze versteckt, und als sie die Hand hervorzog, sah er, daß es eine Pistole war.

»Stecken Sie das in die Tasche«, drängte sie ihn. »Man weiß nie, was diese Kerle wollen.«

Er zögerte.

»Los, machen Sie schon«, sagte sie ungeduldig.

Mechanisch nahm er die Pistole entgegen und steckte sie in die Gesäßtasche.

»Sie wollen Sie sprechen –« begann sie. In diesem Augenblick dröhnte eine Stimme herauf.

»Los, Smith!«

Die Stimme klang drohend. Mrs. Fraser riß die Tür auf.

»Wartet!« sagte sie scharf. »Was glaubt ihr denn eigentlich?«

Luke hörte, wie der Mann etwas murrte, dann wurde die Tür zugeschlagen. Gemeinsam mit Mrs. Fraser ging Maddison die Treppe hinunter.

Im Wohnzimmer befanden sich zwei Männer. Der eine stand mit dem Rücken zum Kamin, der andere in der Nähe der Tür, die zum Laden führte. Sie waren ordentlich angezogen, und Luke dachte, daß er sie für brave Handwerker gehalten haben würde, wenn sie ihm auf der Straße begegnet wären. Der eine war groß und ziemlich massiv, der andere schmächtig.

Der große Mann, der mit dem Rücken zum Kamin stand, senkte den Kopf und starrte Luke an.

»Ist das Smith?« fragte er.

»Das ist Mr. Smith«, erwiderte Mrs. Fraser geziert.

»Was denken Sie sich eigentlich, daß Sie hierherkommen und behaupten, sonst jemand zu sein?« fragte der kleine Mann neben der Tür.

Sein großer Begleiter brachte ihn zum Schweigen. »Du hältst das Maul. Hier rede ich, Curly«, sagte er. »Sie haben das heute nachmittag gemacht, wie, Smith?«

»Ich habe schon viel gemacht«, erwiderte Luke kühl.

»Sie behaupten, ein Mann namens Smith zu sein, den unser Chef aus Australien herübergeholt hat – nein, ich spreche nicht von Lewing. Er war ein Niemand. Swank hat ihn umgelegt, und das ist gut so. Aber Sie sind nicht Smith.« Er deutete auf den Mann an der Tür. »Das ist Curly Smith.«

»Na eben, ich möcht' schon bitten!« schrillte der kleine Mann entrüstet. »Sie haben einfach meinen Namen benützt –«

Der korpulente Mann am Kamin unterbrach ihn. »Aus der Tatsache, daß Sie bei der Messerstecherei dabei waren, schloß

Connor, daß Sie der Mann sein mußten, den Lewing am Hafen abgeholt hatte. Aber Lewing war gar nicht am Hafen gewesen, denn er hatte kalte Füße bekommen. Sie sind jedenfalls nicht Smith, und ich möchte wetten, daß Sie niemals in Australien gewesen sind.«

»Er und in Australien!« krächzte Curly Smith. »Der könnte sich kein Stück Brot dort verdienen.« Er riß eine Zeitung aus der Tasche. »Da, sehen Sie, was Sie mir angetan haben.«

Luke Maddison las den Absatz, auf den der schmächtige Mann deutete.

›Im Zusammenhang mit diesem Raubüberfall zieht die Polizei Erkundigungen über einen Mann namens Smith ein, der vor wenigen Wochen mit dem Überseedampfer *Pontiac* in London angekommen sein soll.‹

»Begreifen Sie, was Sie angestellt haben?« wiederholte Smith. »Die Polizei ist hinter mir her!« Er ließ plötzlich die Hand sinken. »Vorsichtig!« knurrte der große Kerl, der Vermi hieß. »Er hat doch selber 'ne Pistole – warum ist die Alte wohl zu ihm hinaufgegangen!«

»So, alt bin ich, du Fettsack«, brauste Mrs. Fraser auf. »Wir werden schon sehen, was Connor dazu sagt. In fünf Minuten ist er hier.«

Vermi sah unsicher zur Tür. »Die will uns nur bluffen«, meinte er. »Außerdem kann sich Connor gar nicht beschweren, wenn wir uns hier ein bißchen erkundigen.«

»Brauchen Sie mich noch?« fragte Luke und wandte sich zur Tür.

Curly Smith trat ihm in den Weg.

»Wir wollen wissen –« begann Vermi.

»Mehr erfahren Sie von uns nicht«, sagte Luke kurz. Er trat einen Schritt vorwärts, aber Smith rührte sich nicht. Plötzlich schoß Lukes Hand vor, packte den kleinen Mann und schob ihn unsanft beiseite. Luke riß die Tür auf.

»Hinaus mit euch«, sagte er.

Vermi zuckte die Achseln. »Schon gut«, erwiderte er. »Wir wollen keinen Ärger.«

Er lächelte, als er Luke erreichte. Aber Mrs. Fraser sah den Totschläger, den er in der rechten Hand hielt.

»Vorsicht!« schrie sie.

Luke reagierte blitzschnell. Er versetzte Vermi einen Kinnhaken. Der Gangster taumelte gegen die Theke. Luke entriß ihm den Totschläger und steckte ihn in die Tasche.

»Los jetzt.« Er winkte Curly Smith, und der kleine Mann drückte sich an ihm vorbei.

Vermi hatte sich wieder aufgerichtet. Er starrte Luke gleichmütig an.

»Schon gut«, sagte er und folgte seinem Begleiter.

Luke schloß die Tür. Mrs. Fraser war blaß.

»So was haben sie noch nie gemacht«, sagte sie. »Es würde mich gar nicht wundern, wenn sie uns das Haus über dem Kopf anzünden.«

Luke erfuhr zu seiner Überraschung, daß das bereits einmal vorgekommen war.

Gimlet Street 39 diente Connor offensichtlich als Hauptquartier. Hier war noch nie eine Razzia durchgeführt worden – man hatte allerdings auch vermieden, hier Diebesgut zu lagern.

Maddison erfuhr, daß die rivalisierende Bande zwar Lewings Namen trug, daß aber der Tote mit dieser Organisation verhältnismäßig wenig zu tun gehabt hatte.

»Er war nur ein kleiner Dieb und ein Spitzel«, erklärte Mrs. Fraser. »Kurz vor seinem Tod war er sogar noch im Gefängnis.«

Luke nickte. Er erinnerte sich an das erste Gespräch mit Lewing, der erst kurz vorher aus dem Gefängnis Brixton entlassen worden war, wo er Gunner Haynes getroffen hatte.

»Es wird allerhand Unannehmlichkeiten geben – die Lewings haben so etwas noch nie getan«, wiederholte Mrs. Fraser. »Ich muß sofort Connor verständigen – gehen Sie noch aus?«

Luke bejahte. Er verschwieg jedoch, daß er nicht die Absicht hatte, noch einmal hierher zurückzukehren.

»Haben Sie Geld? Ach, da fällt mir etwas ein.« Mrs. Fraser kramte in einer Ledertasche, die sie unter der Schürze trug, und holte ein kleines Bündel Banknoten hervor. »Das hat Connor geschickt – fünfzig Pfund«, sagte sie. »Das ist nur ein Vorschuß.

Die Beute wird redlich geteilt. Sie können Connor durchaus trauen.«

»Ich will das Geld nicht.«

»Stecken Sie es in die Tasche«, befahl sie, und da er das Gespräch nicht fortzusetzen wünschte, gehorchte er. »Haben Sie Kleingeld?«

»Genug«, erwiderte er beinahe ungeduldig.

»Davon kann man nie genug haben«, meinte sie. Sie kramte wieder in der Tasche und gab ihm eine Handvoll Silber- und Kupfermünzen.

»Sind Sie eigentlich aus Australien?« fragte sie.

»Nein«, erwiderte Luke.

»Na ja, Connor wird schon Bescheid wissen.«

Sie begleitete ihn zur Tür. Als sie feststellte, daß es regnete, ging sie noch einmal hinauf, um seinen Mantel zu holen.

»Sehen Sie sich vor«, warnte sie ihn, als er den Mantel anzog. »Und stecken Sie die Pistole so in die Tasche, daß Sie sie jederzeit erreichen können.«

Sie gab sich erst zufrieden, als er die Waffe in den Mantel gleiten ließ.

Auf der Straße war niemand zu sehen, aber er machte trotzdem einen Umweg und erreichte eine Viertelstunde später die Westminster Bridge. Es war zwanzig Minuten vor zehn Uhr.

Zuerst mußte er Jack Hilton, seinen Anwalt und Jugendfreund, sprechen. Hoffentlich war Jack allein zu Haus ... Vielleicht sollte er vorher doch lieber anrufen! Luke betrat die nächste Telefonzelle und wählte Hiltons Nummer. Mrs. Frasers Kleingeld erwies sich also doch als nützlich.

Hiltons Diener meldete sich.

»Ich möchte Mr. Hilton sprechen«, sagte Luke.

»Mr. Hilton befindet sich nicht in England, Sir. Er ist nach Berlin gefahren und kommt vor Mitte nächster Woche nicht zurück. Wer ist bitte am Apparat?«

Luke war einen Augenblick sprachlos. Als der Diener die Frage wiederholte, kam ihm ein Einfall.

»Können Sie mir sagen, ob Mr. Luke Maddisons Wohnung zur Zeit leer steht – oder ob sein Diener dort wohnt?«

»Wer sind Sie eigentlich, und warum wollen Sie das wissen?« fragte der andere, plötzlich argwöhnisch geworden.

Luke hängte ein, ohne noch etwas zu sagen. Er hätte zwar erklären können, wer er war, aber er vertraute sich Fremden ungern an, und außerdem schien es ihm unklug, über seine Anwesenheit in London etwas verlauten zu lassen.

Er überlegte ein paar Sekunden, dann nahm er kurz entschlossen den Hörer wieder von der Gabel und wählte seine eigene Nummer. Er wartete zwei volle Minuten, aber niemand meldete sich.

Luke verließ die Telefonzelle, schlenderte die Mall entlang und erreichte den Buckingham-Palast. Es begann zu regnen. Luke schlug den Mantelkragen hoch und wanderte weiter. Es gab nur noch eine Möglichkeit für ihn, und als er das Ende der Mall erreicht hatte, war sein Plan fertig. Er hatte früher oft im Scherz erwähnt, wie leicht es sei, in seine Wohnung einzubrechen. Vor mehreren Monaten war an der Rückseite des Hauses eine neue Feuerleiter angebracht worden.

14

Margaret Maddison wollte eben zu Bett gehen, als es läutete. Sie öffnete ihre Zimmertür und lauschte. Jemand sprach unten in der Diele. Sie hörte, wie ihr Butler etwas erwiderte, dann sagte eine tiefe Stimme: »Gehen Sie lieber hinauf und verständigen Sie die Dame. Ich muß sie sprechen ... Kriminalpolizei.«

Sie schickte ihr Dienstmädchen hinunter, um festzustellen, was vor sich ging. Wenige Augenblicke später kam das Mädchen zurück.

»Ein Inspektor von Scotland Yard, gnädige Frau. Er muß Sie in einer wichtigen Angelegenheit sprechen.«

»Ist es Mr. Bird?« fragte sie besorgt.

Es war nicht Mr. Bird, sondern ein Fremder, der sich als Kriminalinspektor Gorton vorstellte.

»Entschuldigen Sie bitte, daß ich so spät noch störe, Mrs. Maddison«, sagte er, »aber wir sind vom Diener Mr. Hiltons ange-

rufen worden. Mr. Hilton ist doch der Anwalt Ihres Mannes, wenn ich nicht irre?«

Sie nickte beklommen.

»Ist irgend etwas passiert – ich meine, ist meinem Mann etwas zugestoßen?«

»Nein, nein. Wahrscheinlich handelt es sich um einen falschen Alarm. Aber Mr. Hiltons Diener gibt an, heute abend von einem Fremden angerufen worden zu sein, der sich danach erkundigte, ob die Wohnung Ihres Mannes leerstehe. Der Diener erklärte mir, daß Sie den Schlüssel zu dieser Wohnung verwahren.«

Margaret nickte. Lukes Diener hatte ihr den Schlüssel überbracht, als sein Herr nicht zurückgekehrt war.

»Soviel ich höre, ist Mr. Maddison ins Ausland gereist. Stimmt das?« fragte Gorton.

»Ja, er hält sich in Ronda auf«, erwiderte sie schnell. »Sie können den Schlüssel haben.«

Der Inspektor zögerte. »Es wäre mir lieber, wenn Sie mitkommen würden«, meinte er. »Ich verspreche Ihnen, daß nicht die geringste Gefahr besteht, aber wir durchsuchen Wohnungen möglichst nur im Beisein des Eigentümers oder eines Bevollmächtigten.«

»Was hoffen Sie dort eigentlich zu finden? – Ich komme selbstverständlich mit«, fügte sie hinzu.

»Sie können auch draußen im Wagen warten, gnädige Frau ... Was wir zu finden hoffen? Nun, es besteht immerhin die Möglichkeit, daß der Anrufer einen Einbruch vorhat, und da wollten wir doch lieber sichergehen.«

Margaret zog einen Regenmantel an und begleitete den Inspektor hinunter. Im Polizeiauto saßen noch zwei Beamte. Gorton bat Margaret, neben dem Fahrer Platz zu nehmen.

Wenige Minuten später hielt der Wagen vor Lukes Haus.

»Nein, nein, ich gehe mit«, sagte sie. »Ich bin zwar erst zweimal hiergewesen, aber vielleicht kann ich Ihnen irgendwie behilflich sein.«

Es war nicht gerade angenehm für sie, auf Schritt und Tritt an Luke erinnert zu werden und an das, was sie ihm angetan hatte.

»Hier gibt es auch eine Feuerleiter. An welchem Fenster der Wohnung führt sie vorbei?«

»Am Küchenfenster«, erwiderte sie.

Der Inspektor wies einen seiner Leute an, die Wohnung zu durchsuchen. Plötzlich begann er zu schnuppern.

»Hier hat jemand eine Zigarre geraucht, und das erst vor ganz kurzer Zeit«, sagte er.

In diesem Augenblick kam der Kriminalbeamte eilig aus der Küche zurück.

»Das Fenster ist aufgebrochen worden!« meldete er.

Gorton nickte. Er hatte offensichtlich mit dieser Möglichkeit gerechnet.

»Wo ist Mr. Maddisons Zimmer?« fragte er.

Margaret deutete auf eine Tür. Der Schlüssel steckte; einer der Kriminalbeamten drückte die Klinke nieder. Die Tür bewegte sich nicht; sie war von innen verriegelt.

»Heraus mit dir, Freundchen!« rief Inspektor Gorton laut. Er hämmerte gegen die Tür. »Aufmachen, Polizei!«

Er wandte sich an Margaret. »Sie gehen wohl am besten hinunter, Mrs. Maddison – wir müssen die Tür aufbrechen.«

Luke Maddison, der an der anderen Seite der Tür stand und lauschte, zuckte zusammen. Margaret hier – und gerade sie durfte ihn hier nicht finden!

Mit Herzklopfen eilte Margaret die Treppe hinunter. Als sie die Straße erreichte, stellte sie fest, daß der Fahrer des Polizeiautos eine Taxe gerufen hatte, die eben angekommen zu sein schien.

»Ist jemand oben?« fragte der Kriminalbeamte.

»Ja, ich glaube schon«, erwiderte sie atemlos. »Jedenfalls ist der Inspektor davon überzeugt.«

»Fahren Sie lieber weg«, meinte der Fahrer. »Mr. Gorton rechnet sicher mit Schwierigkeiten.«

Inspektor Gorton wartete, bis Margaret Maddison das Haus verlassen hatte, dann hämmerte er wieder kräftig an die Tür.

»Na los, mach schon auf!« rief er.

Der Riegel wurde zurückgeschoben, die Tür öffnete sich. Der Inspektor sah einen Mann mit schmutzigem Gesicht und unordentlicher Kleidung. Bevor Luke sich rühren konnte, hatten ihn die Kriminalbeamten gepackt. Er wurde durchsucht.

»Er hat eine Pistole bei sich«, sagte eine Stimme.

Die Waffe wanderte zum Inspektor.

»Ich kann Ihnen das erklären«, sagte Luke.

»Das glaub' ich«, erwiderte Gorton. Er zog das Magazin heraus. »Geladen – das bringt dir allerhand Jährchen ein. Und woher hast du das Geld da?«

»Man hat es mir gegeben –« begann Luke.

Die Kriminalbeamten lachten.

»Und was ist das hier?« fragte Gorton.

Mrs. Fraser hatte Luke vor seinem Zusammentreffen mit der Juwelendiebin einen blauen Umschlag gegeben.

»Ein Führerschein, wie? Du bist nicht zufällig heute mit einem Wagen durch die Bond Street gefahren?«

Lukes Zuversicht schwand. Dann hörte er einen der Männer sagen: »Das ist der Kerl! Heute nachmittag trug er noch einen Bart. Ich hab' ihn mit einer Frau durch den Park fahren sehen.«

Er flüsterte Gorton etwas zu. Der Inspektor nickte. Luke überlegte fieberhaft. Eine einfache Erklärung schien nicht mehr möglich. Wenn er sich als Luke Maddison zu erkennen gab, mußte er auch Rechenschaft darüber abgeben, was er in den letzten Tagen und Wochen getan hatte. Außerdem wußte er, daß unten Margaret wartete, die ihn trotz des Schnurrbartes sofort erkennnen würde.

Vor ihm die offene Tür, die zur Diele führte. Rechts der kleine Raum, den er als Ankleidezimmer benutzt hatte. Auch von dort aus konnte man mit einiger Geschicklichkeit die Feuerleiter erreichen . . . Wie aber in dieses Zimmer gelangen? Es schien unmöglich.

Draußen auf dem Treppenabsatz begann jemand zu sprechen. Es war der Hausmeister, den der Lärm herbeigelockt hatte. Die beiden Kriminalbeamten drehten Luke für einen Augenblick den Rücken zu. Das genügte ihm. Mit einem Satz hatte er die Tür zum Ankleidezimmer erreicht. Er schlug sie hinter sich zu und

schob den starken Riegel vor, als sich auch schon die beiden Männer dagegenwarfen.

Luke schob das Fenster hoch und stieg hinaus. Ohne lange zu überlegen, ließ er sich fallen. Er hatte richtig kalkuliert. Die stählerne Plattform der Feuerleiter fing ihn auf. Er kletterte mit Windeseile die Sprossen hinunter und sprang über die Mauer, die den Hof abgrenzte, als der erste Kriminalbeamte oben das Fenster erreichte.

Luke lief die schmale Gasse hinter den Garagen entlang. Er erreichte die Hauptstraße. Wenige Augenblicke später saß er in einer Taxe.

»Scotland Yard«, sagte er zum Fahrer.

Er hatte einen Entschluß gefaßt. Er würde jetzt Mr. Bird aufsuchen, ihm die Wahrheit sagen und darauf hoffen, daß ihm der Sparrow weiterhalf.

Die Taxe hielt vor Scotland Yard, und Luke betrat die düstere Eingangshalle. Der diensttuende Beamte fragte ihn nach seinen Wünschen; Luke erklärte, daß er Mr. Bird gut kenne und ihn sprechen wolle.

»Mr. Bird ist schon vor zwei Stunden weggegangen, Sir. Soviel ich weiß, fuhr er aufs Land. Wollen Sie vielleicht seinen Vertreter sprechen?«

Luke schüttelte den Kopf. »Nein, das hilft mir nicht weiter.«

»Sie könnten auf Inspektor Gorton warten. Er wird bald zurück sein«, meinte der Beamte freundlich.

Luke bedankte sich und verließ Scotland Yard auf der einen Seite, als Gorton mit seinen Leuten auf der anderen hereinkam. Maddison ging in Richtung Waterloo Bridge. Bei der U-Bahn-Station Charing Cross betrat er wieder eine Telefonzelle. Er suchte im Teilnehmerverzeichnis nach Mr. Birds Nummer und fand sie schließlich.

Zuerst glaubte er, das Glück sei ihm hold.

»Hier bei Mr. Bird«, sagte eine weibliche Stimme am anderen Ende der Leitung. »Mr. Bird ist verreist. Wer sind Sie?«

»Es ist äußerst wichtig, daß ich ihn umgehend spreche«, drängte Luke. »Können Sie mir vielleicht sagen, wie ich ihn erreichen kann?«

»Wer ist denn am Apparat?«

»Würden Sie ihm sagen, daß Mr. Maddison angerufen hat? Ich bin in Scotland Yard gewesen –«

Luke spürte plötzlich einen Luftzug. Die Tür der Telefonzelle hatte sich geöffnet. Draußen stand ein Mann, der aber offensichtlich weder an Luke noch an seinem Gespräch interessiert war. Luke schloß die Tür; als er den Hörer wieder aufnahm, mußte er feststellen, daß man am anderen Ende der Leitung eingehängt hatte. Immerhin, ein Anfang war gemacht. Er fühlte sich etwas erleichtert, als er wieder in die kühle Nachtluft hinaustrat.

Er war kaum zwanzig Meter weit gekommen, als er von zwei Männern eingeholt wurde, die ihn in die Mitte nahmen.

»'n Abend, Smith! Connor möchte mit Ihnen sprechen.«

Luke hatte die beiden noch nie gesehen.

»Und wer ist dieser Mr. Connor?« fragte Luke kühl. »Im übrigen heiße ich nicht Smith, sondern Maddison.«

»Schon gut«, erwiderte der andere in etwas respektvollerem Ton, »aber Mr. Connor wünscht Sie trotzdem dringend zu sprechen.«

»Wo ist er denn?« erkundigte sich Luke nach kurzer Überlegung.

»Savoy Hill.«

Sie gingen nicht zum Savoy Hill hinauf, sondern bogen vorher in eine schmale, steil ansteigende Straße ein. Nach etwa hundert Metern wandten sie sich wieder nach rechts.

»Wo ist Connor?«

»Ich erklär's Ihnen gleich. Lassen Sie mich schnell eine Zigarette anzünden«, sagte der eine der beiden.

Ein Streichholz flammte auf, und unwillkürlich sah Luke hin. Das war alles, was er noch bewußt in sich aufnahm. Er spürte keinen Schmerz, als ihn der Gummiknüppel auf den Kopf traf. Er brach zusammen.

Sein Kopf schien zu bersten, als er wieder zu sich kam. Er lag in einem fahrenden Auto auf dem Boden. Neben ihm hockten die beiden Männer. Sie unterhielten sich leise.

». . . das hat mir Connor gesagt«, meinte der eine. »Aber Con-

nor war schließlich der Meinung, dieser Trottel würde ihn verpfeifen.«

Luke blieb regungslos liegen. Abgesehen von den Kopfschmerzen schien er nicht verletzt zu sein.

Der Wagen hielt. Luke hörte, wie ein Torflügel knarrte, dann fuhr das Auto wieder an und holperte eine Weile langsam dahin. Schließlich hielt der Wagen wieder, und der Motor wurde abgestellt.

»Biste wach?« fragte eine Stimme.

»Ja«, sagte Luke.

»Dann steig aus.«

Luke kroch aus dem Wagen und richtete sich auf. Die kalte Nachtluft machte ihn schwindlig. Einer der Männer packte ihn beim Arm und führte ihn zu einem kleinen Haus. Zu seiner Rechten sah Luke den Fluß schimmern. Ein Schleppkahn glitt ziemlich schnell dahin, so daß man annehmen konnte, daß er flußabwärts fuhr.

Die Tür fiel hinter Luke ins Schloß. Es roch muffig und feucht, aber anscheinend war das Haus möbliert, weil er einen Teppich unter seinen Füßen spürte. Vor ihm öffnete sich eine Tür, und er wurde hineingeschoben.

Connor saß an einem Tisch und mischte Spielkarten. Als Luke das Zimmer betrat, sah er auf.

»Habt ihr ihn unbedingt niederschlagen müssen?« erkundigte er sich freundlich.

Der Mann, der Luke am Arm festhielt, grinste. »Er wollte nicht gutwillig mitkommen«, sagte er.

»Setzen Sie sich.« Connor deutete auf ein Sofa an der Wand, und Luke nahm Platz. »Sie haben versucht, uns zu verpfeifen, nicht wahr, Smith?«

Connors Ton klang durchaus nicht unfreundlich. Er mischte unentwegt die Karten. »Ich dachte, Sie wären ein Mann, als Sie in die Wohnung einstiegen – ja, einer meiner Leute hat Sie gesehen. Aber Sie sind nichts anderes als ein Feigling. Sie waren im Yard und haben nach dem Sparrow gefragt, nicht wahr? Gehört er vielleicht zu Ihren Freunden?«

»Ich bin mit ihm bekannt«, sagte Luke.

Mr. Connor nickte liebenswürdig. »Und dann haben Sie versucht, ihn telefonisch zu erreichen – was wollten Sie eigentlich verpfeifen? Na, lassen Sie nur. Ich weiß schon Bescheid. Ich hab' Ihnen von Anfang an nicht getraut, Smith – bei Australiern ist man besser vorsichtig.«

Luke mußte lächeln. »Das beruht doch wohl auf Gegenseitigkeit?« meinte er.

»Hm«, sagte Connor. Er teilte die Karten in zwei Päckchen, ohne Luke aus den Augen zu lassen. »Sie kennen also den Sparrow? Das ist gut. Ich möchte wetten, daß Sie auch Danty kennen.«

Luke richtete sich auf. »Danty Morell?« fragte er.

Warum hatte er Danty vergessen? Warum hatte er nicht mehr daran gedacht, daß Danty mit seiner Frau befreundet war?

»Danty kennt er also auch!« Connors Stimme klang fast bewundernd. »Und Pi Coles?«

Luke nickte. »Ja, Coles – das ist sein Diener.«

Connor lächelte breit, und die beiden anderen Männer grinsten über das ganze Gesicht.

»Das stimmt haargenau. Sie scheinen ja sehr bewandert zu sein. Ich sag' Ihnen was, Smith: Es ist nicht gerade angenehm, einen Mann in der Nähe zu haben, der Danty und Lewings Bande kennt und dann auch noch zum Yard geht, um den Sparrow zu besuchen.« Er schwieg eine Weile, dann fügte er hinzu: »Deswegen werden Sie nicht mehr lange in der Nähe sein.«

Er sah einen der Männer an. »Wann ist Flut?«

»Um vier.«

Connor nickte. Wieder richteten sich seine dunklen Augen auf Luke. »Guter Schwimmer?«

»Es geht«, erwiderte Luke kühl.

»Das können Sie ja dann heute nacht beweisen«, meinte Connor. »Sperrt ihn ein, Harry.«

Der Mann, der mit dem Gummiknüppel zugeschlagen hatte, packte Luke wieder beim Arm und zerrte ihn hoch. Luke taumelte nicht mehr; er hatte einen Teil seiner Kraft wiedergewonnen, aber jetzt war nicht der Augenblick, das unter Beweis zu stellen.

Offensichtlich war das Gebäude nicht sehr groß. Die Firma, deren Kai und Lagerhaus Connor in seinen Besitz gebracht hatte und als Hauptquartier benutzte, mochte früher als Wiegestation gedient haben.

Connor betrieb ein zulässiges, wenn auch profitloses Unternehmen. Er handelte mit Baumaterialien. Gelegentlich kamen Lastkähne an seinem Kai an, wo man sie entlud. Er kaufte und verkaufte Schrott, Zement, alles mögliche.

Wenige Schritte neben dem Eingang zum Wohnzimmer befand sich eine zweite Tür. Luke wurde in eine kleine Kammer gestoßen. Sie besaß keine Fenster, wirkte aber in anderer Beziehung wie eine richtige Zelle. Vielleicht war der Raum früher zur Lagerung von Kohle benutzt worden, aber jetzt enthielt er nichts mehr, nicht einmal ein Bett oder einen Stuhl. Bevor die Tür ins Schloß fiel, konnte er sehen, daß die Wände weiß gekalkt waren. Dann wurde ein Riegel vorgeschoben, und er fand sich allein mit der unangenehmen Erkenntnis, daß in fünf Stunden die Flut eintreten würde und Connor für ihn ein nächtliches Bad geplant hatte.

15

Margaret hatte doch gewartet, bis Mr. Gorton heruntergekommen war. Er erzählte ihr hastig, daß ein Mann aus der Wohnung geflohen sei, und fuhr weg. Der Hausmeister berichtete ihr Näheres: »Ja, die Polizei hat einen Mann in Mr. Maddisons Zimmer gefunden ... Ich hab' ihn gesehen, bevor er flüchtete. Gutaussehender Kerl mit einem Schnurrbart. Die Polizei hat sogar eine Pistole bei ihm gefunden. Wollen Sie sich die Wohnung ansehen, gnädige Frau?« – Margaret zögerte. »Ja, das ist vielleicht keine schlechte Idee«, meinte sie. Sie fuhr mit dem Lift nach oben. Einer der Kriminalbeamten bewachte die Wohnung. Er atmete erleichtert auf, als sie hereinkam.

»Sie brauchen mich nicht? Inspektor Gorton möchte eine Liste der fehlenden Gegenstände. Er wird Sie dann morgen besuchen.« Er zeigte ihr das Zimmer, in dem der ›Einbrecher‹ gewesen war. Alle Schubladen standen offen, der Schreibtisch war aufgebro-

chen – Luke hatte den Schlüssel verloren –, auf dem Boden lagen Papiere.

»Mr. Gorton ist sich nicht darüber im klaren, was der Einbrecher gesucht hat«, meinte der Kriminalbeamte. »In einer der Schubladen lag eine goldene Uhr, aber er hat sie liegengelassen. Wir wissen allerdings, daß er es auf die Kleidungsstücke abgesehen hatte.«

Er zeigte ihr einen großen Koffer, in den wahllos ein Anzug, mehrere Hemden, Taschentücher und Schlafanzüge gestopft worden waren. »Aber er muß sich einige Zeit mit dem Schreibtisch beschäftigt haben«, meinte der Beamte. »Einer meiner Kollegen sagte, der Einbrecher hätte ein kleines Buch unter dem Hemd verborgen gehabt. Das sei ihm aufgefallen, als der Kerl sich losriß und davonlief.«

»Ein Buch?« sagte Margaret. »Merkwürdig!«

Ihr Blick fiel auf einen Umschlag, den sie wiedererkannte. Er trug das Amtssiegel der Paßstelle, und Luke hatte ihn ihr am Tag vor der Hochzeit gezeigt.

Sie hob den Umschlag auf. Er war leer. Hatte der Einbrecher den Paß gestohlen? Warum?

Außerdem waren auf dem Boden mehrere Bogen Papier verstreut. Sie hob einen davon auf. Ihre Augen weiteten sich. Rechts oben das Datum, darunter die Worte:

›Lieber Hilton, ich bin in einer schrecklichen –‹

Lukes Handschrift! Luke war hier gewesen. Auf einem anderen Blatt Papier standen ein paar Zeilen. Aber sie waren unleserlich. Offensichtlich hatte er sich hingesetzt, um Hilton einen Brief zu schreiben, es aber nach zwei Versuchen wieder aufgegeben.

Das sah Luke so ähnlich. Luke war also der Einbrecher. Aber warum?

Sie wandte sich an den Beamten und wollte eben alles aufklären, als er etwas sagte, das sie verstummen ließ.

»Das muß ein ganz übler Bursche gewesen sein – einer unserer Leute erkannte ihn als den Mann, der heute nachmittag bei dem Raub im Juweliergeschäft Taffany den Wagen steuerte. Er schlug einen der Verkäufer nieder –«

»Aber das ist doch unmöglich!« sagte sie aufgebracht. »Dieser Mann –«

»Ah, Sie haben in der Zeitung gelesen, daß er einen Bart trug. Er muß ihn am Nachmittag abgenommen haben. Johnson, mein Kollege, sah ihn mit einem Mädchen durch den Park fahren.«

Margaret schwieg.

»Seine Komplicin haben sie schon erwischt«, fuhr der Kriminalbeamte fort. »Mr. Gorton ist davon überzeugt, daß sie auspacken wird. In den letzten ein, zwei Jahren soll man ihn häufig mit ihr gesehen haben.«

Margaret schüttelte den Kopf. »Es kann nicht derselbe Mann gewesen sein«, sagte sie schließlich.

»Kennen Sie ihn denn – den Mann, der hier war?« fragte der Kriminalbeamte.

»Nein, nein«, erwiderte sie hastig, »ich dachte nur . . . das wäre doch ein sehr großer Zufall.«

»Ich hab' das Gefühl, daß ihn Mr. Gorton kennt.« Er schloß die Tür hinter ihr, als sie das Zimmer verließ. »Er hält ihn für den Mann, der zusammen mit Lewing niedergestochen wurde. Wenn das stimmt, hat man ihn erst vor wenigen Tagen aus dem Krankenhaus entlassen.«

Er begleitete sie zur Taxe, und sie fuhr nach Hause.

In ihrem Zimmer angekommen, zog sie die mittlere Schreibtischschublade heraus und entnahm ihr ein Bündel von Lukes Briefen. Kein Zweifel, Luke hatte die Zeilen geschrieben. Luke hatte auch nachmittags im Wagen neben dieser unmöglichen Frau gesessen! Luke hatte bei dem Raub mitgewirkt!

Als sie am nächsten Morgen beim Frühstück saß, kam Inspektor Gorton. Sie hörte ruhig zu, als er ihr von seinem Mißerfolg berichtete.

»Der Kerl rannte davon wie der Blitz. Er muß ungeheuer durchtrainiert sein. Ich bin mir jetzt ziemlich sicher, daß er derselbe Mann ist, der bei einem Bandenkampf im südlichen London niedergestochen wurde. Lewing hat man dabei umgebracht.«

»Wer war Lewing?« fragte sie.

Gorton zuckte die Achseln. »Eine Null, obwohl die Bande

seinen Namen trug. Der wirkliche Anführer dieser Gruppe ist ein Mann namens Danty Morell – obwohl er sich nicht aktiv . . .«

Sie hatte die Tasse niedergestellt. Er sah, wie sie leichenblaß wurde.

»Danty Morell? Sie meinen doch nicht Mr. Danton Morell, der in der Halfmoon Street wohnt?«

Gorton lächelte. »Vielleicht hätte ich das nicht sagen sollen, aber ich dachte, Mr. Bird hätte Sie unterrichtet. Sie kennen doch Mr. Bird? Mr. Morell wird Ihnen sicher unbekannt sein.«

»Ich kenne ihn sehr gut«, sagte sie gefaßt. »Aber Sie können sich auf meine Diskretion verlassen, Inspektor.«

»Er kann sich natürlich auch entschlossen haben, ein ehrliches Leben zu führen«, meinte Gorton verlegen. »Manchmal soll das ja vorkommen. Im Yard liegt jedenfalls seit geraumer Zeit nichts gegen ihn vor. Er heißt übrigens gar nicht Morell – Mr. Bird kennt seinen richtigen Namen. Ein kluger Bursche, dieser Danty! Er kann einem ein Loch in den Bauch reden . . . Man sagt, daß er einer der raffiniertesten Gauner von ganz London ist. Vielleicht hat er so viel Geld gescheffelt, daß er sich zur Ruhe setzen kann?«

Danton Morell! Wie hatte sie ihn kennengelernt? Natürlich, durch ihren Bruder. Rex hatte so viele merkwürdige Menschen gekannt. Sie hatte ihm – und sie hatte Danty vertraut. Sie hatte ihm geglaubt, als er ihr erzählte, daß Luke für den Tod ihres Bruders verantwortlich sei, sie hatte ihm geglaubt, als er ihr die letzte Nachricht überbrachte. – Gorton, der in der vergangenen Nacht nur sehr wenig Schlaf gefunden hatte, nahm ihre Einladung zum Frühstück an, wobei er sich auf zwei Tassen Kaffee und eine Semmel beschränkte.

»In der Wohnung fehlte doch nichts, oder? Der Beamte, den ich zur Bewachung abgestellt hatte, erzählte mir, daß Sie sich umgesehen haben. Wo hält sich übrigens der Herr Gemahl auf, Mrs. Maddison?«

Margaret schluckte. »In Spanien. Ich fahre in ein, zwei Tagen nach.«

»Die Hochzeitsgeschenke wurden nicht in Mr. Maddisons Wohnung aufbewahrt?«

Sie schüttelte den Kopf. »Wir hatten keine Hochzeitsgeschenke«, meinte sie lächelnd.

Er faltete seine Serviette zusammen und stand auf.

»Jetzt hab' ich noch eine sehr unangenehme Aufgabe vor mir, die ich auch lieber einem anderen überlassen würde«, sagte er.

»Haben Sie eine Verhaftung vorzunehmen?«

Er schüttelte den Kopf. »Nein, das wäre nicht unangenehm. Aber ich möchte Sie nicht schockieren.«

»Mich kann nichts mehr aus der Ruhe bringen«, erwiderte sie.

»Gestern nacht war die Flut ziemlich stark, und die Flußpolizei hat die Leiche eines Mannes gefunden, der offensichtlich erst diese Nacht ertrunken ist. Ich muß hinfahren und feststellen, ob ich ihn kenne. Der Beschreibung nach zu urteilen, die mir durchgegeben wurde, wäre ich nicht überrascht, wenn es sich um unseren Einbrecher handelte.«

Sie hatte gesagt, daß sie nichts mehr aus der Ruhe bringen konnte. Jetzt krampfte sie die Hände so fest zusammen, daß die Nägel ins Fleisch schnitten – nur dieser Schmerz verhütete, daß sie ohnmächtig wurde.

16

Während der Stunden, die Luke Maddison in seinem Gefängnis verbrachte, konnte er sich merkwürdigerweise kaum mit ernsten Themen beschäftigen. Er sah sich ohne Zweifel dem Tod gegenüber – Connors Absicht war nicht mißzuverstehen –, und trotzdem dachte Luke fast nur an Nebensächlichkeiten. Er versuchte eine Erklärung dafür zu finden, warum Margaret zusammen mit der Polizei zu seiner Wohnung gekommen war. Sie hatte den Schlüssel gehabt, aber warum war die Polizei zu ihr gekommen?

Dann erinnerte er sich an sein Gespräch mit Hiltons Diener, der offensichtlich Verdacht geschöpft und sich sofort mit der Polizei in Verbindung gesetzt hatte.

Er dachte an die Fahrt durch London in dem Lieferwagen, und er verbrachte eine Stunde mit dem Versuch, den Standort des Hauses herauszufinden, in dem er sich befand. Auf dem Weg in

die Innenstadt mußte er früher oft gerade diesen Kai, gerade dieses Haus gesehen haben.

Er ging in seiner Zelle auf und ab, tastete in einem Anflug von Galgenhumor die Wände ab, um nach jenen losen Ziegelsteinen zu suchen, die in den Gefängniszellen von Romanhelden unweigerlich vorhanden sind. Nicht, daß er etwa ein Held war, entschied er. Selbst wenn er freikommen sollte, erwartete ihn wegen der Beteiligung an dem Raubüberfall das Gefängnis, zumindest aber das entehrende Schauspiel einer Gerichtsverhandlung.

Eine Kirchenuhr schlug die Stunden, und es war gerade drei Uhr nachts, als die Tür aufgeschlossen wurde. Die beiden Männer, die ihn hergebracht hatten, baten ihn, herauszukommen. Ihr Ton war freundlich, fast höflich.

Sie gingen in das Wohnzimmer zurück. Connor hatte offensichtlich auf einem Feldbett geschlafen. Er fuhr sich mit den Fingern durch die Haare und gähnte. Auf dem Tisch standen vier Tassen Kaffee und ein Teller mit belegten Broten.

»Setzen Sie sich, Smith. Wir müssen uns überlegen, was wir mit Ihnen anfangen«, meinte Connor.

Er zog sich einen Stuhl an den Tisch heran und begann zu essen.

»Nehmen Sie Milch und Zucker.«

Er schob seinem Gefangenen eine Tasse hin. Luke sah sich interessiert im Zimmer um. Auf einem Stuhl lagen vier große, weißglitzernde Barren, die aus Salz gefertigt zu sein schienen. Auf dem Boden lag eine lange, schwere Eisenkette.

Connor folgte Lukes Blick.

»Wollen Sie nicht ein bißchen Salz kaufen?« fragte er gutmütig.

Seine Kumpane lachten wiehernd.

»Ich bin nicht im Salzgeschäft tätig«, erwiderte Luke lächelnd. Er schlürfte den heißen Kaffee.

»Na, was machen wir denn mit Ihnen, Smith?«

Luke lehnte sich zurück. »Sie können sich eine sehr interessante Geschichte anhören«, sagte er. »Und außerdem tausend Pfund verdienen.«

Connor verzog spöttisch den Mund. »Also lassen Sie hören«, meinte er.

Luke erzählte alles, aber ohne Margaret zu erwähnen. Er sagte seinen Namen, gab seine Adresse an, berichtete, wie er Lewing kennengelernt hatte, erklärte, wie er ihm in jener Nacht begegnet war.

»Aber wovor liefen Sie denn davon?« erkundigte sich Connor.

Das war etwas schwierig zu erklären, weil Luke das Motiv für sein Verhalten nicht preisgeben wollte. Er konnte weder von seiner Verheiratung noch von Margarets merkwürdigem Verhalten berichten; ohne diese Tatsachen klang sein Bericht wohl nicht allzu überzeugend. Trotzdem brachte er ihn zu Ende. Connor schüttelte den Kopf.

»Ich hab' allerhand über Sie gehört, Smith – es gibt wohl keinen Schwindler, der nicht gut Geschichten erzählen kann. Trinken Sie Ihren Kaffee. Ich muß eine Methode finden, wie wir diese Sache ohne Unannehmlichkeiten bereinigen.«

Luke trank aus und stellte die Tasse zurück. »Jetzt erzähle ich Ihnen etwas«, sagte Connor, und seine Stimme klang gar nicht mehr freundlich. »Sie sind bei der Polizei gewesen und haben versucht, mich übers Ohr zu hauen. Und jetzt glauben Sie, daß Sie sich mit einer so albernen Geschichte aus der Affäre ziehen können . . .? Verpfeifen . . . Polizei finden . . .«

Luke hörte nur noch Wortfetzen. Er wurde plötzlich schläfrig. Sein Kopf sank auf die Brust, und obwohl er sich mit aller Macht bemühte, wach zu bleiben, konnte er nicht einmal die Augen aufhalten. Es kam ihm nicht zu Bewußtsein, daß er ein starkes Schlafmittel eingenommen hatte.

»Haltet ihn fest«, sagte Connor. Einer der Männer fing Luke auf, als er zur Seite kippte, und ließ ihn auf den Boden gleiten. Connor schob den Tisch zurück und deutete auf das Salz. Zwei Barren wurden auf den Boden unter Lukes Beine gelegt, und mit einem Messer schabte einer der Männer zwei tiefe, breite Mulden in das Salz. Die anderen beiden Barren wurden auf die Beine gelegt. Connor nahm die schwere Eisenkette und wand sie um die Salzblöcke. Die letzten beiden Metallglieder band er mit Draht zusammen.

»Du mußt vorsichtig sein, daß es ihm nicht über die Füße rutscht, Harry«, sagte Connor. »Zieh die Kette ein bißchen fester an, aber nicht zu fest, sonst bricht das Salz auseinander.«

Als sie schließlich fertig waren, richtete sich Connor auf. »Holt die alte Holzplanke«, befahl er, und Harry ging zur Tür und öffnete sie.

Connor sah, wie er zurückwich.

»Was ist los?« fragte er scharf.

Der Mann, der vor der Tür gestanden hatte, betrat gelassen das Zimmer. Connor biß die Zähne zusammen.

»Morgen, Gunner! Was zum Teufel wollen Sie hier?«

Gunner Haynes sah Connor an, dann den bewußtlosen Mann auf dem Boden.

»Einfallsreich, aber nicht originell«, meinte er verächtlich. »Sie werfen ihn in den Fluß, das Salz löst sich im Wasser auf, die Kette fällt ab, und jeder wird annehmen, daß der Mann durch einen Unfall ums Leben gekommen ist. Sehr bedauerlich!«

»Was ist bedauerlich, Gunner?« fragte Connor.

»Daß ich vorbeigekommen bin«, erwiderte Haynes. »Wer ist das Opfer?«

»Es gibt kein Opfer«, sagte Connor laut. »Der arme Kerl ist krank, und wir bringen ihn ins Krankenhaus.«

Der Gunner nickte. »Ich habe eher das Gefühl, ihr wollt ihn einpökeln«, sagte er. »Nicht ganz neu diese Methode. Keine Verletzungsspuren an der Leiche, nichts, was darauf hinweisen würde, daß es sich nicht um einen Unfall gehandelt hat. Ich bedauere, daß ich euch den Spaß verderben muß.«

»Warum?« fragte Connor.

»Weil ich jetzt in die Sache verwickelt bin«, erwiderte der Gunner. »Mit einem Mord will ich nichts zu tun haben, auch nicht als Mitwisser. Also los, nehmt ihm das Zeug ab.«

Connor lächelte. Er ließ die rechte Hand unauffällig sinken.

»Wenn Sie einen Revolver hervorholen«, sagte der Gunner ohne sich zu rühren, »schieße ich Ihnen in den Bauch. Es dauert fünf Tage, bis Sie abkratzen, und die Schmerzen sind unerträglich. Ich werde dann der Polizei erklären, warum ich geschossen habe, und niemand wird Ihnen nachweinen.«

Einer von Connors Leuten trat einen Schritt auf ihn zu.

»Hören Sie zu, Gunner«, sagte er gelassen.

Haynes' Faust schoß blitzschnell nach vorne, so daß der andere nicht mehr abwehren konnte. Er brach zusammen. Der Gunner rührte sich nicht von der Stelle.

»Legen Sie beide Hände auf den Tisch, Connor«, sagte Haynes. Er hatte keine Waffe in der Hand, aber niemand wußte besser als sein Gegenspieler, wie schnell der Gunner zielen konnte.

»Was soll denn das?« knurrte Connor. »Dieser Kerl da bedeutet Ihnen doch gar nichts.«

»Nehmt ihm das Zeug ab«, meinte der Gunner lächelnd. »Tut mir leid, daß ich mich einmischen muß.«

»Weswegen sind Sie überhaupt hergekommen?« fragte der andere aufgebracht.

Der Gunner sah zur Decke. »Das hab' ich vergessen«, erwiderte er. Dann erkundigte er sich: »Wer ist dieser Mann?«

»Er heißt Smith. Er wollte mich heute abend verpfeifen, und dann hatte er noch die Frechheit, mir vorzuflunkern, daß er Bankier sei. Er heiße in Wirklichkeit Luke Soundso.«

Gunner Haynes beugte sich vor und sah sich den Bewußtlosen genau an. Er erkannte ihn sofort.

»Luke Sowieso, wie? Wo habt Ihr ihn gefunden?« Er winkte einen der Männer herbei. »Nehmen Sie die Kette ab«, sagte er.

Der Mann sah seinen Chef unsicher an, aber Connor nickte.

»Sie können es einfach nicht lassen, Gunner, sich überall einzumischen. Übrigens, dieser Kerl hat das Ding in der Bond Street gedreht.«

Connor erzählte, was er über ›Smith‹ wußte. Gunner Haynes spürte, daß er nicht log.

»Was wollen Sie mit ihm anfangen«, fragte Connor, als sich Haynes bückte und den bewußtlosen Luke beinahe mühelos auf einen Stuhl hob.

Der Gunner beantwortete die Frage nicht. Statt dessen meinte er: »Habt ihr Rauschgift hier?«

»Rauschgift?« sagte Connor schnell. »Nein, wieso? Mit so was gebe ich mich nicht ab.«

»Keine Blüten?«

»Worauf wollen Sie hinaus?«

Der Gunner lächelte. »Sie haben mich doch gefragt, warum ich hierher gekommen bin. Die Polizei will hier eine Razzia durchführen. Ich hab' das erst vor einer Stunde erfahren. Ich weiß nicht, warum ich Sie warne, aber das ist eben meine Art.«

Er bemerkte, wie die drei Männer einander ansahen. Die Besorgnis in Connors Gesicht war unverkennbar.

»Ich hab' neulich von Paris ein Paket bekommen«, sagte er beunruhigt. »Harry, bring's 'rauf.« Sein Blick fiel auf Luke. »Sie machen einen großen Fehler«, sagte er. »Wenn er der Polizei in die Hände fällt, verpfeift er uns alle.«

Der Gunner bückte sich, legte seinen Arm um Luke Maddison und hob ihn hoch. Er drehte sich um und verließ das Zimmer, ging den schmalen Gang entlang hinaus auf den Hof. Er hatte Connors Lieferwagen bereits vorher gesehen und wollte eben Luke hineinhieven, als er ein kratzendes Geräusch hörte. Haynes begriff sofort. Jemand war eben dabei, den hohen Holzzaun zu überklettern.

Er setzte Luke auf den Boden, lehnte ihn gegen eine Wand und schlich geräuschlos zum Hofeingang. Vorne am Tor schoben sich gerade zwei Köpfe über den Zaun.

Der Gunner kehrte zu Luke zurück, hob ihn hoch und ging vorsichtig mit ihm zum Fluß hinunter. Irgendwo in der Nähe mußte ein Boot liegen. Wenige Augenblicke später konnte er die Umrisse eines Kahns ausmachen.

Er zog das Boot mit dem Fuß an die brüchige Kaimauer heran und schaffte Luke hinein, indem er ihn auf den Boden legte und einfach hinüberrollte. Als er selbst in das Boot stieg, hörte er Stimmen am Haus, sah Taschenlampen aufblitzen. Er löste das Tau, stieß sich ab, zog unter Luke ein Ruder hervor und paddelte auf den Strom hinaus.

Vom gegenüberliegenden Ufer kam in rascher Fahrt ein Schnellboot der Flußpolizei. In letzter Sekunde konnte er seinen Kahn zwischen zwei große Schleppkähne steuern.

Das Schnellboot legte am Kai an. Der Gunner fand den zweiten Riemen und ruderte flußabwärts. In einer Stunde würde es

hell werden. Er kannte einen sicheren Landungsplatz in der Nähe von Rotherhithe. Die Ebbe würde ihn dort hintragen.

Er hatte sich getäuscht. Bevor er die London Bridge erreichte, erkannte er, daß er das Ziel in der Dunkelheit nicht finden konnte. Er änderte sofort seinen Plan, beugte sich über den Bootsrand, füllte seinen Hut mit Wasser und schüttete es dem Schlafenden ins Gesicht. Luke stöhnte auf.

»... mein Kopf ...« ächzte Luke.

»Still!« zischte Haynes. »Ich bringe Sie zur London Bridge.«

Keine Antwort. Der Gunner rüttelte Maddison wach. »Können Sie mich hören?«

»Ja. Was ist geschehen?«

Haynes erwiderte nichts. Er legte sich in die Riemen, und eine Minute später hörte Luke, wie das Boot an einer Mauer entlangscharrte.

»Können Sie aufstehen?« Der Gunner packte Luke beim Arm und zog ihn auf den Sitz. Mit dem Bootshaken brachte er den Kahn an die Treppe heran. Es dauerte fünf Minuten, ehe Luke ihm folgen konnte. Die Knie knickten unter ihm ein, und Haynes mußte ihm helfen.

»Setzen Sie sich auf die Treppe«, befahl der Gunner, und Luke gehorchte. »Jetzt versuchen Sie aufzustehen.«

Bevor Luke wieder einschlafen konnte, sagte der Gunner: »Wir müssen weiter, bevor es hell wird, sonst gehen zu viele Leute über die Brücke.«

Er stellte Luke auf die Füße und schleppte ihn die Treppe hoch. Die Menschen, die über die Brücke eilten, schenkten ihnen kaum Beachtung.

Der Gunner führte Luke in Richtung Tooley Street. Als eine Taxe vorbeifuhr, winkte er.

»Mein Freund ist ein bißchen angesäuselt«, erklärte er dem Chauffeur lächelnd. »Bitte zur Lennox Street.«

Der Gunner besaß dort in einem Neubau eine große Parterrewohnung. Er schleifte Luke Maddison hinein und legte ihn aufs Bett.

»Sie scheinen eine ganz hübsche Dosis erwischt zu haben«, sagte er. »Ich mache Ihnen Kaffee.«

»Kaffee – pfui Teufel!« sagte Luke.

»Aha, man hat Ihnen das Zeug in den Kaffee gegeben. Das ist wohl auch der Grund, warum Sie nicht tot sind.«

Bevor er das Licht anknipste, ließ er die Jalousien herunter. Dann ging er in die kleine Küche und kochte Kaffee. Als er zurückkam, saß Luke auf dem Bett, den Kopf in die Hände gestützt.

»Ich geb' Ihnen ein paar Tabletten«, sagte der Gunner.

Luke schluckte gehorsam die Medizin. Dann wurde er sich seiner Umgebung zum erstenmal bewußt. »Sind Sie nicht Gunner Haynes?«

Haynes lächelte. »Allerdings.«

»Wo ist Connor?«

»Hoffentlich im Gefängnis«, sagte der Gunner. »Fühlen Sie sich schon so gut, Mr. Maddison, daß Sie erzählen können?«

Luke sah auf. »Sie kennen mich noch?«

Der andere nickte. »Ich habe Sie sofort wiedererkannt. Es gibt da etwas, was ich Sie fragen möchte – stimmt das, was mir Connor berichtet hat? Daß Sie bei dem Raubüberfall auf Taffany mitgetan haben?«

Luke nickte. »Ich steuerte den Wagen. Ich hatte nicht die geringste Ahnung, worum es eigentlich ging, bis es zu spät war.«

»Sie sind also der bärtige Mann?« meinte der Gunner nachdenklich. »Das ist allerdings seltsam. Sie sind mir keine Erklärung schuldig –«

»Sobald sich die Kopfschmerzen gelegt haben, sag' ich Ihnen alles«, ächzte Luke. Gegen zwei Uhr nachmittags erwachte er. Sein Kopf brummte immer noch, der Mund war ausgetrocknet, aber nachdem er sich mit kaltem Wasser gewaschen hatte, fühlte er sich wesentlich besser. Bei einer Zigarette und einer Tasse Tee erzählte er seine Geschichte von Anfang bis Ende.

Der Gunner hörte schweigend zu. Als Luke alles berichtet hatte, fragte er: »Haben Sie Connor diese Geschichte erzählt?«

Luke nickte. »Ja, aber ich sprach natürlich nicht von meiner Frau und dem – Geld. Warum fragen Sie?«

Gunner Haynes runzelte die Stirn. »Ich weiß nicht. Connor ist ein ziemlich übler Bursche. Ihre einzige Hoffnung besteht

darin, daß man ihn einnäht. Wenn er die Razzia ungeschoren übersteht und die Polizei nichts findet – dummerweise hab' ich ihn auch noch gewarnt –, wird er Ihre Angaben überprüfen, weil er das immer tut, wenn sich irgendwo die Chance ergibt, Geld zu verdienen. Und das setzt natürlich Ihrem Wiederauftauchen erhebliche Schwierigkeiten entgegen.« Er zündete sich eine Zigarette an, sah an seinem Gast vorbei. »Sagen Sie mir, warum Ihre Frau Sie gehaßt hat – ich bin mir da nicht ganz klar.«

Luke schwieg längere Zeit. »Ich glaube nicht, daß das allzu schwer zu verstehen ist«, meinte er schließlich. »Sie dachte, ich sei für den Tod ihres Bruders verantwortlich. Er hat sich erschossen.«

»Aber wie kam sie darauf?« fragte der Gunner. »Selbst wenn man unterstellt, daß Danty Morell ein cleverer Bursche ist, wird sie sich doch wohl kaum allein auf sein Wort verlassen haben.« Er überlegte einen Augenblick, dann fragte er plötzlich: »Hat der Bruder Ihrer Frau eigentlich eine Nachricht hinterlassen, bevor er sich erschoß?«

Luke schüttelte den Kopf. »Bei der gerichtlichen Untersuchung wurde nichts dergleichen erwähnt.«

»Wer hat die Leiche gefunden?«

»Morell.«

Der Gunner nickte. »Und unmittelbar im Anschluß daran änderte sich das Verhalten Ihrer Frau. Das heißt, Sie waren ja noch nicht verheiratet, aber es stimmt, nicht wahr? Danty muß ihr also irgendwelche Beweise überbracht haben, die sie veranlaßten, Ihnen diesen Streich zu spielen –«

»Ich beschuldige sie nicht«, begann Luke. Er sah, wie Haynes amüsiert lächelte. »Sie etwa?«

»Nun, eigentlich nicht«, meinte der Gunner. »Ich habe es aufgegeben, anderen Leuten irgend etwas anzukreiden. Es rentiert sich nicht.« Er dachte eine Weile nach. »Sie können nicht plötzlich wieder auftauchen. Selbst wenn Sie nach Ronda fahren, kommen Sie aus der Sache nicht heraus«, meinte er. »Sie sind da mit zwei üblen Ganoven zusammengekommen.« Er stand auf und ging im Zimmer auf und ab. »Connor macht mir Sorgen.

Wenn er vor Gericht gestellt wird, ist das Problem gelöst. Wenn nicht, wird er Ihnen auf den Fersen bleiben. Haben Sie Ihren Paß noch?«

Luke tastete sein Hemd ab, dann starrte er den Gunner bedrückt an. »Ich habe ihn irgendwo verloren.«

»Wenn er Ihnen am Kai aus der Tasche gefallen ist, sitzen Sie in der Tinte!« sagte Gunner Haynes. »Sie müssen den Paß auf jeden Fall wiederbekommen. Dann ist da noch etwas anderes: Ich möchte den Brief sehen, den der Bruder Ihrer Frau vor seinem Selbstmord geschrieben hat.«

Luke schüttelte den Kopf. »Ich glaube nicht an einen Brief; selbst wenn es ihn gegeben haben sollte, ist er bestimmt vernichtet worden.«

Zehn Minuten später verließ der Gunner das Haus. Sein erster Weg führte ihn zu einem Polizeirevier in der Nähe von Keels Quay. Er kannte den Polizeiinspektor. Zwischen ihnen und dem Gunner bestand eine merkwürdige Kameradschaft.

»Bei Keels Quay soll es Ärger gegeben haben, hör' ich«, sagte der Gunner.

Der Inspektor sah ihn amüsiert an. »Ist dieses Wissen auf Hörensagen oder auf direkte Beobachtung zurückzuführen, Gunner?«

»Wie meinen Sie?« sagte der Gunner unschuldig.

»Connor behauptet, Sie seien wenige Minuten vorher bei ihm gewesen, und wenn jemand mit Rauschgift handle, dann Sie. Er sagte, Sie hätten ein Paket mitgebracht, aber er wollte nichts damit zu tun haben, und Sie seien mit einem Boot entkommen.«

»Ich war dort, ja«, erwiderte der Gunner freimütig. »Ich wollte ihn allerdings wegen einer ganz anderen Sache sprechen – Sie wissen, daß ich mich nicht mit Rauschgift befasse. Ich hörte von der Razzia und fuhr mit einem Kahn davon. Sie haben ihn also nicht verhaftet?«

Der Inspektor schüttelte den Kopf. »Nein. Wir haben nichts gefunden. Connor und seine Freunde scheinen allerdings jetzt mit Salz zu handeln. Wissen Sie darüber etwas, Gunner?«

»Wenn ich etwas wüßte, würde ich es Ihnen nicht sagen«, er-

widerte Haynes kalt. »Sie haben also Connor nicht kassiert, wie? Das ist bedauerlich.«

Der Polizeibeamte sah sich vorsichtig um, dann meinte er: »Wenn Sie daran interessiert sind, daß er verschwindet, brauchen Sie mir nur zu sagen, wo ich ihn packen kann –«

Wieder schüttelte der Gunner den Kopf. »Für solche Informationen bin ich nicht zuständig. Ist Connor noch am Kai?«

Der Inspektor nickte.

»Dann werde ich ihn mal besuchen.«

Er fuhr zum Kai und fand Connor in guter Stimmung.

»Sie sind mir vier Pfund schuldig«, sagte Connor. »Soviel hab' ich für das Boot bezahlt, das Sie mir geklaut haben. Sie bleiben doch nicht lange, wie? Ich erwarte nämlich eine Dame.«

»Seit wann gibt es unter Ihren Bekannten eine Dame?« fragte der Gunner.

»Was wissen Sie schon davon«, meinte Connor. »Die Dame heißt Mrs. Maddison – sie sucht ihren Mann.«

Gunner Haynes sah den anderen scharf an. »Sie erwarten also eine Mrs. Maddison, wie? Wer ist sie?«

Connor zündete sich eine Zigarre an. »Eine gute Bekannte von mir«, sagte er. »Was haben Sie eigentlich mit Ihrem Kumpan gemacht?«

»Wer ist Mrs. Maddison?« fragte der Gunner wieder.

»Die Frau eines meiner Freunde«, erwiderte Connor unsicher.

»Setzen Sie sich hin und erzählen Sie«, sagte der Gunner.

Widerstrebend zog Connor einen Stuhl heran und setzte sich. Gunner Haynes ging zur Tür und drehte den Schlüssel um.

»Also los«, sagte er und setzte sich Connor gegenüber.

»Passen Sie auf, Gunner, ich will keinen Ärger mit Ihnen«, meinte Connor. »Wenn sich aus der Sache etwas ergibt, können Sie mit einsteigen. Ich weiß nicht, ob Maddison die Wahrheit gesagt hat, aber wenn es stimmt, gibt es da allerhand zu verdienen. Zuerst hab' ich mich natürlich nicht um seine Geschichte gekümmert, aber nachdem Sie ihn fortgeschafft hatten, sagte Billy, er hätte in der Zeitung etwas über Maddisons Hochzeit gelesen. Ich unterhielt mich dann mit einem der Polypen, die

das Haus durchsuchten, und er erzählte mir, daß der Mann, der bei dem Raubüberfall den Wagen gesteuert hat, gestern nacht in Maddisons Wohnung einbrach. Es paßt also alles zusammen. Es ist nicht das erste Mal, daß ein achtbarer Bürger ein Doppelleben führt, aber ich hatte noch nie das Glück, einen zu fangen. Was glauben Sie, wieviel sich aus dem herausziehen läßt?«

»Sind Sie sicher, daß er es war?« fragte der Gunner.

»Natürlich!« sagte Connor zufrieden. »Ich hab' einen meiner Leute zu Maddisons Geschäftsführer geschickt – Stiles, glaub' ich, heißt er. Im Büro hängt ein Bild von Maddison. Er wollte sich bei dem Photographen einen Abzug besorgen. Das klappte nicht, aber er erfuhr wenigstens, in welcher Zeitung das Bild erschienen war, und das weitere war einfach.«

Connor zog die Tischschublade heraus und entnahm ihr eine Zeitung. Er zeigte sie Gunner Haynes. »Es gibt gar keinen Zweifel«, meinte Connor zuversichtlich. »Ich hätte ihn mit oder ohne Schnurrbart wiedererkannt. Maddison verschwand am Tag seiner Hochzeit. Irgendwie hat eine Frau damit zu tun.«

»Ihre Intelligenz erschreckt mich«, unterbrach ihn der Gunner. Connor zog die Brauen zusammen. Jede Anspielung auf seine Geisteskräfte ärgerte ihn.

»Intelligent oder nicht«, brummte er. »Da ist das Bild, und da ist der Mann. Ich könnte ihn heute noch hochgehen lassen, und das weiß er. Wenn ich mich zehn Minuten lang mit ihm unterhalten könnte, würde er schon Vernunft annehmen, aber so werde ich eben seiner Frau einen Brief schreiben. Sie hat etwas Geld –«

»Was für einen Brief?« fragte der Gunner.

Connor zögerte. »Billy hat eine bessere Handschrift als ich – übrigens habe ich neulich in der Zeitung gelesen, daß alle intelligenten Leute unleserlich schreiben –«

»Na ja«, meinte der Gunner.

Er sah zu, wie Connor in der Schublade herumwühlte und schließlich mit der linken Hand zwei Blatt Papier herauszog.

»Ich hab's aufgesetzt, Billy schrieb es ab und verbesserte die Rechtschreibung«, sagte Connor. »Lesen Sie's durch, Gunner.«

Er schob den Brief hinüber, die eine Hand immer noch in der

Schublade. Der Gunner legte ruhig seine Pistole auf den Tisch. Er nahm das Schriftstück entgegen.

»Nehmen Sie Ihre Hand aus der Schublade«, sagte er. »Wenn hier geschossen wird, dann von mir.«

Connor legte schnell die Hand auf den Tisch. »Ich bin überrascht, Gunner. Sie trauen ja Ihrem besten Freund nicht.«

»Sie sind nicht mein Freund«, erwiderte der Gunner.

Er hatte Mühe, das Gekritzel zu entziffern.

›Sehr verehrte Mrs. Maddison.
Ich kann Ihnen etwas über Ihren Mann mitteilen. Ich fürchte, daß er sich in ernsten Schwierigkeiten befindet, aber ich kann ihm helfen. Er ist ohne seine eigene Schuld in schlechte Gesellschaft geraten –‹

Der Gunner las den letzten Satz laut vor und sah auf. »Das ist nur Schmus«, erklärte Connor gelassen. »Es soll natürlich so aussehen, als wollte ich ihm behilflich sein.«

»Große Strategie!« murmelte der Gunner und las weiter.

›Es dürfte sehr ernst werden, wenn die Polizei erfährt, was ich über den Raub bei Taffany weiß, aber ich glaube, daß ich ihm die Sache vom Hals schaffen kann, obwohl es ziemlich viel kosten wird, aber Sie werden das ja gerne bezahlen.‹

Haynes lächelte ironisch.

›Tragen Sie diesen Brief nicht zur Polizei, sondern bringen Sie ihn mit. Wenn Sie zur Polizei gehen, sieht es für Ihren Mann schlecht aus. Besuchen Sie mich, sobald es dunkel ist . . .‹

Dann folgte eine ausführliche Erläuterung, wie der Kai zu erreichen war.

»Ich dachte, Sie seien Spezialist, Connor?« meinte der Gunner. »Ich wußte gar nicht, daß Sie sich mit Erpressung befassen.«

»Das ist nicht Erpressung«, erwiderte Connor aufgebracht, »das ist der Ersatz für verschwendetes Geld. Außerdem hat er fälschlich behauptet, ein Australier namens Smith zu sein –«

»Das ist nicht wahr. Das haben Sie nur geglaubt, weil er in jener Nacht in Lewings Begleitung war«, sagte der Gunner

ruhig. Er nahm eine Zigarre aus der Tasche und zündete sie sich an. »Angenommen, Mrs. Maddison geht zur Polizei – dann sind zehn Jährchen fällig, Connor.«

Connor lächelte unsicher. »Das ist doch nicht wahrscheinlich –« begann er. Es klopfte an der Tür.

»Machen Sie auf«, befahl Haynes.

Connor ging zur Tür und schloß auf. Einer seiner Männer stand draußen, und an seinem aufgeregten Benehmen konnte er erkennen, daß etwas nicht stimmte.

»Der Sparrow ist hier, mit einer Dame«, flüsterte er heiser. Connor wurde blaß.

»Haben Sie das gehört?« fragte er entsetzt. »Der Sparrow ... Sie hat ihn hergebracht.«

Er riß den Brief vom Tisch, zerknüllte ihn und warf ihn ins Feuer. In diesem Augenblick hörten sie die schweren Schritte Mr. Birds.

Der Sparrow lächelte vergnügt, als er das Zimmer betrat. In seiner Begleitung befand sich ein hübsches Mädchen, das der Gunner bereits kennengelernt hatte.

»Ah, Gunner, eine angenehme Überraschung!« dröhnte der Sparrow. »Wo sind denn die anderen achtunddreißig? Sie wissen schon, Ali Baba und die vierzig Räuber!«

Haynes fiel auf, daß ihn das Mädchen wiedererkannte. Er erhob sich und nickte ihr freundlich zu.

»Guten Tag, Miss Bolford«, sagte er, und Connor begriff sofort. Er durfte nicht verraten, daß er Margaret Maddison erwartet hatte. Erleichtert atmete er auf.

»Ich wußte gar nicht, daß Sie sich mit dieser Bande abgeben, Gunner«, sagte der Sparrow. »Und das ist Connor, Miss Bolford. Den müssen Sie kennenlernen.« Er wandte sich an Haynes' Gegenspieler: »Diese Dame hier arbeitet bei einer Zeitung und möchte alle Bösewichte Londons kennenlernen. Sie hatten gestern nacht eine Razzia.«

»Bei mir ist immer irgend etwas los«, grinste Connor. »Aber es gibt nichts zu finden, Mr. Bird.«

»Seit wann geben Sie sich denn mit Leuten wie Connor ab?« fragte Sparrow den Gunner. »Was machen Sie hier?«

»Ich seh' mir gelegentlich mal an, wie's in der Unterwelt zugeht«, sagte Haynes kühl.

Mr. Bird lächelte bewundernd. »Haben Sie das gehört, Mary?« meinte er. »Nicht schlecht, was?«

Gunner ergriff die Gelegenheit. Er wußte, daß sich Bird noch mit Connor beschäftigen würde. Langsam und vorsichtig setzte er seinen Hut auf, dann ging er zur Tür.

»Dann werde ich mich wieder auf den Weg machen, Mr. Bird. Mich brauchen Sie wohl nicht mehr?«

Und dann sah er, wie es in Connors Augen bösartig aufblitzte.

»Wiedersehn, Gunner!« sagte Connor laut. »Wenn ich Sie wäre, würd' ich es aufgeben, eine Pistole mit mir herumzutragen. Wenn man Sie erwischt, werden Sie eingelocht.«

»Er trägt eine Waffe bei sich?« fragte der Sparrow scharf. »Das ist aber sehr dumm von Ihnen, Gunner. Haben Sie einen Waffenschein?«

Haynes lächelte. »Ich habe keinen, und Sie können mich durchsuchen. Sie haben zwar nicht das Recht dazu, aber ich erlaube es Ihnen.«

Er breitete die Arme aus, und Bird klopfte seine Kleidung ab.

»Keine Pistole«, sagte der Sparrow. Er wandte sich an Connor: »Was soll das heißen?«

»Das kann ich Ihnen sagen.« Der Gunner stand schon unter der Tür. »Unser Freund hier wollte Waffen an den Mann bringen, aber ich tat nicht mit. Die einzige Pistole, die Sie heute zu sehen bekommen werden, befindet sich dort in der Tischschublade.«

Der Sparrow öffnete die Schublade, und Mary Bolford sah, wie Connor im Gesicht grünlich wurde, denn in der Schublade lag tatsächlich eine Pistole.

»Viel Vergnügen«, sagte der Gunner gelassen.

Bevor er durch das Tor auf die Straße trat, nahm er seinen Hut so vorsichtig ab, wie er ihn aufgesetzt hatte, holte seine Pistole heraus und steckte sie in die Tasche.

17

Margaret Maddison hatte zwei qualvolle Stunden verbracht, bevor ihr der schäbig gekleidete Bote die Nachricht brachte, daß Luke noch am Leben war. Am Ende des Briefes stand ein Zusatz – von Connors eigener Hand – ›Kommen Sie gegen acht‹. Dieses Postskriptum hatte er dem Gunner gegenüber nicht erwähnt.

Der Brief bestätigte alle ihre Befürchtungen. Sie saß eine halbe Stunde lang bewegungslos an ihrem Schreibtisch und versuchte, zu einem klaren Gedanken zu gelangen. Luke war in Schwierigkeiten – in ernsten Schwierigkeiten. Sie akzeptierte diese Tatsache als Ausgangspunkt. Sie dachte nicht einen Augenblick daran, ihm etwas vorzuwerfen – sie beschuldigte sich vielmehr selbst, ihn in einem Augenblick der Krise allein gelassen zu haben.

Der Butler betrat das Zimmer und meldete etwas, aber sie war so in ihre Gedanken vertieft, daß sie ihn nicht bemerkte. Er sprach etwas lauter.

»Mr. Morell?« fragte sie erstaunt. Ihr erster Gedanke war, ihn abzuweisen. Sie überlegte einen Augenblick und nickte dann.

»Bitten Sie ihn herauf.«

Danty betrat wie immer elegant gekleidet und lächelnd das Zimmer.

»Nachrichten von Luke?« fragte er. »Ich bin auf dem Weg in die Stadt und wollte einen Augenblick hereinsehen.«

Sie sah ihn forschend an. Plötzlich begriff sie, daß ihr Vertrauen zu Danton Morell schon verbraucht gewesen war, bevor ihr Inspektor Gorton die Wahrheit erzählt hatte. Aber im Schreibtisch lag immer noch die letzte Nachricht ihres Bruders. Die zumindest war echt gewesen. Allerdings mußte es Danty gewesen sein, der die Telegramme aus Paris geschickt hatte.

Trotzdem war sie weder wütend noch ärgerlich – Danton stellte eine häßliche Tatsache dar, nicht mehr, nicht weniger.

»Ich habe von einem Bekannten gehört, daß gestern nacht in Lukes Wohnung eingebrochen wurde. Hat man irgend etwas gestohlen?«

»Nichts Wesentliches«, sagte sie.

Er sah, wie sie hastig einen Brief zusammenfaltete und in ihre kleine Handtasche schob. Er fragte sich, was wohl in dem Brief stehen mochte, das ihr das Blut so in die Wangen treiben konnte.

»Luke amüsiert sich sicher glänzend. Haben Sie von ihm gehört?«

Sie schüttelte den Kopf. »Nein, das hab' ich nicht.« Etwas unbeholfen fügte sie hinzu: »Haben Sie heute morgen den Bericht in der Zeitung über diesen merkwürdigen Fall gelesen?«

»Welchen meinen Sie?«

»Über den Mann, der ein Doppelleben geführt hat. Bei Tag soll er ein angesehener Geschäftsmann und bei Nacht – Einbrecher gewesen sein.«

Danty lächelte. »So etwas gibt es gewöhnlich nur in Romanen«, meinte er, »aber ich habe solche Fälle gekannt – das heißt natürlich, davon gelesen«, fügte er hastig hinzu. »In Liverpool gab es einen Mann, der am Sonntag in der Kirche als Vorleser fungierte. Die Woche über stellte er falsche Banknoten her. Ein anderer war Direktor einer florierenden Schuhfabrik und nebenbei einer der raffiniertesten Juwelendiebe, die der Polizei bekannt sind.«

»Warum tun diese Männer das wohl?« fragte sie.

Danty zuckte die Achseln. »Ich weiß nicht recht. Vielleicht aus Abenteuerlust. – Ich wollte übrigens mit Ihnen wegen meiner südamerikanischen Firma sprechen, Margaret. Ich bin in Schwierigkeiten. Ich brauche siebzigtausend Pfund, um das Geschäft zum Abschluß zu bringen, das heißt, genau sind es sechsundsiebzigtausend, und ich habe erst neunundsechzigtausend. Wenn Luke hier wäre, hätte ich das Geld bekommen. Er mochte mich zwar nicht, aber er war ein guter Geschäftsmann.«

»Ich fürchte, ich kann Ihnen nicht helfen, Danton«, sagte sie ruhig. »Warum gehen Sie nicht zu Mr. Stiles? Er ist Geschäftsmann.«

Danton zuckte die Achseln. »Stiles! Ein Untergebener – der Mann ist ohne jede Initiative, und ein Wort von Ihnen –«

Sie schüttelte den Kopf. »Es geht nicht«, sagte sie.

Danty Morell schwieg eine Weile, dann begann er von Nebensächlichkeiten zu sprechen. Wenige Minuten später verab-

schiedete er sich. Es stimmte, daß er auf dem Weg in die Stadt war. Er hatte dort ein kleines Büro, wo er sich gelegentlich mit seinen Teilhabern traf. Seit Lewings Tod war es um die Bande, die seinen Namen trug, ziemlich still geworden. Obwohl Danty an ihrer Arbeit nicht teilnahm, hatte er sie organisiert und System in ihre Methoden gebracht. Der Ertrag für ihn war gering, weil die Arbeit gefährlich und schwierig war. Seide, Tee, Gummi – gestohlen wurde alles, aber die Ware war nur schlecht an den Mann zu bringen, und Dantys Anteil reichte kaum aus, die Miete für seine Wohnung zu decken.

Danty mußte außerdem feststellen, daß seine Börsenspekulationen von nur geringem Erfolg gekrönt waren. Er unterhielt sich mit seinem Makler und erfuhr zu seinem Entsetzen, daß die Notierungen seiner Aktien erneut gefallen waren.

Danty kehrte verzweifelt zu seiner Wohnung zurück, wo ihn ein weiterer Zahlungsbefehl über 140 Pfund erwartete – das zehnte Dokument dieser Art in diesem Monat. Pi Coles, sein ›Diener‹, nahm ihm Hut und Mantel ab.

»Glück gehabt?« fragte der kleine Mann.

»Leider nein, Pi«, erwiderte Danty mit schiefem Lächeln. »Aber der Himmel wird sich schon wieder aufhellen.«

Er ahnte nicht, daß er das nur einem Mann namens Connor zu verdanken haben würde. Übrigens, um Mr. Connor Gerechtigkeit widerfahren zu lassen, auch er wußte nicht, daß es ihm bestimmt war, dem Anführer einer rivalisierenden Bande Schützenhilfe zu leisten.

Gunner Haynes beriet sich mit seinem Gast. Luke litt immer noch unter den Nachwirkungen des Schlafmittels. Beim geringsten Geräusch bekam er Kopfschmerzen, und im Lauf des Tages hatte er Unmengen Tee getrunken.

»So ist die Situation«, sagte Haynes. »Connor weiß, wer Sie sind. Es ist natürlich begreiflich, daß Sie es ihm gesagt haben, obwohl Sie kaum damit rechnen durften, daß er Sie für einen reichen Mann hielt –«

»Mit meinem Reichtum ist es nicht mehr weit her«, meinte Luke lächelnd. »Und Sie haben meiner Frau telegrafiert?«

Der Gunner nickte. »Ich schickte in Connors Namen ein Telegramm und verschob die Verabredung. Wahrscheinlich hätte sie erst gegen Abend stattfinden sollen, weil Connor natürlich kein Aufsehen erregen will. Wenn sie nicht kommt, wird er sie morgen bestimmt aufsuchen, aber inzwischen kann eine Menge geschehen.«

»Wie wär's, wenn ich Bird –« begann Luke.

Der Gunner schüttelte den Kopf. »Das halte ich für zu riskant«, sagte er. »Selbst wenn Sie der Herzog von Dingsda wären, müßte man Sie wegen des Raubüberfalls verhaften. Sehen Sie, Ihr entscheidender Fehler war, daß Sie den Verkäufer niederschlugen. Das hat Sie zum aktiven Teilnehmer an der Tat gemacht. Auf keinen Fall könnten Sie jedoch davonkommen, ohne die Aufmerksamkeit der Öffentlichkeit zu erregen. Und das wollen Sie sicher nicht. Nein, ich muß eine andere Möglichkeit finden, Sie der Gesellschaft zurückzugeben.« Er lächelte amüsiert.

»Aber was tun wir, wenn Connor morgen zu meiner Frau geht?« fragte Luke.

Der Gunner überlegte eine Weile. »Er darf sie nicht sprechen«, sagte er schließlich. »Ich glaube, das läßt sich machen. Es ist sehr bedauerlich, daß mir der Sparrow dazwischenkam – sonst hätte die Sache geklappt. Aber selbst jetzt sind wir noch nicht geschlagen.«

Er bückte sich und zog unter dem Bett eine Reiseschreibmaschine hervor. Er stellte sie auf den Tisch, nahm die Haube ab, zog ein Blatt Papier ein und begann mit zwei Fingern zu schreiben . . .

Connor ging ungeduldig in seinem Zimmer auf und ab. Von Zeit zu Zeit sah er auf die Uhr. Als es klopfte, eilte er zur Tür. Es war ein kleiner Junge, der einen Brief brachte. Connor entriß ihm den Umschlag und schloß die Tür.

Der Brief war mit Schreibmaschine geschrieben. Die Anrede fehlte.

›Ich kann Sie heute leider nicht aufsuchen. Die Gegend ist so verrufen, daß ich bestimmt der Polizei auffallen würde. Ich

schlage vor, daß wir uns statt dessen um zehn Uhr abends an der Serpentine Bridge treffen. Sie müssen mir aber Beweise vorlegen, daß es sich bei der erwähnten Person um meinen Mann handelt.‹

Der Brief trug keine Unterschrift. Der Nachsatz lautete:

›P.S: Hoffentlich haben Sie diesem Haynes nichts erzählt. Er erschien heute bei mir, aber ich wies ihn ab.‹

Connor lächelte. Der Gunner war schnell am Drücker, das mußte man ihm lassen.

18

Margaret war eben dabei, sich anzuziehen, als das Telegramm gebracht wurde.

›Kann Verabredung heute nicht einhalten. Wir treffen uns morgen um die gleiche Zeit. Connor‹

In gewisser Beziehung war sie erleichtert, wenn sie auch gewünscht hätte, von der quälenden Ungewißheit über das Schicksal Lukes befreit zu werden. Sie hatte tausend Pfund von der Bank abgehoben, weil sie nicht wußte, ob sie nicht eine größere Summe brauchen würde.

Als sie das Banknotenbündel in ihren Safe legte, fiel ihr Blick auf einen Briefumschlag, der ihr immer noch einen kleinen Stich gab. Er enthielt die letzte Nachricht ihres Bruders. Mehrmals war sie nahe darangewesen, den Umschlag ins Feuer zu werfen, aber irgend etwas hatte sie zurückgehalten.

Sie hörte es unten läuten, kurze Zeit später klopfte es, und der Butler trat ein.

»Ein Herr wünscht Sie zu sprechen, gnädige Frau. Ich glaube, er war schon einmal hier – ein Mr. Haynes.«

»Bringen Sie ihn bitte herauf«, sagte sie.

Sie erinnerte sich an die letzte Unterhaltung mit Haynes. Damals hatte sie ihn hinausgewiesen. Aber er stand Luke freundschaftlich gegenüber, und sie konnte Verbündete gebrauchen.

Haynes war auf die herzliche Begrüßung nicht vorbereitet. In gewissem Sinne war sie ihm sogar peinlich, denn er durfte nicht erkennen lassen, daß er mit Luke in Verbindung stand.

»Ich fürchte, daß ich beim letztenmal sehr unhöflich zu Ihnen war, Mr. Haynes«, sagte sie, nachdem sie ihm einen Sessel angeboten hatte. »Sie beleidigten damals einen – einen Freund, der mir heute nicht mehr sehr nahe steht«, meinte sie lächelnd.

Der Gunner nickte. »Das hör' ich sehr gerne«, sagte er. »Ich hab' mich ein wenig ungehörig benommen. Ich erinnere mich, daß ich Sie fragte, ob Ihr Mann Sie verlassen hatte. Ich wundere mich nur, daß Sie nicht nach der Polizei geschickt haben.«

Sie lachte. »Wissen Sie, wo mein Mann jetzt ist?« fragte sie. Er schüttelte den Kopf.

»Ich kann Ihnen sagen, wo sich Mr. Morell aufhält«, meinte er, »aber das wird Ihnen nicht weiterhelfen. Ich bin gekommen, weil ich glaube, daß ich Ihnen und Ihrem Mann helfen kann. Luke Maddison hält sich wahrscheinlich in Spanien auf.«

»Aber –«, sagte sie.

»Ich glaube, daß er in Spanien ist. Und wenn sich jemand in Spanien aufhält, kann er ja nicht gleichzeitig in London sein, oder? Er kann weder bei einem Raubüberfall auf Taffany mitwirken noch sich mit Connor einlassen.«

»Sie wissen also Bescheid?« unterbrach sie ihn. »Ich wollte eigentlich heute abend zu Connor fahren, aber er schickte mir ein Telegramm –«

»Das Telegramm stammt von mir«, sagte Gunner Haynes gelassen. »In dieser Richtung dürfen Sie überhaupt nichts unternehmen.«

»Woher wissen Sie denn das alles?« drängte sie ihn.

Der Gunner lächelte. »Ich hab' eine Menge Informationsquellen, über die ich nicht rede«, meinte er. »Was ich Ihnen einschärfen möchte, ist, daß sich Ihr Mann in Spanien aufhält. Sie haben Briefe von ihm bekommen, die Sie aber unglücklicherweise vernichtet haben.«

Sie begriff. Kam er von Luke? Es konnte keine andere Erklärung geben, und sie fragte ihn geradeheraus.

»Ich bin seit vielen Jahren nicht mehr in Ronda gewesen«,

sagte der Gunner ruhig. »Selbst wenn ich Ihren Mann dort getroffen hätte, wüßte er nicht, daß ich Sie besuche. Mrs. Maddison, ich muß Ihnen die unangenehme Frage noch einmal stellen: Warum hat Ihr Mann Sie verlassen? – Nein, nein, das meine ich nicht. Ich weiß schon, warum er Sie verließ. Aber warum haben Sie ihn im Stich gelassen? Das ist mir und wahrscheinlich auch Ihrem Mann ein Rätsel. Nur Sie – und Danty wissen Bescheid.«

Sie schwieg, aber in diesem Augenblick begriff sie, warum sie Rex' letzten Brief nicht vernichtet hatte. Sie wollte ihn eines Tages Luke zeigen und eine Erklärung, jene Erklärung von ihm verlangen, die sie längst hätte erbitten müssen. Der Brief stellte ihre Rechtfertigung dar – die einzige, die sie für ihr Verhalten vorlegen konnte.

»Das ist eine merkwürdige Bitte für einen Fremden, Mr. Haynes, und ich weiß nicht, ob ich Ihnen antworten soll.«

Sie verstummte und verließ plötzlich das Zimmer. Haynes nahm seinen Hut vom Tisch und erhob sich, da er annahm, das Gespräch sei beendet. Aber wenige Minuten später kam sie mit einem kleinen Briefumschlag zurück.

»Ich erzähle Ihnen etwas, das außer Mr. Morell und mir niemand weiß«, sagte sie. »Als sich mein armer Bruder erschoß, wurde dieser Brief in seinem Zimmer gefunden.«

Sie entnahm dem Umschlag einen Notizzettel, und Gunner Haynes las den Text:

›Liebste Margaret, es ist aus. Seit Monaten habe ich alles riskiert. Ich unternahm heute einen verzweifelten Schritt auf den Rat von Luke Maddison. Er hat mich ruiniert – er betet das Geld an. Ich bitte dich, vertraue ihm nicht. Verzeih mir. Rex‹

Der Gunner sah auf und fragte: »Ist das die Handschrift Ihres Bruders?«

Sie nickte.

»Können Sie das beschwören?«

»Ja, ich bin mir völlig sicher. Ein Irrtum ist praktisch ausgeschlossen.«

»Wer hat den Brief gefunden?«

»Mr. Morell, im Zimmer meines Bruders. Rex hatte einen

Diener, einen sehr vertrauenswürdigen Mann, und er sah den Brief, ehe ihn Mr. Morell in die Tasche steckte –«

»Er hat ihn natürlich nicht gelesen?« sagte der Gunner. »Der Diener, meine ich?«

»Ich glaube nicht. Er sah nur, wie Mr. Morell ihn einsteckte.«

Der Gunner gab den Brief zurück. »Sie dachten natürlich, Ihr Mann sei für den Tod Ihres Bruders verantwortlich, und deswegen haben Sie sich – so benommen.«

»Hat er Ihnen das gesagt?« forderte sie ihn heraus.

Haynes ließ sich nicht aus seiner Reserve locken.

»Komischer Kerl, dieser Danty«, sagte er nach einer Weile, und sie erkannte, daß er das nicht nur zu sich selbst, sondern auch zu ihr sagte. »Er hat früher alles mögliche gesammelt – ich möchte wissen, ob er sich das abgewöhnt hat. Irgendwie ist Danty ein Geizhals, obwohl es ihm nie gelungen ist, sein Geld beisammenzuhalten. Alle Gauner sterben arm.«

»Und wie –« begann sie, verstummte aber sofort.

Er lächelte. »Sie wollten mich fragen, wie das bei mir sein wird? Nein, Mrs. Maddison, ich werde nicht arm sterben. Ich brauche nie mehr etwas zu arbeiten – ich habe einen anderen Weg eingeschlagen. Das bedeutet übrigens nicht«, fügte er schnell hinzu, »daß ich plötzlich das Gefühl bekommen hätte, früher auf dem falschen gewesen zu sein. Das wußte ich mein ganzes Leben. Vor fünf Jahren verkaufte mir ein Schwindler Aktien einer Kupfermine. Sie waren damals nicht viel mehr wert als das Papier, aber glücklicherweise habe ich sie nicht ins Feuer geworfen. Man fand tatsächlich Kupfer, und ich konnte mit beträchtlichem Gewinn verkaufen. Ich werde nur noch ein Verbrechen begehen.«

Sie wollte lächeln, aber der Ausdruck in seinen Augen hielt sie zurück.

»Danty Morell muß eines Tages bestraft werden – wenn ich die Beweise habe«, sagte er langsam. Er sah auf die Uhr. »Ich habe noch eine wichtige Verabredung, Mrs. Maddison, und werde mich daher jetzt empfehlen. Geben Sie mir keine Nachricht für Ihren Mann mit, weil ich nicht weiß, wo er ist. Wenn ich es wüßte, würde ich es Ihnen nicht sagen.«

»Geht es ihm gut?« fragte sie besorgt.

»Ziemlich gut«, sagte der Gunner. Er sah sie forschend an. »Er wird Geld brauchen«, sagte er plötzlich, »und das hört sich an, als wollte ich Sie beschwindeln. Ich könnte ihm zwar soviel geben, wie er braucht, aber es ist wohl besser, wenn Sie es zur Verfügung stellen, nur um Ihr Vertrauen zu mir zu beweisen.« Er lachte. »Könnte beinahe Danty gesagt haben! Wenn Sie Ihrer Sache nicht ganz sicher sind, Mrs. Maddison, dann geben Sie mir nichts. Ich brauche etwa zweihundert Pfund, aber dreihundert wären besser.« Sie verließ das Zimmer und kehrte kurze Zeit später mit einem Bündel Banknoten zurück.

»Vierhundert sind noch besser«, sagte sie, und er steckte das Geld in die Tasche, ohne es zu zählen.

»Nicht übel, so ein Geschäft. Schade, daß ich nicht früher damit angefangen habe«, sagte er. »Danty weiß schon, was er tut.« Er drückte ihr die Hand. »Wir sehen uns noch, Mrs. Maddison – wenn Sie eines Tages nach Ronda fahren, darf ich Sie vielleicht begleiten, damit sich nicht ein echter Schwindler an Sie heranmacht!«

Zur angegebenen Stunde stieg Mr. Connor an der Serpentine Bridge aus der Taxe. Langsam ging er zum Strom hinunter. Das Wetter war regnerisch; ein kühler Nachtwind fegte über das Wasser.

Er fand eine Bank und setzte sich. Zufrieden starrte er vor sich hin. Er hatte Aussicht auf ein Einkommen für das ganze Leben. Er mußte dem Gunner sogar dankbar sein, daß er gerade noch rechtzeitig eingegriffen hatte. Er sah sich vorsichtig um. Niemand war zu sehen.

Hinter ihm erstreckte sich ein Rasenstück bis zum Fußweg. Connor dachte über die erfreulichen Aussichten nach, als sich eine Hand auf seine Schulter legte und etwas Kaltes seinen Nacken berührte.

»Wer schreit, wird erschossen«, sagte eine gedämpfte Stimme hinter ihm. »Nicht umdrehen.«

»Was soll denn das heißen?« knurrte Connor, der weniger erschreckt als verärgert war.

»Jetzt nehmen wir mal die Händchen hoch, und dann drehen wir uns um«, sagte der Unbekannte. »Na los«, zischte er, und Connor gehorchte.

Der Unbekannte trug eine Maske vor dem Gesicht.

»Frecher Überfall durch maskierten Räuber«, murmelte der Fremde, als er Connors Taschen abklopfte.

»Sie hätten Ihr Gesicht nicht zu verstecken brauchen, Gunner«, brummte Connor. »Ich würde Sie überall erkennen.«

Der andere sagte nichts. Seine Hand fuhr in die Innentasche von Connors Jackett und zog etwas heraus. Connor versuchte, das Handgelenk zu packen, aber der Pistolenlauf traf ihn unsanft am Kinn.

»Sie sind nur wegen des Passes gekommen, nicht wahr? Ich Idiot muß auf Ihren Brief hereinfallen. Aber das ändert auch nichts mehr an der Sache, Gunner, und Sie können der Frau, die Sie hergeschickt hat, sagen –«

»Sie reden zuviel«, sagte der Maskierte.

Er nahm Connor die Pistole aus der Gesäßtasche und warf sie in das Wasser.

»Ich erspare Ihnen nur Unannehmlichkeiten«, meinte der Unbekannte fröhlich. »Nichts macht mir mehr Spaß, als andere Leute vor dem Gefängnis zu bewahren.«

Aus einer anderen Tasche Connors nahm er eine Handvoll Banknoten. »Sie sparen wohl auf ein Auto, wie?«

»Das wird Sie teuer zu stehen kommen!« brauste Connor auf. »Sie glauben doch nicht, daß ich das einfach hinnehme?«

»Was hindert mich daran, Sie zu erledigen?« fragte der Maskierte. »Nichts! Ich möchte Ihnen schon raten, ein bißchen vorsichtiger zu sein.«

»Maddison hat Sie wahrscheinlich dazu angestiftet – aber ich kriege ihn schon!« sagte Connor mit zusammengebissenen Zähnen. »Das ist kein Spaß mehr –«

»Sie reden zuviel«, sagte der andere wieder, packte ihn bei den Schultern, gab ihm einen kräftigen Stoß, und Connor kippte ins Wasser. Bis er sich an Land gezogen hatte, war der Mann verschwunden.

Es herrschte nicht das richtige Wetter für einen Spaziergang

mit nasser Kleidung, aber sie war beinahe trocken, als Connors Plan feststand.

Jetzt wußte er nur zu genau, warum der Gunner ihn neulich besucht hatte – er war wegen des Passes gekommen, aber das plötzliche Auftauchen von Chefinspektor Bird und der Reporterin hatte ihn gehindert, sich des Dokuments zu bemächtigen.

Connor erinnerte sich an einen Mann, der ihm Hilfestellung leisten konnte. Die Tatsache, daß er Anführer einer rivalisierenden Bande war, spielte hier keine Rolle.

Danty lag schon im Bett, als das Telefon läutete. Fluchend stand er auf und ging barfuß in die Diele hinaus. Er erkannte die Stimme am anderen Ende der Leitung nicht, und Connor stellte sich vor.

»Was wollen Sie?« fragte Danty argwöhnisch.

»Es handelt sich um eine große Sache mit beträchtlichen Summen. Kann ich Sie besuchen?« fragte Connor.

Danty überlegte eine Weile. »Na gut, kommen Sie her«, sagte er. »Aber wenn Sie hier etwas anfangen, lasse ich Sie verhaften.«

»Machen Sie sich nicht lächerlich«, erwiderte Connor. »Wenn ich so etwas vorhätte, würde ich Sie doch nicht in Ihrer Wohnung besuchen. Auf der Straße läßt sich das viel leichter abmachen.«

»Schon gut, ich erwarte Sie«, sagte Danty.

Er weckte Pi Coles und erzählte ihm von dem Anruf. Der kleine Mann schüttelte den Kopf.

»Ich an Ihrer Stelle würde mich mit Connor nicht abgeben.«

Aber Danty beschloß, ein Risiko einzugehen. Er zog sich an und wartete. Pi starrte zum Fenster hinaus und meldete schließlich die Ankunft Connors.

»Er ist allein«, sagte er, und Dantys Selbstsicherheit wuchs.

Connor gab sich freundlich und jovial – was bei ihm nichts bedeutete. Es gehörte einfach zu seinem Handwerk.

»Entschuldigen Sie, daß ich Sie aufgeweckt habe, Mr. Morell«, sagte er, »aber es ist etwas passiert, und ich glaube, Sie können mir helfen. Es wird sich natürlich für Sie rentieren«, fügte er hinzu. »Meine Leute kommen mit Ihren Leuten meistens nicht gut aus, aber das wird hier hoffentlich keine Rolle spielen.«

Danty beeilte sich, ihm zu versichern, daß er über solchen Dingen stehe. Er bot ihm eine Zigarre an. Mr. Connor ließ sich Feuer geben, dann lehnte er sich behaglich zurück.

»Ich weiß eine Menge über Sie, Morell – alle sind sich darüber einig, daß Sie erstklassige Beziehungen haben. Sie kennen doch auch Mr. Maddison – er hat Ihren Namen erwähnt.«

Danty starrte ihn an. »Maddison?« sagte er langsam. »Wieso, kennen Sie ihn denn?«

Connor grinste. »Ich will ganz offen sein. Bis gestern abend kannte ich ihn nicht.« Dann fragte er plötzlich: »Wieviel Geld hat er?«

»Bin ich ein Auskunftsbüro?« meinte Morell ironisch. »Er ist reich, mehr kann ich Ihnen nicht sagen, und das wissen Sie wahrscheinlich selbst.«

»Der springende Punkt ist der: Wenn dieser Mann reich ist und wir ihn tüchtig melken könnten, wären Sie bereit, mit mir fifty-fifty zu machen?«

Danty gab keine Antwort.

»Nun, Sie müssen mittun, weil Ihnen gar nichts anderes übrig bleibt.«

»Vielleicht wären Sie so freundlich, mir zu erklären, worauf Sie hinauswollen«, sagte Morell.

Der andere nickte. »Selbstverständlich«, sagte er. »Sie erinnern sich, daß Lewing umgebracht und ein anderer niedergestochen wurde?«

»Allerdings«, sagte Morell.

»Sie wissen auch, daß vor zwei Tagen ein Raubüberfall auf Taffany verübt wurde und daß ein bärtiger Mann beteiligt war?«

Danty nickte wieder.

»Ist Ihnen bekannt, daß das derselbe Mann war? Und wissen Sie, daß dieser Mann Mr. Luke Maddison war?«

Danty starrte ihn fassungslos an.

»Blödsinn!« sagte er verächtlich. »Maddison ist in Spanien.«

Der andere lachte. »In Spanien, so, so. Ich will Ihnen sagen, wo er ist. Er versteckt sich bei Gunner Haynes. Und außerdem weiß seine Frau, daß die Polizei hinter ihm her ist.«

Connor erzählte, was er wußte. Er verschwieg die Umstände, unter denen Luke seine Identität preisgegeben hatte, aber er versuchte, eine andere Erklärung dafür zu geben.

»Wir wollten ihn tüchtig verprügeln, als sich Gunner Haynes einmischte und Maddison fortschaffte. Ich schenkte seinen Angaben natürlich keinen Glauben, bis einer meiner Leute einen Paß fand.«

»Sie haben Mrs. Maddison geschrieben, nicht wahr?«

Connor nickte. »Wir erhielten einen gefälschten Brief – ich bin prompt darauf hereingefallen. Der Gunner erwischte mich im Park und nahm mir den Paß ab.«

Danty reagierte sofort. Er ging zum Telefon und wählte Margarets Nummer. Sie würde sicher schon zu Bett gegangen sein, aber man mußte sie eben wecken.

Zu seiner Überraschung meldete sie sich selbst.

»Margaret, sind Sie's?«

»Wer ist am Apparat?« fragte sie schnell.

»Danton«, sagte er. »Hören Sie zu, Margaret. Es ist sehr wichtig – war heute ein Mann namens Haynes bei Ihnen?«

Sie zögerte. »Ja«, erwiderte sie, »aber ich glaube nicht, daß Sie das etwas angeht –«

»Hören Sie zu«, meinte er. »Haben Sie ihm Geld gegeben?«

Wieder zögerte sie.

»Haben Sie ihm Geld gegeben?« wiederholte er.

»Ja«, sagte sie, »aber nicht für ihn selbst –«

Sie bemerkte ihren Fehler zu spät.

»Für jemand anders?« fragte Danty hastig.

Er hörte, wie sie den Hörer auflegte. Er kehrte zu Connor zurück.

»Er hat den Paß, er hat das Geld, und das bedeutet, daß er morgen früh versuchen wird, den Kontinent zu erreichen. Sie müssen einige Leute am Bahnhof stationieren, die Maddison aufhalten, wenn er England verlassen will.«

Er rief nach seinem Diener. »Bringen Sie mir meine Schuhe«, sagte er. Als Pi Coles verschwunden war, meinte er: »Ich werde Mrs. Maddison aufsuchen und die erste Rate einkassieren. Wieviel hätten Sie verlangt, wenn sie zu Ihnen gekommen wäre?«

»Ich habe mit tausend Pfund gerechnet«, erwiderte Connor, und Morell lachte.

»Wenn die Sache nicht hunderttausend wert ist, freß' ich einen Besen«, sagte er.

19

Margaret ahnte, daß Danty Morell nach diesem Anruf persönlich erscheinen würde. Sie war daher nicht überrascht, als es unten läutete. Sie trat auf den Treppenabsatz hinaus.

»Wenn es Mr. Danton Morell ist, schicken Sie ihn bitte herauf«, sagte sie zu dem Butler, der zur Tür eilte.

Das erste, was ihr an Danty auffiel, war eine gewisse Unordentlichkeit, die sie vorher noch nie bemerkt hatte.

»Margaret, ich fürchte, daß ich eine sehr unangenehme Pflicht zu erfüllen habe«, erklärte er. »Es handelt sich um Ihren verrückten Mann. Er scheint richtig in der Tinte zu sitzen. Wie konnte er nur so etwas tun?«

»Was tun?« fragte sie.

Er lächelte. »Sie brauchen gar nicht so zu tun, als wüßten Sie von nichts. Luke hat sich mit einer Bande eingelassen. Ich weiß nicht, wie das zustande kam oder welche Frau dahintersteckt.«

Er war enttäuscht, als sie lächelte.

»Sie kommen von den Frauen nicht los, Danton. Vielleicht war es die gleiche Dame, die Sie in Paris entdeckt haben – Sie erinnern sich, daß mir Ihr Diener ein Telegramm schickte?«

»Ich schwöre Ihnen –« begann er, aber sie schüttelte den Kopf.

»Es hat gar keinen Sinn, darüber zu sprechen. Was wollen Sie?«

Danton zuckte die Achseln. »Nun, es gibt da einen gewissen Connor, der furchtbar wütend auf Sie ist, weil Sie ihn versetzt haben. Er sagte, Sie hätten ihm tausend Pfund versprochen –«

»Ich habe überhaupt nichts versprochen, und ich würde überhaupt nicht daran denken, ihm tausend Pfund zu geben«, sagte Margaret. »Auch Ihnen nicht.«

Sie sah, wie er zusammenzuckte. Bis zu diesem Augenblick

hatte sie nicht geahnt, welche Rolle das Geld in Danton Morells Leben spielte.

»Es hat keinen Zweck, wenn Sie sich aufregen«, sagte er. »Weder Sie noch Luke können Connor bekämpfen. Er ist einer der mächtigsten Gangster Londons, und unglücklicherweise weiß er, daß Luke bei dem Überfall auf Taffany mitgewirkt hat. Was wollen Sie unternehmen?«

»Ich habe nichts anzubieten«, sagte sie.

»Connor verlangt Geld – ein paar tausend Pfund. Ich mochte Sie natürlich gerne aus dieser unerquicklichen Geschichte heraushalten, und da Connor zu mir kam und mich um Rat bat, hielt ich es für das beste, als Vermittler zu fungieren. Sie haben den falschen Mann bezahlt, Margaret. Haynes kann Ihnen nicht helfen – Sie glauben im übrigen doch nicht, daß das Geld, das Sie ihm heute abend gegeben haben, jemals Luke erreicht?«

Als sie keine Antwort gab, fuhr er fort: »Ich habe mit der ganzen Sache nichts zu tun, und wenn Sie sich gegen Connor stellen wollen, so müssen Sie das selbst entscheiden. Aber –«

Sie unterbrach ihn. »Sie schlagen also vor, daß ich zweitausend Pfund Schweigegeld an Ihren Freund zahle?«

»Er ist nicht mein Freund«, erwiderte Danty gereizt, »und es handelt sich um keine Erpressung. Offensichtlich hat sich Luke das Geld von Connor geborgt.«

Sie lachte auf. »Das klingt sehr wenig überzeugend, Mr. Morell! Ich sage Ihnen noch einmal, daß ich weder Ihnen noch Mr. Connor etwas zahle. Darüber brauchen wir also nicht mehr zu diskutieren.«

»Haynes hat Ihnen geraten, nicht zu zahlen, wie?«

Sie schüttelte den Kopf. »Nein«, erwiderte sie gelassen, »Inspektor Bird. Ich hab' mich bei ihm erkundigt, nachdem Sie mich angerufen hatten – er kommt übrigens hierher.«

In diesem Augenblick wurde unten an die Tür gepocht.

»Das wird er wohl sein«, sagte sie. Mit Befriedigung beobachtete sie, wie Danton Morell blaß wurde.

»Sie werden es ihm doch nicht sagen?« fragte er erregt. »Ich meine, daß ich Sie um das Geld für Connor gebeten habe? Sonst kommt alles an den Tag – das ist Ihnen doch klar?«

Sie verließ das Zimmer, um dem Sparrow entgegenzugehen.

Mr. Bird schien keineswegs überrascht zu sein, als er im Wohnzimmer Danton Morell vor dem Kamin stehen sah.

»Ich sag's ja, es gibt doch noch Wunder. Seit Jahren bin ich schon zu keiner Party mehr gebeten worden. Und wen treff' ich? Ausgerechnet Sie, Danty!« lachte er.

Er wandte sich an Margaret: »Wenn Sie glauben, daß ich Ihnen Vorwürfe mache, weil Sie sich in schlechter Gesellschaft befinden, täuschen Sie sich, Mrs. Maddison. Ich verstehe, daß Sie gestrauchelten Menschen wieder aufhelfen wollen. – Worum geht's denn, Danty – Sie wollen wohl das Geld für eine Fahrkarte, um London zu verlassen? – Mrs. Maddison, Sie haben mich vorher am Telefon gefragt, was man tun soll, wenn gewisse Leute Geld verlangen, mit der Drohung, sonst ein Geheimnis zu verraten. So hat doch die Frage gelautet, nicht wahr? Aber Danty würde so etwas Gemeines nie tun, nicht wahr, Danty? Er hat die Klauerei aufgegeben und ist zur Börse gegangen.«

»Ich bin nicht bei der Börse«, fauchte Danty.

»So, das wundert mich aber«, meinte der Sparrow freundlich.

Er sah Margaret fragend an und begriff sofort, als sie den Kopf schüttelte.

»Nun, Danty, wir wollen Sie nicht länger aufhalten. Mrs. Maddison und ich möchten uns über Erpressung unterhalten. Wie geht's Connor?«

»Ich habe Connor seit Monaten nicht gesehen«, sagte Danton laut.

Mr. Bird kratzte sich am Kinn. »Komisch. Da bin ich doch der Meinung, daß er heute in Ihrer Wohnung war, ja, daß er dort sogar auf Sie wartet. Na ja, ich werd' alt.«

Danton Morell verließ bedrückt das Haus. Er nahm eine Taxe und fuhr zu seiner Wohnung. Connor spielte mit Pi Coles Karten, als er das Zimmer betrat.

»Nun, haben Sie Glück gehabt?«

»Ich habe kein Geld, wenn Sie das meinen – der Sparrow war da.«

Connor richtete sich auf.

»Das klingt mir verdammt nach einer Lüge«, sagte er scharf, aber Danty war nicht beleidigt.

»Er war nicht im Haus, als ich dort ankam, aber er tauchte bald danach auf. Sie hatte ihn hingebeten.«

Diesmal war Connor überzeugt. »Wurde mein Name erwähnt?« fragte er.

»Ja, der Sparrow brachte ihn ins Gespräch. Er sagte, er wüßte, daß Sie hier in meiner Wohnung auf mich warten.«

Connor lehnte sich zurück und runzelte nachdenklich die Stirn. »Ob das auch gelogen ist?« sagte er zu sich. »Vielleicht nicht – er läßt mich schon seit einer Woche überwachen – hat sie uns verpfiffen?«

Danty zog den Mantel aus und sagte über die Schulter: »Nein. Sie wird es auch nicht tun. Ich kenne sie genau! Sie glaubt, daß Luke unschuldig ist, und sie will ihn retten, ohne die Polizei zu verständigen.«

Connor nahm eine Zigarre aus der Tasche und zündete sie an. Er paffte Rauchwolken gegen die Decke und sagte dann: »Ich halt' mich heraus. Ich will nichts mit Frauen zu tun haben, die schlau genug sind, die Polizei zu rufen. Machen Sie weiter, Danty, und ich begnüge mich mit fünfundzwanzig Prozent.«

Danty starrte ihn wütend an. »Ich soll die Arbeit machen und Sie kassieren, wie? Wann haben wir denn die Firma aufgemacht?«

Connor grinste. »Ich hab' Ihnen das Geschäft zugebracht. Ich kann mich nicht mehr damit abgeben, seit mein Name bekannt ist und der Sparrow damit zu tun hat. Sie kennen sich bei diesen reichen Leuten besser aus, außerdem sind Sie schlauer als ich, schlau genug, Unannehmlichkeiten zu vermeiden.«

Er stand auf, nahm Hut und Mantel und ging zur Tür. Dort drehte er sich noch einmal um und sah Danty an.

»Fünfundzwanzig Prozent«, sagte er. »Sonst gibt's Ärger für Sie.«

Danton geleitete ihn hinaus.

»Wo wohnt der Gunner?«

Connor schüttelte den Kopf. »Ich laß' ihn beschatten und sag' es Ihnen dann morgen«, erwiderte er.

Danty ging in seine Wohnung zurück und schloß die Tür. Er setzte sich zu Pi Coles und erzählte ihm die ganze Geschichte. Coles hörte mit gerunzelter Stirn zu. Als Danton von Gunner Haynes sprach, schüttelte er den Kopf.

»Ich an Ihrer Stelle würde mich vorsehen«, sagte er. »Sie wissen doch, was passiert ist.«

Er nickte bedeutsam.

Danty wußte es, aber er glaubte, der Gunner würde ihm diese alte Geschichte nicht nachtragen.

Gab es nicht irgend etwas, mit dem er den Gunner erpressen konnte?

Danty ging in sein Schlafzimmer und kramte im Safe. Unter den zahlreichen Briefen und Dokumenten befanden sich auch Schriftstücke aus der Zeit, als er mit dem Gunner zusammengearbeitet hatte, aber nichts ließ sich heute noch verwenden. Er verschloß den Safe wieder und kehrte zu Pi zurück, der inzwischen auf eine Idee gekommen war.

»Sie können den Gunner in Ruhe lassen und trotzdem die Sache schmeißen«, sagte er. »Angenommen, dieser Maddison wohnt bei Haynes. Was hindert Sie dann, Haynes aus dem Spiel zu lassen und Maddison zu kassieren? Was nützt Ihnen außerdem seine Frau? Sie brauchen Maddison lediglich mit einem Scheckbuch nach dem Kontinent zu verfrachten, und ein ruhiger Lebensabend ist für Sie gesichert.«

Danty runzelte die Stirn. Darauf war er noch nicht gekommen. Er legte sich gegen drei Uhr morgens zu Bett und lag noch lange wach.

Als er gegen Mittag aufstand, stellte er fest, daß Connor durch einen Boten einen Brief geschickt hatte. Danty riß den Umschlag auf und entnahm ihm einen kleinen Zettel. Darauf stand:

›L. M. bei G. H. in der Pennybody Street 74, Stadtteil Clerkenwell.‹

20

Margaret erwachte mit einem festen Entschluß. Mr. Bird hatte ihr in der vergangenen Nacht deutlich zu verstehen gegeben, daß ihn ihre hypothetischen Fragen nicht hinters Licht führen konnten. Er brachte zwar Luke nicht mit dem Raubüberfall auf Taffany in Verbindung, aber er wußte, daß Maddison in irgend etwas hineingeschlittert war und jetzt erpreßt wurde.

Als letzte Ausflucht hatte Margaret dann davon gesprochen, daß irgendeine Frau hinter der ganzen Sache stecke. Der Sparrow hatte zwar erkannt, daß das nur eine Notlüge war, aber er zog trotzdem die falsche Schlußfolgerung.

»Ich kann Ihnen nur sagen, Mrs. Maddison, daß Sie nie etwas bezahlen dürfen, gleichgültig, was geschieht. Wenn Danty oder Connor an Sie herantreten, brauchen Sie mich nur anzurufen.«

Sie hatte ihm versichert, daß sie das tun würde, und er war befriedigt gegangen.

Luke würde jetzt sicher nach Ronda fahren. Sie mußte ihm folgen – wenn möglich, ihn sogar begleiten. Sie fuhr am frühen Vormittag zur Bank und sprach mit Stiles. Er war guter Laune, weil die Bank florierte.

»Das sollten Sie Mr. Maddison mitteilen«, sagte er aufgeräumt. »Er wird sich freuen. Ich hätte ihm nach Spanien telegraphiert, aber ich kenne seine Anschrift nicht.«

Dann fiel ihm auf, daß ihr Erscheinen zu dieser Stunde ungewöhnlich war. Er fragte: »Haben Sie irgendeinen Wunsch, Mrs. Maddison?«

»Ich möchte die Unterlagen meines Mannes über sein Privatkonto sehen.«

Er führte sie in sein Büro und brachte ihr die Kontoauszüge. Der letzte Scheck war wenige Tage vor der Hochzeit ausgestellt.

»Ich hatte erwartet, daß Mr. Maddison das Konto erheblich belasten würde, weil er manchmal ziemlich extravagant ist.«

»Deswegen bin ich gekommen, Mr. Stiles«, sagte sie. »Ich möchte, daß Sie keinen Scheck meines Mannes einlösen, der auf einen Betrag über tausend Pfund lautet.«

Stiles starrte sie an. Das war der Entschluß, den sie in der Nacht gefaßt hatte. Sie mußte verhindern, daß die Erpresser Luke in die Zange nahmen. Augenblicklich war er zwar sicher, weil ihn der Gunner deckte, aber man wußte ja nie, was sich ereignen würde.

»Das ist eine sehr merkwürdige Bitte, Mrs. Maddison«, meinte Stiles besorgt. »Es ist durchaus wahrscheinlich, daß Mr. Maddison einen größeren Kauf tätigen will – als er zum letztenmal in Spanien war, erwarb er einige Grundstücke.«

Sie nickte. »Darüber bin ich mir im klaren, aber ich bitte Sie trotzdem darum – in seinem Namen.«

»Also gut, Mrs. Maddison.«

Stiles machte sich eine Notiz und heftete sie zu den Unterlagen.

»Ich weiß nicht, was Sie vorhaben, aber soviel ich weiß, haben Sie das ganze Vermögen an Mr. Maddison zurückgegeben –«

»Darum geht es nicht«, erklärte sie hastig. »Es ist nur –« Aber sie verstummte. Eine vernünftige Erklärung konnte sie nur geben, wenn sie die ganze Geschichte erzählte.

Ihr Wagen wartete am Waterloo Place, und als sie auf die Straße trat, um ihn zu holen, sah sie einen Mann an der Ecke stehen, der ihr bekannt vorkam. Auch der Gunner bemerkte sie, aber er rührte sich nicht. Sie ging auf ihn zu und sagte: »Können Sie mich nicht ein Stück begleiten? Ich habe ein paar Fragen an Sie zu richten.«

Er zögerte. »Es ist nicht gerade gut für Sie, Mrs. Maddison, wenn man Sie in meiner Begleitung sieht.«

»Reden Sie keinen Unsinn«, sagte sie. Gemeinsam gingen sie zum Wagen. Sie setzte sich ans Steuer. Er stieg neben ihr ein.

»Ich möchte meinen Mann sprechen«, sagte sie, als der Wagen dahinrollte.

Der Gunner schüttelte den Kopf. »Ich glaube nicht, daß das sehr empfehlenswert ist. Zu viele Leute haben ihn schon gesehen.«

»Was heißt das?« fragte sie.

»Ich versuchte, ihn heute morgen in den Frühzug zu schmuggeln. Zwei von Connors Leuten und ein paar Kriminalbeamte bewachten aber die Bahnsteige so scharf, daß ich es nicht riskie-

ren durfte. Um elf Uhr unternahm ich einen zweiten Versuch, aber es nützte nichts. Als ich Connor den Paß wegnahm, erriet er natürlich sofort, was ich vorhatte.«

»Als Sie ihm den Paß wegnahmen?« fragte sie überrascht. »Wann war denn das?«

Der Gunner überhörte diese Frage. »Ihr Mann stört mich eigentlich bei meinen gesetzwidrigen Aktionen«, meinte er lächelnd.

»Haben Sie denn vor der Bank auf mich gewartet?«

Er lächelte wieder. »Ich wußte gar nicht, daß Sie in der Nähe waren, Mrs. Maddison. Aber es gibt da eine junge Dame«, meinte er verlegen, »mit der ich gelegentlich ein Café besuche. Ich nehme an, daß sie hauptsächlich deswegen an mir interessiert ist, weil sie Material für einen Artikel zu finden hofft.« Er lachte ironisch. »Aber ich bin sehr dankbar, daß ich Gelegenheit habe, mit einem anständigen Mädchen zusammenzukommen. Sie arbeitet bei der Zeitung und beschäftigt sich mit Polizeiberichten und Verbrechern.«

Margaret lächelte. »Armer Mr. Haynes! Es tut mir schrecklich leid, daß ich Sie um Ihr Rendezvous gebracht habe.«

Er schüttelte den Kopf. »Sie wäre sicher nicht mehr gekommen – es ist zu spät. Außerdem besteht natürlich immer die Möglichkeit, daß der Sparrow sie begleitet.«

»Sie sprechen von Mr. Bird – und das Mädchen heißt Bolford.«

»Woher wissen Sie denn das?« fragte er erstaunt. Dann meinte er: »Oh, natürlich, sie war ja einmal bei Ihnen. Nein, da gibt es keine Romanze, Mrs. Maddison, sondern nur eine schlichte Freundschaft. Ich bin schon für kleine Dinge dankbar.«

»Sie sind verheiratet?« fragte sie.

»Ich war es«, erwiderte er kurz.

»Kann ich meinen Mann sehen? Ich habe doch ein Recht dazu!«

Er sah sie forschend an. »Halten Sie es nicht für möglich, daß er nicht das Bedürfnis hat, Sie zu sehen?« fragte er geradeheraus.

Sie wurde rot. »Vor dieser Tatsache habe ich absichtlich die Augen verschlossen«, sagte sie.

»Aber er ist in Schwierigkeiten, und da steht natürlich eine brave Frau zu ihrem Mann«, bemerkte er ironisch.

»Ja, so kann man es vielleicht nennen. Das klingt ziemlich abgedroschen, aber die meisten Platitüden haben ein Körnchen Wahrheit.«

Der Gunner schwieg lange Zeit, dann meinte er seufzend: »Wahrscheinlich ist alles falsch, was ich auch immer anfange. Mrs. Maddison, es wird außerordentlich schwierig sein, Ihren Mann aus England herauszubringen. Connor dürfte seine Leute nämlich auch am Flughafen Croydon stationiert haben. Wir müssen versuchen, ihn mit einem Wagen zu einem Ort an der Küste zu bringen, eine Yacht zu mieten und ihn über den Kanal zu schaffen. Es wird nicht leicht sein, weil er vor allem nicht sehr erpicht darauf ist, von Ihnen Hilfe zu erhalten.«

»Ich würde eine Abfuhr riskieren«, sagte sie, »wenn Sie mir Gelegenheit dazu verschaffen. Darf ich ihn sehen?«

Haynes nickte. »Ja, aber Sie dürfen diesen auffallenden Wagen nicht in meine Nachbarschaft bringen. Wir lassen ihn an Hyde Park Corner stehen und nehmen eine Taxe.«

Margaret war einverstanden.

»Ich mache mir nur Sorgen darüber«, sagte er, als sie in der Taxe saßen und Piccadilly überquerten, »ob mich Connor hat beschatten lassen.«

»Wußte Connor denn nicht, wo Sie wohnen?«

»Er kennt einige meiner Verstecke«, erklärte der Gunner, »aber von diesem Unterschlupf wußten sie bis heute nichts.«

Sie stiegen zweihundert Meter vor dem Haus aus der Taxe und gingen den Rest des Weges zu Fuß. Als sie sich dem Eingang näherten, sah sich der Gunner um.

»Sie haben mich tatsächlich bis hierher verfolgt«, sagte er grimmig. »Ist Ihnen dieser Lieferwagen da drüben aufgefallen? Der Mann am Steuer gehört zu Connors Freunden. Eben ist er weggefahren.«

Als er die wenigen Stufen zu seiner Wohnung hinaufging, wurde die Tür des gegenüberliegenden Appartements geöffnet, und eine Frau steckte den Kopf heraus.

»Es war doch in Ordnung, daß man Ihren Schrank abgeholt hat, Mr. Haynes?« sagte sie.

Der Gunner drehte sich blitzschnell um. »Meinen Schrank?«

»Vor einer Stunde waren die Leute von der Möbelfirma hier – zwei Männer mit grünen Schürzen. Sie hatten den Schlüssel, und ich dachte, daß alles in Ordnung wäre.«

Der Gunner schloß die Tür zu seiner Wohnung auf und hastete hinein. Er sah die Unordnung in Lukes Zimmer, die Blutspritzer auf dem Bett. Er konnte sich gerade noch umdrehen, so daß er Margaret den Einblick versperrte.

»Ich fürchte, Ihr Mann ist fort«, sagte er so sachlich, daß sie sich täuschen ließ.

Er schloß die Tür hinter sich und führte sie in das kleine Wohnzimmer.

»Er wird erst spät zurückkommen, es hat also keinen Sinn, daß Sie hier warten.«

»Woher wissen Sie das?« fragte sie. »Warum waren Sie denn so erregt, als die Frau Ihnen erzählte, daß man Ihren Schrank abgeholt hat?«

»Das war nur ein alter Kleiderschrank«, meinte der Gunner. Er unterhielt sich noch einige Zeit mit ihr, dann begleitete er sie hinaus, winkte eine Taxe herbei und schickte sie nach Hause. Sie ahnte nicht, wie sehr er davon überzeugt war, daß Luke Maddison in diesem Schrank fortgeschafft worden war. Gunner Haynes ging in seine Wohnung, rollte den Teppich zurück, hob ein Dielenbrett hoch und nahm einen Karton mit zwei Pistolen aus einer Vertiefung. Die eine Waffe steckte er in eine entsprechend eingearbeitete Innentasche seines Jacketts, die andere in ein Schulterhalfter.

Luke Maddison konnte sich nur sehr undeutlich an das erinnern, was geschehen war, nachdem er unvorsichtigerweise die Tür geöffnet hatte. Er hatte gelesen, als es läutete; die beiden Männer in Hemdsärmeln und grünen Schürzen waren ihm nicht verdächtig vorgekommen.

»Ist das Mr. Haynes Wohnung?« fragte der eine. »Wir sollen den Kleiderschrank holen.«

»Sie kommen wohl besser wieder, wenn Mr. Haynes zu Hause ist«, erwiderte Luke.

»Wenn wir den Schrank nicht mitnehmen können, möchten wir ihn wenigstens abmessen«, sagte der Mann, der ein Notizbuch in der Hand hielt.

Luke Maddison zögerte. Er wußte nicht, welche Anordnungen der Gunner getroffen hatte. Aber er ging wohl kaum ein Risiko ein, wenn er diese Männer hereinließ. Er drehte ihnen einen Augenblick den Rücken zu, und danach konnte er sich an nichts mehr erinnern.

Das erste, was er wieder bewußt in sich aufnahm, war ein kalter, nasser Schwamm im Gesicht. Es roch nach Teer, und der Raum, in dem er sich befand, schien sich zu bewegen. Zuerst glaubte er, Halluzinationen zu haben, aber als er die niedrige Decke, die Holzwände und den geteerten Boden sah, begriff er, daß er nicht träumte.

»Bin ich auf einem Schiff?« fragte er heiser. Jemand lachte.

Er erkannte den Mann, der den Schwamm in der Hand hielt. Er hatte Luke damals mit dem Gummiknüppel dazu überredet, ihn zu Connor zu begleiten.

»Waren Sie das ... in der grünen Schürze? Ich hab' Sie nicht wiedererkannt.«

»Diesmal bin ich auch nicht dabeigewesen«, sagte der Mann. »Bei mir blutete es nämlich nicht. – Trinken Sie.«

Luke trank den mit Wasser verdünnten Weinbrand, obwohl er frisches Wasser vorgezogen hätte.

»Sie machen uns nichts als Ärger«, sagte der Mann und warf den Schwamm in einen Eimer. »Hier ist ein Bett für Sie, niemand wird Ihnen etwas tun, wenn Sie sich ruhig verhalten.«

»Bin ich auf einem Schiff?« wiederholte Luke.

»Lastkahn«, erwiderte der andere. »Sie haben nichts zu befürchten. Der Gunner sucht Sie zwar, aber er wird Sie nicht finden.«

Er wandte sich an seinen schweigenden Begleiter, und Luke bemerkte zum erstenmal, daß ein zweiter Mann in der Kabine war.

»Wir hätten ihn nicht aufs Bett legen sollen, Harry«, sagte der zweite. »Es war mein Fehler, aber irgendwohin mußten wir ihn ja bringen. Sie sind stärker als ich dachte, Maddison.«

Luke lachte leise. »Ich kann mich nicht erinnern, daß ich mich gewehrt habe.«

»Gewehrt?« sagte der andere. »Das möcht' ich meinen! Im Schlafzimmer ging's richtig los. Entsinnen Sie sich nicht?«

Luke verneinte.

»Der Chef kommt bald an Bord – wir sind gar nicht weit vom Kai entfernt. Wenn Sie vernünftig sind, Mr. Maddison, werden Sie tun, was er verlangt. Seit wir wissen, wer Sie sind, verfangen keine Tricks mehr.« Er sah Luke neugierig an. »Sie waren ein Freund von Lewing, nicht wahr? Komisch, daß Sie sich mit solchen Leuten abgegeben haben.«

Luke erwiderte nichts. Die beiden Männer verließen kurz darauf den Raum.

Eine schmale Treppe führte zu einer Luke, die verschlossen war. Eine Petroleumlampe erhellte den Raum nur schwach. Es gab kein Bullauge, durch das er hätte hinaussehen können.

Ein paar Minuten später wurde die Luke geöffnet, und die Beine eines Mannes erschienen auf der Treppe.

Es war Connor, der ihn zufrieden begrüßte.

»Sie haben uns allerhand Schwierigkeiten gemacht, Mr. Maddison«, sagte er. »Ich möchte mich mit Ihnen unterhalten. Sie haben doch den Wunsch, sich auf den Kontinent abzusetzen, nicht wahr?«

Luke sagte nichts. »Machen Sie doch nicht auf stur«, meinte Connor grinsend. »Ich will Ihnen doch nur helfen. Ich habe mit einem befreundeten Kapitän verabredet, daß er Sie morgen früh nach Rotterdam bringt.«

Er nahm etwas aus der Tasche. »Hier ist Ihr Paß – meine Leute haben ihn gefunden, als sie sich in Haynes' Wohnung ein bißchen umsahen. Sie können sich wirklich auf mich verlassen, Mr. Maddison.«

Luke lächelte skeptisch. »Und ich muß natürlich tief in die Tasche greifen, wie?«

»Richtig«, erwiderte Connor. »Ja, es wird Sie schon etwas kosten, aber Sie können sich das leisten.«

Er holte einen Briefumschlag aus der Tasche und entnahm ihm drei Blankoschecks.

»Ich möchte, daß Sie die Schecks auf sich selbst ausstellen: einen über zwei-, einen über drei-, einen über fünftausend Pfund. So sieht das Ganze besser aus, vor allem, wenn sie in Ihrer eigenen Handschrift ausgestellt sind.«

»Kann ich sie sehen?«

Connor gab ihm die Schecks, und Luke lachte.

»Tut mir sehr leid«, sagte er, »ich habe nicht mehr als hundert Pfund auf diesem Konto – oder auf irgendeinem anderen.«

Connor sah ihn mißtrauisch an. »Sie wollen mich wohl auf den Arm nehmen?« fragte er.

»Es stimmt wirklich«, erklärte Luke, »obwohl ich natürlich verstehe, daß Ihnen das spanisch vorkommt. Jedenfalls steht fest, daß ich kein Geld habe und Ihre ganze Mühe umsonst war.«

»Maddison, Sie täuschen sich«, unterbrach ihn Connor. »Ihre Frau hat Ihnen das ganze Geld zurückgegeben.«

Das war Luke neu, aber offensichtlich wußte Connor, was er sagte.

»Wer hat Ihnen das erzählt?«

»Ein Freund von Ihnen«, erwiderte der andere gelassen.

»Danton Morell?«

Connor nickte.

»Aber dann befindet sich das Geld nicht auf diesem Konto«, meinte Luke nach kurzer Überlegung, »sondern bei meiner eigenen Bank.«

Connor begriff, daß sein Gefangener die Wahrheit sagte. »Aber Sie unterschreiben die richtigen Schecks, sobald ich Sie besorgt habe, nicht wahr, Mr. Maddison?«

Luke schüttelte den Kopf.

»Ich möchte Ihnen nicht drohen, weil ich die Sache auf anständige Weise abwickeln will«, erklärte Connor ernsthaft. »Sie sind ein reicher Mann, und ein paar hundert Pfund hin oder her tun Ihnen nicht weh. Jemand muß Sie aus England fortbringen, und der Gunner kann es nicht. Wenn Sie mir vertrauen, helfe ich Ihnen, und ich verlange nie mehr etwas von Ihnen – Sie wissen ganz gut, daß ich nichts mehr gegen Sie unternehmen kann, sobald Sie das Land verlassen haben. Deswegen verlange ich jetzt eine höhere Summe. Sie sind Geschäftsmann, Mr. Mad-

dison, und es dürfte Ihnen klar sein, daß alles seinen Preis hat. Ich habe vorne eine Kabine für Sie herrichten lassen, und ich gebe mich mit Ihrem Wort zufrieden, daß Sie nicht die Flucht ergreifen – was sich im übrigen gar nicht empfiehlt, weil die Polizei hinter Ihnen her ist. Abgemacht?«

»Von mir bekommen Sie keinen Penny«, sagte Luke.

Connor starrte ihn nachdenklich an.

»Na schön«, sagte er .»Dann bleiben Sie eben hier und hungern, bis Sie es sich überlegt haben.«

Connor stieg hinauf, schloß die Luke ab und ließ sich in das neben dem Lastkahn befestigte Ruderboot gleiten.

Er kehrte nicht zum Kai zurück, sondern ruderte zu einem schmalen Ausstieg am Ufer. Er band das Ruderboot fest, trat auf die Straße, winkte einer Taxe und ließ sich zur Halfmoon Street fahren.

Danty wollte eben ausgehen, als sein Besucher erschien. Mr. Danton Morell war nicht bester Stimmung.

»Das war ja ein schöner Quatsch mit dieser Adresse«, knurrte er. »Ich bin heute nachmittag hingegangen und wäre beinahe Gunner Haynes in die Arme gelaufen.«

»Was hatten Sie denn dort zu suchen?« fragte Connor.

»Ich wollte mit Maddison sprechen. Ich hätte ihn dazu überreden können, Geld locker zu machen. Aber Maddison ist nicht da. Eine Frau im Haus sagte, daß der Gunner seine Wohnung abgeschlossen hätte und fortgefahren sei. Wo ist Maddison?«

Connor zündete sich eine Zigarre an, bevor er etwas erwiderte. »Bei mir. In dieser Wohnung hatten wir ausgemacht, daß ich ein Viertel bekomme, nicht wahr, Danty? Nun, jetzt nehme ich drei Viertel, und ich bin noch großzügig. Sie haben Ihre Chance gehabt und sie vertan. Wieviel ist er wert?«

Danty beherrschte sich mit Mühe. »Eine halbe Million, denke ich. Wo ist er?«

»Eine halbe Million, so, so.« Connor ignorierte die Frage. »Glauben Sie, daß er mit Hunderttausend herausrückt?«

Danty überlegte einen Augenblick. »Ja, das nehme ich an, wenn er sie bekommen kann«, meinte er.

»Er hat behauptet, daß ihm nichts mehr gehört.«

»Er besitzt genug Geld«, sagte Danty scharf. »Es liegt alles bei seiner Bank.«

Connor starrte eine Weile vor sich hin. »Ich brauche zehn Schecks. Können Sie die besorgen?«

»Wozu brauchen Sie Schecks?«

Connor schloß ungeduldig die Augen. »Sie scheinen Ihr Handwerk ganz verlernt zu haben«, sagte er. »Ich brauche die Schecks, damit er sie unterschreibt, das ist alles. Können Sie sie besorgen?«

Danty dachte einige Zeit nach. »Ich habe ein Scheckbuch bei dieser Bank«, sagte er. »Nur ein kleines Konto. Aber das nützt uns nichts, weil man dann nachweisen kann, daß die Schecks von mir stammen. Aber ich besorge die richtigen.«

Er ging zum Telefon und wählte Margarets Nummer. Der Diener, der sich meldete, erklärte ihm, daß sie ausgegangen sei.

»Wann wird sie zurück erwartet? Hier spricht Mr. Morell.«

»Frühestens nach dem Mittagessen, Sir.«

Danty legte auf. »Warten Sie hier«, sagte er. »Ich glaube, ich weiß, wo ich die Schecks bekommen kann.«

Margarets Butler war überrascht, ihn zu sehen, aber er führte ihn ohne Zögern in Margarets Wohnzimmer.

»Ich scheine mich nicht klar ausgedrückt zu haben, Sir. Die gnädige Frau wird vor einer Stunde nicht zurück sein.«

Danty lächelte. »Ich glaube fast, sie kommt etwas früher«, meinte er fröhlich. »Ich werde auf jeden Fall warten.«

Kaum hatte der Diener die Tür hinter sich geschlossen, stand Danty schon an Margarets Schreibtisch. Er war nicht versperrt, und in einer der Schubladen bewahrte sie, wie er wohl wußte, zwei Scheckbücher auf. Er riß aus dem noch unbenützten Buch etwa ein Dutzend Schecks heraus, steckte sie in die Tasche und schob die Lade wieder hinein. Dann läutete er.

»Ich kann doch nicht warten. In einer Stunde komme ich noch mal vorbei. Inzwischen habe ich etwas anderes zu erledigen.«

Eine halbe Stunde später überreichte er Connor die Schecks. Mr. Connor stellte keine Fragen.

»Und Sie bringen ihn dazu, daß er die Schecks unterschreibt?« fragte Danty. »Soll ich mitkommen?«

Connor grinste. »Das ist keine sehr gute Idee«, meinte er. »Sie bekommen Ihren Anteil schon, Danty.«

Als die Dunkelheit hereingebrochen war, ruderte Connor wieder zu dem im Strom verankerten Schiff. Er kletterte hinauf und holte einen Korb mit Nahrungsmitteln und eine Thermosflasche mit heißem Tee an Deck. Luke war auf seinem Bett eingeschlafen, aber der kalte Luftzug weckte ihn.

Connor stellte eine Blendlaterne auf den Tisch. »Hier ist Ihr Essen«, sagte er. »Tut mir leid, daß ich Sie so lange hab' warten lassen, aber inzwischen sind Sie wohl vernünftiger geworden. Hier sind die Schecks. Sie füllen sie am besten selbst aus.«

Luke schlang das Essen hinunter. Der heiße Tee tat ihm besonders wohl, und er war beinahe fröhlich, als er sich schließlich zurücklehnte.

»Ich soll also die Schecks ausfüllen und unterschreiben – über welche Beträge denn? Sie können auch eine Million einsetzen, wenn Sie wollen, aber ich versichere Ihnen, daß sie nicht eingelöst werden. Ich glaube, ich habe Ihnen schon gesagt, daß mein gesamtes Vermögen auf den Namen meiner Frau überschrieben wurde.«

»Dann machen wir uns eben einen kleinen Spaß«, erwiderte Connor, ohne seinen Gefangenen aus den Augen zu lassen. »Sie stellen jeden dieser Schecks auf zehntausend Pfund aus und datieren sie mit Abständen von je einer Woche. Wenn Sie länger als zehn Wochen hierbleiben wollen, können Sie auch monatliche Abstände wählen. Sollten Sie aber beabsichtigen, schon in ein paar Tagen zu verschwinden, dann stellen Sie einen Scheck über hunderttausend Pfund aus und schreiben Ihrem Geschäftsführer einen Brief, daß der Scheck eingelöst werden soll.«

Luke lachte. »Ich glaube, daß kein Bankier der Welt auf ein Konto mit Minussaldo Schecks ausstellen kann.«

Connor zog einen Hocker heran und setzte sich. »Wir wollen einmal offen sprechen«, meinte er. »Sie kennen mich und meinen Namen. Ich riskiere zehn Jahre, wenn nicht mehr. Bevor ich

den Rest meines Lebens im Zuchthaus Broadmoor verbringe, würde ich lieber hängen, das sollten Sie nicht vergessen, Mr. Maddison. Wenn Sie nicht tun, was ich verlange, schlag' ich Sie k. o. und werfe Sie über Bord. Sie sind ein vernünftiger Mann, und ich rate Ihnen, sich das gut zu überlegen; ich kann Sie ohne Geld nicht weglassen.« Er zog den Hocker ein wenig näher heran. »Ich habe endlich einmal im Leben die Chance, groß zu verdienen – und Sie haben die Möglichkeit, sich reinzuwaschen. Ich bin bereit, die Wahrheit über den Raubüberfall auf Taffany schriftlich niederzulegen – abgemacht?«

Luke begriff, daß jetzt nicht der Augenblick für heldenmütiges Verhalten war. Er zweifelte nicht im mindesten daran, daß Connor seine Drohung wahrmachen würde, wenn man ihn in die Enge trieb. Außerdem bestand die Möglichkeit, daß die Vorlage des Schecks zu Nachforschungen führte, ja, daß man ihn vielleicht sogar aufspürte.

»Ich halte es für albern, einen Scheck über zehntausend Pfund einlösen zu wollen«, sagte er. »Der Betrag ist so groß, daß Stiles selbst dann Verdacht schöpfen würde, wenn ich das Geld hätte. Ich bin zu einem Kompromiß bereit. Ich gebe Ihnen einen Scheck über fünftausend Pfund. Wenn er eingelöst wird – was ich stark bezweifle –, haben Sie Glück gehabt, und dann kann ich Ihnen nur raten, möglichst schnell das Weite zu suchen. Es gibt keinen Bankangestellten, der hunderttausend Pfund auszahlt, ohne sich mit dem Aussteller des Schecks in Verbindung zu setzen.«

Connor lächelte. »Das läßt sich schon eher hören«, meinte er. »Das ist vernünftig. Wo halten Sie sich angeblich auf – in Spanien, nicht wahr?«

Luke runzelte die Stirn. »Ich denke schon. Warum?«

»Wir kassieren die Fünftausend, und dann gehen wir gemeinsam nach Spanien – ich schaffe Sie heute abend noch fort.«

Luke schien dieser Plan unausführbar, aber er versagte sich eine Antwort. Er füllte den Scheck aus, unterschrieb ihn und reichte ihn Connor.

»Und jetzt möchte ich frische Luft schöpfen«, sagte Luke. »Hier erstickt man ja.«

Connor zögerte. »Kommen Sie 'rauf an Deck, aber wenn Sie Blödsinn machen, müßte ich etwas tun, was ich bereuen würde.«

Wenige Sekunden später saß Luke an Deck und atmete die kühle, frische Luft. Am gegenüberliegenden Ufer zog sich eine Lichterkette dahin. Ein kleiner Schlepper dampfte flußaufwärts. Über eine der Brücken donnerte ein Zug. Die Lichter des Westend färbten die niedrig hängenden Wolken orangefarben. Die Flut kam herein. Er hörte das Wasser gegen den Bug schlagen.

Zehn Minuten lang saß er stumm auf dem Boden, dann stand er auf und reckte sich. »Würden Sie die Luke offenlassen, wenn ich verspreche, das Schiff nicht zu verlassen und mich nicht bemerkbar zu machen, Mr. Connor?«

Connor lachte. »Seien Sie nicht albern! Auf Ehrenworte geb' ich nichts.«

»Ich bin froh«, sagte Luke. »Es hätte sehr peinlich für mich werden können, wenn Sie mein Wort akzeptiert hätten.«

Während er noch sprach, schoß seine Hand nach vorn, und Connor landete am Boden. Bevor er sich aufraffen konnte, war Luke über Bord gesprungen.

Er schwamm mit kräftigen Zügen in den Strom hinaus. Auf dem Boot hörte er hastige Schritte, dann eine Stimme, die Befehle gab. Die Flut hatte Luke bereits ein Stück von dem Lastkahn fortgetrieben. Als er den Kopf hob, sah er, daß mitten im Strom ein paar Leichter verankert waren. Er kehrte um und schwamm auf das Ufer zu.

In diesem Augenblick kam hinter dem Lastschiff ein Boot hervor. Luke sah, daß es einen Außenbordmotor besaß. Er atmete tief ein und tauchte. Eine Ewigkeit verging. Sein Kopf schien zu platzen. Er ließ sich nach oben treiben und tauchte knapp hinter dem Heck des kleinen Bootes empor.

Keiner der beiden Männer hatte ihn gesehen. Er bemerkte, wie sie sich über den Rand ihres Bootes beugten, dann tauchte er wieder unter.

Er war noch sehr schwach. Lange konnte er das nicht mehr aushalten. Er kam wieder hoch und stellte zu seiner Erleichterung fest, daß das Boot weit abgetrieben war. Er schwamm auf einen anderen Lastkahn zu, der einige hundert Meter flußabwärts

neben einem Kai verankert war. Mit Mühe erreichte er die Ankerkette und hielt sich daran fest.

Er war zu schwach, um sich hochzuziehen. Es blieb ihm nichts anderes übrig, als den Weg zum Ufer fortzusetzen. Mit großer Anstrengung gelang es ihm schließlich. Er watete bis zu den Knien im Schlamm, vor ihm tauchte ein Lagerhaus auf. Als er über die Schulter blickte, sah er das Boot wieder auf sich zukommen. Einer der Männer leuchtete mit einer Stablampe das Wasser ab. Eine Flucht schien unmöglich.

In diesem Augenblick hörte er eine heisere Stimme. »Kommen Sie her.« Eine Hand tastete nach ihm und packte ihn beim Arm.

»Halten Sie sich da fest«, flüsterte die Stimme. Luke setzte seine letzten Kraftreserven ein, und mit Hilfe seines unbekannten Freundes zog er sich auf einen schmalen Steg vor dem Lagerhaus.

»Man hat Sie nicht gesehen, oder?« flüsterte der Unbekannte, und bevor Luke etwas erwidern konnte, meinte er: »Links hinüber. Vorsicht – hier gibt es einen Nachtwächter. Er schläft zwar, aber wir müssen leise sein!«

Luke Maddison stolperte durch einen Hof, in dem Pflastersteine und Granitblöcke herumlagen. Er sah einen langen Schuppen vor sich. Irgendwo in der Nähe mußte es Pferde geben, weil er Hufe scharren hörte.

Er schlich vorsichtig hinter dem Unbekannten her, an einer kleinen, erleuchteten Hütte vorbei. Nach einer Weile erreichten sie ein großes Tor. Sie schlüpften hinaus.

»Ich hab' bemerkt, wie man Sie gesucht hat, aber ich dachte, sie wären hinter Connors Leuten her.« Der Unbekannte fluchte. »Diese Flußpolizisten sind schlimmer als die anderen.«

Beim Schein einer Straßenlaterne konnte Luke seinen Begleiter betrachten: ein etwa dreißigjähriger Mann mit kantigem Gesicht und unruhigen Augen.

»Sie sind ganz schön naß, wie? Gehen wir zu Connor. Er gibt Ihnen etwas anzuziehen.«

»Nein, vielen Dank«, erwiderte Luke hastig. »Mit Connor will ich nichts zu tun haben.«

»So, Sie wollen nichts mit Connor zu tun haben? Nun, das ist ganz vernünftig von Ihnen. Haben Sie Geld?«

Luke suchte in seinen Taschen. »Nein«, erwiderte er.

Der andere sagte verärgert: »Ich dachte, ich könnte mir wenigstens ein bißchen was verdienen. Wo wohnen Sie?«

»Ich weiß nicht, wo zum Teufel ich wohne«, erklärte Luke gereizt. Sein Begleiter lachte.

»Sie sind kein Profi – das hab' ich mir gleich gedacht, als ich Sie das erstemal reden hörte. Haben Sie schon einmal einen Safe geknackt? In dem Lagerhaus da gibt es einen. Dort soll etwas zu holen sein. Seit drei Tagen lieg' ich hier schon auf der Lauer. Aber es ist nicht einfach. Haben Sie schon einen geknackt?«

»Nein, noch nie«, sagte Luke. Er fügte hinzu: »Das gehört zu den wenigen Dingen, die ich noch nie gemacht habe.«

»Warum war die Polente hinter Ihnen her? Sind Sie ausgerissen?«

Luke klärte ihn über seinen Irrtum nicht auf.

»Na ja, das Leben ist schwer«, meinte der andere.

Sie erreichten belebtere Straßen, und der Mann, der sich Charly nannte, blieb stehen.

»Hier dürfen Sie nicht herumlaufen, sonst werden Sie geschnappt. Am besten kommen Sie mit zu mir, aber übernachten können Sie bei mir nicht.«

Luke wurde durch zahlreiche Seitengassen in eine der verkommensten Gegenden geführt, die er je gesehen hatte. Obwohl es schon sehr spät war, spielten und lärmten Kinder auf der Straße, Frauen standen vor den Türen und unterhielten sich. Niemand kümmerte sich um Luke und seinen Begleiter. Wenige Minuten später traten sie durch eine Tür, die Charly aufgesperrt hatte, in einen übelriechenden Korridor. Lukes Begleiter führte ihn eine Treppe hinauf.

»Gehen Sie da hinein, und ziehen Sie Ihren nassen Anzug aus.« Charly öffnete eine Tür, betrat das Zimmer und zündete eine Kerze an.

Die Fenster waren mit einer alten Decke verhängt, und das Mobiliar bestand aus einem Bett und einem Stuhl.

Charly sagte, er müsse den Vermieter aufsuchen. Er blieb einige Zeit fort, und als er zurückkam, hatte Luke sich ausgezogen und mit dem schmutzigen Handtuch getrocknet.

Charly warf ihm eine Hose und ein altes Hemd hin.

»Das ist alles, was ich beschaffen kann«, sagte er. Er nahm Lukes tropfnassen Anzug und betrachtete ihn zufrieden.

»Sogar ein Seidenhemd, wie? Ich lasse das alles für Sie trocknen.« Er nahm Anzug, Unterwäsche und Schuhe mit.

Einige Zeit verging. Charly kam nicht zurück. Luke schlief ein. Als er erwachte, schien die Sonne durch die Löcher in den alten Wolldecken. Er stand auf, zog das Hemd und die Hose an, dann ging er zur Tür und öffnete sie. Unten begann ein Kind zu heulen, eine Frau schimpfte, dann fuhr die tiefe Stimme eines Mannes dazwischen. Luke rief hinunter. Der Mann kam herauf. »Was ist los?«

»Ist meine Kleidung trocken?« fragte Luke höflich.

»Welche Kleidung?« Der Mann stieg die Treppe hinauf.

»Sie haben Charly Ihr ganzes Zeug gegeben?« Er lachte auf. »Das sehen Sie nicht wieder.«

»Wollen Sie damit sagen, daß er verschwunden ist?«

Der Mann bejahte. Außerdem verlangte er drei Shilling für die Übernachtung.

»Und was bekomme ich für meine Hose und das Hemd?« sagte er. Er ließ sich schließlich von Luke dazu überreden, eine alte Jacke und abgelaufene Schuhe zur Verfügung zu stellen. Die entsprechende Bezahlung würde er schon aus Charly herausholen, meinte er. Luke bekam noch eine Tasse Tee und ein Margarinebrot, dann verließ er das Haus.

Es regnete. Als er die Lambeth Bridge erreichte, war er durch und durch naß. Er wanderte in den Park, fand einen Gartenstuhl und setzte sich unter einen großen Baum. Dort blieb er lange Zeit. Endlich hatte er einen Entschluß gefaßt. Das Gefängnis schien weniger unangenehm als Kälte und Hunger. Er beschloß, zur Bank zu gehen.

Er wußte nicht, wie spät es war, er fragte einen Mann, der an ihm vorbeieilte, ohne jedoch einer Antwort gewürdigt zu werden. Er erkundigte sich bei einem anderen, der ihm mürrisch mitteilte, daß es zwölf Uhr sei. Stiles befand sich also im Büro, und Stiles bedeutete Bequemlichkeit, etwas zu essen und anständige Kleidung.

Als er den Park verließ, packte ihn jemand beim Arm. Er fuhr herum und sah einem Polizisten ins Gesicht.

»Bettelei, wie? Ich hab' gesehen, wie Sie die beiden Herren angesprochen haben.«

»Ich habe lediglich gefragt, wie spät es ist«, erwiderte Luke.

»Ja, das glaub' ich«, sagte der Polizist. »Kommen Sie mit.«

Zehn Minuten später schloß sich eine Tür hinter Luke Maddison. Er befand sich in der sauberen, aber höchst unbequemen Arrestzelle eines Polizeireviers.

21

Gunner Haynes verschwendete weder Zeit noch Mühe. Er war davon überzeugt, daß Connor Luke entführt hatte, aber er täuschte sich, wenn er Danty Morell damit in Verbindung brachte.

Er ging zu Connors Haus, erfuhr aber dort, daß er aufs Land gefahren sei. Nachdem er einen Tag lang den Kai beobachtet hatte, ging er zur Halfmoon Street und behielt das Haus im Auge, bis er Danty und dann Pi Coles fortgehen sah. Es bereitete ihm wenig Mühe, Dantys Wohnungstür zu öffnen.

Ohne jede Hast durchsuchte er die beiden Zimmer. Er las Briefe und Notizbücher durch, kramte in sämtlichen Schubladen, aber nirgends fand er einen Hinweis auf Luke Maddisons Aufenthalt. Also blieb nur der Safe, bei dem es sich eigentlich um ein Stahlschränkchen mit Federschloß handelte.

Nach fünf Minuten geduldiger Arbeit stand es offen.

Im dritten Fach fand er ein Kästchen, das er aufsprengte. Hier bewahrte Danty bündelweise Briefe auf.

Das erste Bündel interessierte den Gunner nicht. Als er die Handschrift der Briefe des zweiten Bündels erblickte, wurde er blaß. Er trug das Kästchen in das Wohnzimmer und setzte sich. Er las drei Briefe durch, überflog die anderen und bündelte sie wieder säuberlich. Dabei fiel sein Blick auf einen Zettel, der in dem Kästchen lag. Er nahm ihn heraus . . . Die Handschrift von Margarets Bruder. Der Text lautete:

›Danty Morell. Der Mann ist ein gemeiner Schwindler. Dabei warnte mich –‹

Blitzschnell begriff Haynes. Er hatte genau in Erinnerung, wie die letzte Nachricht von Margarets Bruder gelautet hatte.

›Liebste Margaret, es ist aus. Seit Monaten habe ich alles riskiert. Ich unternahm heute einen verzweifelten Schritt auf den Rat von Danty Morell. Der Mann ist ein gemeiner Schwindler. Dabei warnte mich Luke Maddison. Er hat mich ruiniert – er betet das Geld an. Ich bitte dich, vertraue ihm nicht. Verzeih mir. Rex‹

Das war es also! Danty hatte einfach einen Teil der Nachricht herausgelassen.

Mechanisch steckte der Gunner den Zettel in seine Brieftasche . . . Die Briefe seiner Frau warf er in den Kamin und verbrannte sie. Er wartete, bis sie zu Asche geworden waren, dann stellte er das Kästchen in den Stahlschrank und verschloß ihn.

Er knipste das Licht aus und verließ die Wohnung. Als er auf der anderen Straßenseite angekommen war, fuhr eine Taxe vor, der Danty entstieg.

Haynes beobachtete ihn, ohne jedoch etwas zu unternehmen. Das kam später. Er ging zum Piccadilly. Plötzlich rief jemand seinen Namen. Er drehte sich um und sah Mary Bolford vor sich.

»Träumen Sie eigentlich auch bei Tag?« fragte sie. »Hoffentlich führen Sie nichts Böses im Schilde.«

Der Gunner atmete tief. »Nein«, sagte er. »Leider habe ich nicht das Glück gehabt, Sie während der letzten Woche zu sehen, Miss Bolford.«

Sie schüttelte den Kopf. »Ich hatte sehr viel zu tun. Man bot mir eine Stellung bei einer australischen Zeitung an, und ich verlasse nächste Woche London.«

»Nun, ich habe Ihnen ja genug Material geliefert«, meinte er.

Sie seufzte. »Ja.« Sie schwieg eine Weile, dann meinte sie: »Sie werden mir fehlen. Wenn ich Mr. Bird das erzählte, würde er sich ärgern.«

»Er wäre wütend«, erwiderte der Gunner lächelnd.

»Sie kommen wohl nie nach Australien? Ich habe einen Vertrag über sieben Jahre abgeschlossen.«

»Mit welchem Schiff fahren Sie?«

»Mit der ›Brisbane‹.«

»Gehen Sie schon in London an Bord?«

Sie nickte. »Eigentlich sollte ich ja erst in Neapel zusteigen, aber die Seereise tut mir sicher gut. Ich habe ein bißchen mit der Lunge zu tun, deswegen gehe ich nach Australien.«

Sie tranken Kaffee miteinander, und der Gunner dachte in diesen Minuten weder an Luke Maddison noch an Danty Morell. Als er sich um elf Uhr von ihr verabschiedete, sagte er: »Wenn ich mein Geschäft hier abschließen kann, steige ich vielleicht in Neapel zu.«

Sie sah ihn forschend an. »Ist das Ihr Ernst?« sagte sie. »Und wird dann Australien Schauplatz Ihres nächsten –« Sie zögerte.

»Ich werde zu der seltensten Gattung gehören, die es gibt – zu den Menschen, die auf den rechten Weg zurückgefunden haben«, erwiderte er.

»Kann ich Ihnen irgendwie dabei helfen?« fragte sie, und Haynes nickte.

Er sprach nicht aus, was er dachte, aber sie begriff. Er überlegte einen Augenblick, dann zog er sie ins Vertrauen, und sie hörte atemlos zu, als er ihr berichtete, was mit Luke Maddison wirklich geschehen war.

»Ich suche ihn schon den ganzen Tag«, sagte er, »und ich habe nicht den geringsten Hinweis.«

»Er ist nicht tot?« Haynes schüttelte den Kopf. »Das ist äußerst unwahrscheinlich«, meinte er. »Das Dumme ist nur, daß man die Polizei nicht verständigen kann – die Presse wahrscheinlich auch nicht«, fügte er lächelnd hinzu, »aber jetzt ist doch alles etwas anders, nicht wahr?«

»Haben Sie den Zettel noch, den Sie in Morells Wohnung gefunden haben?«

Er gab ihn ihr. Sie las und nickte.

»Wie lautete der andere Text?«

Er sagte ihn beinahe Wort für Wort her.

»Ich habe Rex gesehen – eigentlich weiß ich sogar sehr viel über ihn«, sagte sie. »Mr. Bird erzählte mir von der Fälschung. Ich hätte ihm einiges berichten können, weil ich an dem Tag, als

der gefälschte Scheck eingelöst wurde, vor der Bank stand. Damals gab mir Maddison übrigens hundert Pfund – ich habe sie immer noch.«

Sie sprachen vom Sparrow, als sie das Lokal verließen, und an der Ecke Bury Street trafen sie ihn. Er starrte Gunner Haynes mißbilligend an.

»Sie wollen sich wohl aus erster Hand Informationen holen?« fragte er das Mädchen. Dann wandte er sich an Haynes. »Was gibt's, Gunner? Sie wollen wohl beichten?« fragte er verächtlich. Gunner Haynes lachte.

»Wie ich höre, fahren Sie nach Australien, Miss Bolford? – Sie doch nicht auch, Gunner? Aber die kleinen Gespräche im Café werden Ihnen fehlen, oder nicht?«

Mary Bolford wurde rot.

»Man muß euch beide warnen«, sagte der Sparrow ernst, »und ich warne euch! Es hat noch kaum einen Menschen gegeben, der vom unrechten auf den rechten Weg zurückgefunden hat. Und jede Frau, die einen Mann heiratete, um ihn auf den rechten Weg zu bringen, lief schließlich mit einem anderen davon.«

»Sie spielen wohl heute den Propheten, Mr. Bird«, sagte der Gunner kühl. »Wollen Sie uns nicht mitteilen, wer das Derby gewinnt?«

Der Sparrow brummte etwas, nickte und ging weiter.

Der Gunner begleitete Mary Bolford noch bis zur nächsten Straßenecke, dann verabschiedete er sich. Er behielt ihre Hand einige Sekunden in der seinen und sagte: »Sie haben heute einem Mann das Leben gerettet, Mary.« Und sie fragte nicht, was er damit meinte.

22

Margaret Maddison hatte vom Gunner keine Nachricht erhalten, obwohl sie bis zwei Uhr morgens wach geblieben war. Auch am nächsten Tag hörte sie nichts von ihm. Da sie keine Gelegenheit hatte, ihr Scheckbuch zu benützen, fiel ihr auch der Diebstahl nicht auf.

Am Morgen darauf erschien der Sparrow.

»Haben Sie Anweisung gegeben, daß kein Scheck Ihres Mannes, der über mehr als tausend Pfund lautet, eingelöst werden soll?« fragte er.

Sie nickte.

»Ein junger Mann hat heute früh einen Scheck über fünftausend Pfund vorgelegt. Mr. Stiles versäumte es leider, mich sofort anzurufen, so daß sich der Bursche aus dem Staub machen konnte.«

»War der Scheck von Luke ausgestellt?« fragte sie. »Wo ist er?«

»Ich dachte, er wäre im Ausland«, meinte der Sparrow. »Zählt es übrigens zu den Gewohnheiten Ihres Mannes, fremde Leute mit Barschecks zur Bank zu schicken? Mir kommt das merkwürdig vor.«

»Das Geld wurde nicht ausbezahlt?« erkundigte sie sich.

»Nein – Stiles sagte, er wäre Ihrer Anweisung entsprechend nur bis tausend Pfund gegangen.«

Sie gab ein paar unverfängliche Antworten, und nachdem Mr. Bird gegangen war, rief sie Stiles an. Er hatte nur wenig hinzuzufügen.

»Der Mann, der den Scheck gebracht hat, schien sehr seriös zu sein.«

»Aber haben Sie ihn denn nicht gefragt, woher er den Scheck hat?« fragte sie ungeduldig. »Sie haben sich doch sicher nicht damit zufriedengegeben –«

»Ich dachte, Sie hätten erwartet, daß Schecks vorgelegt würden«, meinte Mr. Stiles.

Sie legte den Hörer auf und starrte nachdenklich vor sich hin. Luke war in seine Wohnung eingebrochen, um seinen Paß und einen Koffer voll Wäsche und Kleidung zu holen. Der Paß befand sich jetzt in den Händen von Haynes – sie mußte also nur noch dafür sorgen, daß Luke alles Nötige zur Verfügung stand, falls er unerwartet auftauchte. Sie fuhr zu seiner Wohnung, packte sorgfältig einen Koffer und brachte ihn zu ihrem Wagen hinunter.

Wenn es ihr möglich gewesen wäre, sich mit Gunner Haynes in Verbindung zu setzen, hätte sie es getan. Fast wünschte sie,

daß wenigstens Danty Morell in Erscheinung trat. Sie wurde jedoch unliebsam an seinen Besuch erinnert, als sie in ihrem Schreibtisch nach den Scheckbüchern suchte. Aus Versehen nahm sie das falsche heraus, wobei sie feststellte, daß mehrere Schecks fehlten. Sie rief bei der Bank an und erfuhr dort, daß der von dem Unbekannten vorgelegte Scheck zu den fehlenden gehörte. Danton Morell gehörte also zu dem Komplott.

Ihr erster Gedanke war, Inspektor Bird zu verständigen. Aber dann fiel ihr ein, daß die Polizei ja auf keinen Fall unterrichtet werden durfte. Sie suchte im Telefonbuch nach Dantons Nummer, entschied sich dann aber anders.

Sie nahm eine Taxe, nachdem sie dem Personal genaue Anweisungen gegeben hatte, und fuhr zur Halfmoon Street. Pi Coles, der die Tür öffnete, starrte sie überrascht an.

»Kommen Sie herein, Miss«, sagte er verlegen. »Mr. Morell ist zu Hause.«

Danton hörte ihre Stimme und hastete hinaus.

»Das ist ein unerwartetes Vergnügen, Margaret«, sagte er. »Hat sich irgend etwas ergeben?«

Sie antwortete erst, als sich die Tür seines Zimmers hinter ihr geschlossen hatte.

»Bevor ich Ihnen sage, warum ich gekommen bin«, erklärte sie, »möchte ich darauf hinweisen, daß mein Butler Mr. Bird entsprechend unterrichten wird, wenn ich in einer Dreiviertelstunde nicht zu Hause bin.«

Er runzelte die Stirn. »Was soll das heißen?« fragte er scharf. »Das ist ein sehr merkwürdiges Benehmen – warum, zum Teufel, sollten Sie in einer Dreiviertelstunde nicht zu Hause sein?«

»Wo sind die Schecks, die Sie mir gestohlen haben?« fragte sie.

Das Blut schoß ihm ins Gesicht. »Ich weiß wirklich nicht, worauf Sie hinauswollen«, sagte er laut. »Ich soll Schecks gestohlen haben? Was für ein Unsinn –«

»Sie ließen sich in mein Wohnzimmer führen, als ich nicht zu Hause war, und haben zehn oder zwölf Schecks gestohlen. Einer davon, ausgefüllt und unterschrieben von Luke, wurde heute zur Bank gebracht. Auf meine Anweisung hin löste man ihn nicht ein.«

Er wurde blaß. »Nicht eingelöst . . .« stotterte er.

»Ich bin weniger an den Schecks als an meinem Mann interessiert«, erklärte sie ruhig. »Wo ist er?«

Er bemühte sich, seine Beherrschung wiederzugewinnen, und zwang sich zu einem Lächeln. »Also wirklich, meine Liebe –« begann er.

»Für Sie bin ich immer noch Mrs. Maddison«, sagte sie. »Ich verlange, daß Sie die Schecks zurückgeben. Außerdem möchte ich wissen, wo sich mein Mann aufhält.«

»Soviel mir bekannt ist, wohnt er bei einem kriminell Vorbestraften namens Haynes«, erwiderte Mr. Morell grob, und zu seiner Überraschung nickte sie.

»Das dachte ich auch. Ich wollte ihn aufsuchen – aber er war verschwunden. Mr. Haynes schien sehr überrascht, als er ihn nicht mehr vorfand, und mir ist erst jetzt klargeworden, daß Luke nicht aus freiem Willen die Wohnung verlassen hat. Der Scheck erklärt allerhand. Wo ist Luke?«

Er schüttelte den Kopf. »Ich weiß es nicht.«

»Dann muß ich eben tun, was ich vermeiden wollte«, meinte sie. »Ich werde zur Polizei gehen und Sie wegen des Diebstahls der Schecks anzeigen. Es bleibt dann Mr. Bird überlassen, Sie mit Lukes Verschwinden in Zusammenhang zu bringen.«

Sie wandte sich zur Tür, aber er packte sie beim Arm.

»Um Himmels willen, Margaret, so überlegen Sie doch, was Sie tun!«

Sie bemerkte, daß er wirklich erregt war.

»Ich schwöre Ihnen, daß ich nicht weiß, wo Luke ist – zuletzt war er auf einem Lastkahn, wo ihn Connor festhielt. Dieser Bandit hat mir erzählt, daß Maddison einen Scheck unterschrieben hat. Er sagte nur, daß Luke in den Fluß gesprungen und entkommen oder ertrunken sei – mehr weiß ich nicht. Ich spreche wirklich die Wahrheit. Ich wußte von der ganzen Sache nichts, bis Connor Luke gefunden hatte. Ich schwöre es Ihnen!«

»Wo ist Connor?« erkundigte sie sich.

»Ich weiß es nicht. Er war heute morgen hier und erzählte mir von Lukes Flucht. Das ist alles, was ich weiß. Ich glaubte ihm nicht, und wahrscheinlich hat er mich tatsächlich belogen.«

Er sah, daß sie unentschlossen war, und bemühte sich, sie von ihrem Vorhaben abzubringen. Er bezweifelte nicht, daß sie im Ernst vorhatte, zur Polizei zu gehen.

Zweifelnd fragte sie: »Könnten Sie Haynes für mich aufspüren?«

»Haynes?« schrie er. »Sie glauben doch wohl nicht, daß ich mit diesem Kerl etwas zu tun haben will, oder? Er ist ein gefährlicher Mann, Margaret –«

»Mrs. Maddison«, sagte sie kalt.

»Er ist gefährlich – Sie dürfen sich nicht mit ihm abgeben.«

»Sie wissen also nicht, wo Mr. Maddison ist?«

»Nein, Mrs. Maddison, ich habe nicht die geringste Ahnung. Connor sucht die ganze Zeit nach ihm.«

Als sie nach Hause zurückkehrte, erwartete sie der Sparrow an der Haustür. Zu ihrer Überraschung trug er eine große Tasche. In ihrem kleinen Arbeitszimmer stellte er die Tasche auf den Boden und nahm zerknitterte Kleidungsstücke heraus.

»Das alles wurde heute im Besitz eines Flußdiebs gefunden, der versucht hat, die Kleidungsstücke zu verkaufen«, sagte er. »Er wußte nicht, daß in der Innentasche des Jacketts der Name Ihres Mannes eingestickt war.«

»Lukes Anzug?« sagte sie erschreckt. »Wo hat er ihn her?«

»Das möchte ich auch wissen. Er behauptete, gestern nacht einen Mann kennengelernt zu haben, der den Fluß durchschwommen habe. Er hätte ihn dann in irgendein Haus geführt. Das dürfte stimmen, obwohl die Beschreibung keineswegs auf Mr. Maddison paßt, der sich ja, wie ich annehme, noch immer im Ausland aufhält?«

Seine Stimme klang etwas sarkastisch. Sie schwieg.

»Der Mann erklärte, daß er die Kleidungsstücke geschenkt bekommen habe, aber diese Geschichte wird immer erzählt. Ich glaube vielmehr, daß man sie gestohlen hat, während der Eigentümer schlief. Können Sie den Anzug erkennen?«

Sie schüttelte verlegen den Kopf.

»Ihr Mann kann diesen Anzug nicht gut verschenkt haben, weil er noch ganz neu ist.« Er sah sie scharf an. »Mit Ihrem

Mann ist irgend etwas nicht in Ordnung, Mrs. Maddison, und ich habe das Gefühl, daß Sie in Schwierigkeiten sind. Ich würde Ihnen gerne helfen, wenn ich könnte.«

Sie wollte etwas sagen, aber er hob abwehrend die Hand. »Sagen Sie mir nichts, bis ich Ihnen berichtet habe, wieviel ich weiß. Ich weiß, daß Ihr Mann einen Tag nach der Hochzeit verschwunden ist. Ich weiß, daß in seine Wohnung eingebrochen wurde und daß die Polizeibeamten dort den Mann erkannten, der bei einem Raubüberfall am Nachmittag mitgewirkt hatte. Ich weiß, daß sich unter den gestohlenen Gegenständen ein Paß befand – ich sprach mit Mr. Maddisons Diener, und er erzählte mir, daß in einer der Schreibtischschubladen ein Paß aufbewahrt gewesen sei. Wenn nun die Möglichkeit bestünde – was natürlich sehr phantastisch ist –, daß dieser Mann Mr. Maddison war, dann kann ihm nur die Polizei helfen. Ich kenne ihn gut genug, um sicher zu sein, daß er keinen Raubüberfall auf Taffany ausführen würde. Wollen Sie nicht offen zu mir sein, Mrs. Maddison?«

Sie schwieg. Mr. Bird nahm die Tasche und verließ kopfschüttelnd das Haus.

Margaret überlegte, was als nächstes zu unternehmen war. Sie beschloß, den Koffer mit Lukes Kleidung und Toilettenartikeln in der Gepäckaufbewahrung eines Bahnhofs aufzugeben. Sobald sie wußte, wo Luke sich aufhielt, würde sie ihm den Hinterlegungsschein schicken. Sie wartete auf die Dunkelheit, um diesen Plan ausführen zu können.

Die Nacht brachte auch für Danty Morell Probleme. Nachdem Margaret Maddison seine Wohnung verlassen hatte, war er zu der niederschmetternden Erkenntnis gekommen, daß er nicht mehr die geringste Macht über sie besaß. Jeden Augenblick konnte sie zur Polizei gehen, und gerade jetzt legte er gar keinen Wert darauf, nach Scotland Yard vorgeladen zu werden. Er schuldete mehreren Börsenmaklern größere Summen, so daß seine Lage auch ohne die Einmischung der Polizei äußerst ungemütlich war.

Danton Morell war in mancher Hinsicht ein vorsichtiger Mann. So verschwenderisch er auch sonst mit seinem Geld um-

ging, für den Notfall hatte er sich eine Bargeldreserve zurückgelegt. Er brauchte nur noch den geplanten Rückzug anzutreten. Am Stadtrand von London gab es einen kleinen Flugplatz, von dem aus Rundflüge durchgeführt wurden. Danty hatte es für angebracht gehalten, die kleine Firma, der die Flugzeuge gehörten, zu finanzieren. Telefonisch arrangierte er seine Flucht. Er hatte beschlossen, zunächst die Schweiz anzufliegen. Er beauftragte den Geschäftsführer der Firma, alles Erforderliche in die Wege zu leiten.

Dann öffnete er den Stahlschrank und suchte nach Schriftstücken, die er auf keinen Fall zurücklassen durfte. Er nahm das kleine Holzkästchen heraus, in dem er die gefährlichsten Unterlagen aufbewahrte. Erst als es im Wohnzimmer auf dem Tisch stand, bemerkte er, daß es aufgebrochen worden war. Er öffnete es, warf den Inhalt heraus ... Das eine Briefbündel, das er um jeden Preis zu behalten wünschte, war verschwunden! Auch der kleine Zettel, der zu Rex Leferres letzter Nachricht gehört hatte.

Dantys Hände zitterten so stark, daß er kaum die Schriftstücke halten konnte. Er brauchte nicht darüber nachzudenken, wer das Kästchen gewaltsam geöffnet hatte. Der Gunner war in der Nachbarschaft gesehen worden, das hatte Pi Coles berichtet. Danty stand der kalte Schweiß auf der Stirn. Er wußte, daß sein Leben an einem seidenen Faden hing. Als es an der Wohnungstür klopfte, sprang er zitternd auf.

Er brauchte eine Weile, bis er sich so weit beruhigt hatte, daß er zur Tür gehen und fragen konnte, wer ihn zu sprechen wünsche. Als er Connors Stimme hörte, atmete er erleichtert auf.

»Was ist denn mit Ihnen los?« fragte Connor.

»Ich fühle mich nicht besonders wohl. Wissen Sie, daß man hinter den Schecks her ist?«

»Ich weiß«, erklärte Connor bedrückt. »Die Polizei sucht nach dem Mann, den ich mit dem Scheck zur Bank geschickt habe. Sie sitzen schön in der Patsche, Danty.«

»Sie doch wohl auch, nicht wahr?« fauchte Morell. »Ich verschwinde noch heute nacht aus London.«

Connor lachte auf. »Sie stellen sich das aber sehr einfach vor.« Mißtrauisch fügte er hinzu: »Wie wollen Sie denn das anstellen?«

Danty legte sich gerade eine entsprechende Lüge zurecht, als ihm einfiel, daß er Connor brauchte.

»Ich nehme von Elford aus ein Flugzeug«, sagte er. »Für den ganzen Schlamassel haben wir dem Gunner zu danken. Er hat uns verpfiffen.«

»Da kann man eben nichts machen«, meinte Connor gelassen. »Wohin wollen Sie fliegen?«

Danty erzählte es ihm.

»Ist mir gerade recht«, sagte Connor. Er starrte die Schriftstücke auf dem Tisch an.

»Sie machen sich wohl ein Feuer?« fragte er freundlich. »Wieviel Geld haben Sie?«

Danty untertrieb gewaltig. Wenn es sich um Geld handelte, konnte er nicht bei der Wahrheit bleiben.

Sie beschlossen, zum Flugplatz hinauszufahren und die letzten Vorbereitungen zu treffen.

Schweigend fuhren sie durch die Vororte. Von Zeit zu Zeit warf Danty einen Blick nach rückwärts.

»Was haben Sie denn?« knurrte Connor.

»Ein Sportwagen fährt hinter uns her.«

»Na und?« meinte Connor ungeduldig. »Wollen Sie eigentlich die Straße für sich allein?«

Wenige Minuten später war der Sportwagen verschwunden.

Die Vorbereitungen für den Nachtflug ließen sich nicht ohne Schwierigkeiten durchführen. Der Pilot war eben erst verständigt worden.

»Gut, daß wir hergekommen sind, sonst säßen wir in der Tinte«, meinte Connor, als sie zurückfuhren. »Wann haben Sie gesagt, daß wir hier sind?«

»Gegen Mitternacht.«

»Was suchen Sie denn dauernd?« fragte Connor. »Den Sportwagen?«

Danty schwieg. Connor konnte nicht ahnen, wie sehr er sich vor dem Gunner fürchtete.

Danty wagte sich nicht mehr in die Nähe seiner Wohnung. Er rief Pi Coles an und traf sich mit ihm im Park. Pi brachte einen Mantel und einen kleinen Koffer. Danty belohnte Coles groß-

zügig. Jetzt blieb ihm nichts mehr zu tun übrig, als die wenigen Stunden abzuwarten, bis er England für immer verließ.

Er telefonierte mit dem Hangar und erfuhr zu seiner Befriedigung, daß der Pilot angekommen war. Am liebsten wäre es ihm gewesen, wenn er gleich hätte abfliegen können, aber Connor war gefährlich, und er durfte sich nicht noch einen neuen Feind schaffen.

Während er durch die dunklen Straßen wanderte, hatte er mehrmals den Eindruck, daß ihn jemand verfolgte. Aber zu seiner Erleichterung stellten sich die unheimlichen Gestalten immer wieder als harmlose Passanten heraus.

Er hatte noch ein Letztes zu tun. Er betrat die Hauptpost und gab ein Telegramm an Chefinspektor Bird auf. Es lautete:

›Der Mann, der den Raubüberfall auf Taffany plante und ausführte, war Luke Maddison. Er versucht, heute nacht London zu verlassen. Seine Frau und Gunner Haynes stecken mit ihm unter einer Decke.‹

Er unterzeichnete mit seinem eigenen Namen.

23

Es war fast elf Uhr abends, als Margaret den Wagen vorfahren ließ und Lukes Koffer in den Fond stellte. Sie hatte die Absicht, in die Villiers Street zu fahren und den Koffer in der Gepäckaufbewahrung abzugeben. Sie fuhr den Strand hinunter und hielt in der Nähe der Themse. Es regnete stark. Die vereinzelten Fußgänger, die noch unterwegs waren, hasteten zur Untergrundstation. Sie streckte die Hand aus, um die Wagentür zu öffnen, als sich eine schäbig gekleidete Gestalt aus dem Hausschatten löste. Der Mann mußte gesehen haben, daß sie mit der anderen Hand nach dem Koffer griff, denn er öffnete den Wagenschlag und trat einen Schritt zurück.

»Vielen Dank«, sagte Margaret und gab ihm eine Münze, die sie für den Mann in der Gepäckaufbewahrung bereitgehalten hatte.

Sie knipste das Licht im Wageninnern an, dabei fiel ihr Blick auf das unrasierte Gesicht des Unbekannten.

»Luke!« schrie sie auf.

Er war wie vom Donner gerührt und brachte kein Wort heraus.

»Luke!« sagte sie wieder. Als er zurückwich, packte sie ihn am Arm.

»Steig ein, um Himmels willen!« sagte sie atemlos und zog ihn ins Auto.

»Wir fahren nach Hause«, sagte sie.

Sie ließ den Motor an, legte den Gang ein und fuhr los. In diesem Augenblick tauchte eine weitere Gestalt auf. Sie kam die Straße heraufgerannt und schwang sich auf das Trittbrett des Wagens. Zuerst dachte sie, ein Polizist sei hinter ihnen her, aber dann erkannte sie das dunkle Gesicht Gunner Haynes'.

»Nur keine Aufregung«, sagte er, als er endlich die Tür geöffnet hatte und erschöpft auf den Sitz sank. »Ich laufe schon vom Haymarket ab hinter Ihrem Wagen her. Wer ist das?«

Er pfiff leise durch die Zähne. »Was? Mr. Maddison?«

»Ja, ich bin's«, sagte Luke.

Seine Stimme klang schwach. Er war am frühen Nachmittag aus der Arrestzelle entlassen worden und hatte seit dem Morgen nichts mehr gegessen. Er machte keinen Versuch, irgend etwas zu erklären. Er war zu müde. Die weichen Polster machten ihn schläfrig. Wenige Minuten später schlief er fest.

»Schon gut, wecken Sie ihn nicht auf«, sagte Gunner Haynes leise. »Man hat ihn heute früh verhaftet. Ich konnte das eben erst in Erfahrung bringen. Die Polizei ist hinter ihm her. Jemand hat dem Sparrow ein Telegramm geschickt – ich nehme an, daß es unser Freund Danty war. – Wohin bringen Sie ihn?«

»Nach Hause.«

»Am Eingang wartet garantiert ein Polizist. Nein, Sie bringen ihn besser nach Elford. Was soll übrigens der Koffer?«

Sie erklärte es ihm.

»Sie können wohl Gedanken lesen?« meinte er lachend. »Das ist genau das, was er braucht – vielleicht nicht mehr heute abend, aber morgen. Wir fahren nach Elford. Wissen Sie Bescheid? Wir brauchen ungefähr eine Dreiviertelstunde, und wenn wir Glück

haben, erreichen wir es noch vor den zwei größten Banditen, die mir je begegnet sind.«

»Könnten wir nicht nach Dover fahren und dort ein Motorboot mieten?« fragte sie.

Gunner Haynes schüttelte den Kopf. »Nein, das hat keinen Sinn. Der Sparrow ist zwar ein guter Kerl, aber er versteht sein Geschäft. Und wenn Mr. Morell, wie ich glaube, das Weite gesucht hat, dann wird man zuallererst die Küste bewachen. Mr. Maddison hat nur eine Chance. Er muß in Spanien auftauchen, wo man ihn bisher vermutet hat. Ich glaube, daß sich das machen läßt – wenn Danty Morell keinen zu großen Vorsprung besitzt.« Er schwieg einen Augenblick. »Sie haben einen Pelzmantel an. Das ist gut. Sie können ihn Ihrem Mann leihen. Es wird zwar ziemlich albern aussehen, aber dann erkennt ihn wenigstens niemand.«

»Was wollen Sie eigentlich tun?« fragte sie.

»Ich werde ein Flugzeug besteigen und Luke mitnehmen«, sagte er. »Ihre Aufgabe ist ganz einfach, Mrs. Maddison. Sie kehren nach London zurück. Sie lügen ein bißchen und fahren morgen nach Spanien. Es wäre doch gelacht, wenn ich ihn nicht hinschaffen könnte.«

Sie schwieg lange Zeit, dann sagte sie leise: »Ich weiß etwas Besseres. Ich gehe mit ihm.«

Zu ihrer Überraschung erhob der Gunner keine Einwendungen.

»Vielleicht ist das ganz klug«, bemerkte er.

Sie erreichten schließlich einen holprigen Feldweg. Haynes befahl Margaret, den Wagen anzuhalten. Er deutete in die Dunkelheit.

»Fahren Sie mit dem Wagen dort hinüber, und schalten Sie alle Lichter aus«, sagte er. Als der Wagen abgestellt war, stieg er aus. »Wir haben es geschafft«, sagte er. »Danty war also doch vorsichtig – da, sehen Sie!«

Auf der Straße, die aus London hierherführte, waren Scheinwerfer zu sehen. Der Wagen stoppte in einer Entfernung von etwa hundert Metern.

»Sie gehen den Rest des Weges zu Fuß«, murmelte der Gunner zufrieden. »Warten Sie hier, Mrs. Maddison.«

Er ging zum Eingang des kleinen Flughafengebäudes und zog etwas aus der Tasche. Er mußte nicht lange warten. Danty und Connor kamen mit eiligen Schritten heran.

»Sind Sie's, Higgins?« sagte Danty. »Ist der Pilot hier –«

»Alle sind da, sogar ich«, sagte der Gunner. »Halten Sie sich schön still, Connor. Meine Pistole macht fast keinen Lärm.«

Danty sagte nichts.

»Na, und was jetzt?« fragte Connor.

»Ihr geht jetzt hübsch zu Fuß in den nächsten Ort zurück, es sei denn, daß der Wagen wartet. Ich an eurer Stelle würde laufen – schade, schon vorbei«, fügte er hinzu, als die Schlußlichter der Taxe in der Dunkelheit verschwanden. »Die Polizei bewacht diesen Flugplatz, und Ihr habt eine minimale Chance, davonzukommen.«

»Und Sie sind so liebenswürdig und helfen uns, das wollen Sie uns wohl erzählen?« meinte Connor verächtlich.

»Nicht reden – gehen«, sagte der Gunner scharf. »Ich bin heute abend nicht in bester Stimmung. Ich habe jemand zwar versprochen, euch nicht umzubringen, aber ich kann mir's auch anders überlegen.«

»Schon gut, Gunner, wir gehen ja«, stotterte Danty. »Gehen wir hinein, Connor. Der Gunner wird uns doch nicht –«

»Ich hab' die Briefe gefunden, Danty«, sagte Haynes sanft. »Du weißt doch, wieviel dein Leben jetzt noch wert ist, wie?«

Danty sagte nichts. Er packte Connor beim Arm und zerrte ihn davon. Nach etwa hundert Metern blieb Connor stehen.

»Ich laß mir von diesem Idioten doch nicht –« begann er, aber eine Stimme hinter ihm sagte: »Nur hübsch weiter!« Connor gehorchte.

Als die beiden weit genug entfernt waren, rannte der Gunner zum Wagen zurück. Luke war wach. Er unterhielt sich mit Margaret, und Gunner Haynes zog es vor, sie ungestört zu lassen. Er betrat den Hangar und verhandelte mit dem Piloten.

Das Flugzeug war startbereit. Zwei Mechaniker und der Pilot warteten ungeduldig. Der Gunner erteilte neue Anweisungen und gab großzügig Prämien aus, so daß sich der Pilot mit allem einverstanden erklärte.

»Es ist mir egal, wie viele Leute mitfliegen. Ich bin die Strecke schon über hundertmal geflogen«, sagte er.

Gunner Haynes kehrte zufrieden zum Wagen zurück und störte das Gespräch des jungen Paares.

»Wenn es wieder hell genug ist, möchte ich Ihnen einen kleinen Zettel geben, Mrs. Maddison. Es handelt sich um den Tod Ihres Bruders – der Mann, der ihn ruiniert hat, war Danty, und –«

»Ich habe es vermutet«, sagte sie leise.

Es regnete immer noch leicht, und die Wolken hingen tief, aber die drei Passagiere waren unbesorgt, als das Flugzeug in den dunklen Nachthimmel stieg, höher und höher, durch die Wolken, bis sie die Sterne über sich funkeln sahen.

Eine Woche später aßen drei Personen im Café Ritz in Madrid zu Mittag. Es war das Abschiedsessen für Gunner Haynes, der am Nachmittag nach Neapel fuhr, um das Schiff nach Australien zu erreichen.

»Ich fühle mich erst wieder wohl, wenn ich im Zug sitze«, meinte er. »Ich hab' ja im Leben schon allerhand gemacht, aber das ist das erstemal, daß ich Flitterwochen zu dritt erlebe.«

Guter Rat von Goldmann

Spiel und Hobby

Theodor Böttiger
Theodor Böttigers Buch vom Wein
10741 / DM 6,80

Rudi Carrell
Spielen mit Rudi Carrell.
113 Spiele für Party und Familie.
10758 / DM 4,80

Hans-Dieter Götz
Kleine Waffenkunde für Sammler.
Mit 104 Abbildungen.
10524 / DM 4,80

Hanns Friedrich
Die Kunst mit Karten zu zaubern.
10859 / DM 5,80

Spielend Skat lernen.
10637 / DM 4,00

Ullrich Häger
Kleines Lexikon der Philatelie.
10780 / DM 9,80

Henry Hay
Zaubern müßte man können.
19 Lektionen für angehende Zauberkünstler.
10760 / DM 5,80

Ilse Obrig
Freude mit Kindern.
Spiele, Lieder, Bastelarbeiten.
10795 / DM 5,80

Hans Rosenthal
Allein gegen alle.
Ein Quizbuch mit über 200 kniffligen Fragen und Antworten.
10828 / DM 4,80

Schachenmayr
Das neue Strickbuch.
Mit zahlreichen Abbildungen.
10568 / DM 7,80

Elisabeth von Sicard
Das Buch der Patiencen.
Mit 24 Abbildungen.
10553 / DM 3,80

Goldmann

Neumarkter Straße 18, 8000 München 80

Edgar Wallace

Alle Wallace-Krimis auf einen Blick

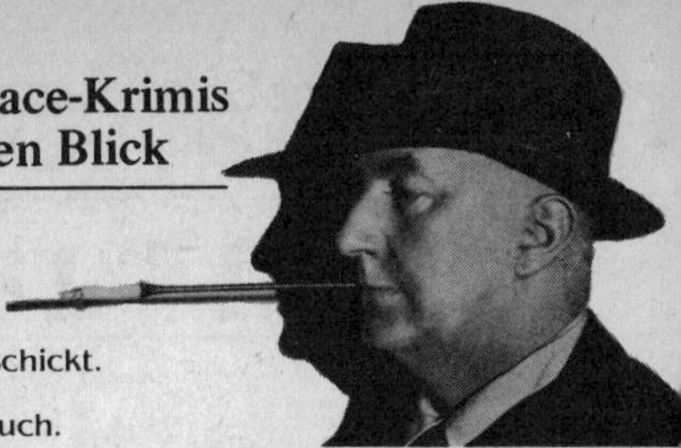

Die Abenteuerin.
(164) DM 4,80
A.S. der Unsichtbare.
(126) DM 4,80
Die Bande des Schreckens.
(11) DM 4,80
Der Banknotenfälscher.
(67) DM 4,80
Bei den drei Eichen.
(100) DM 4,80
Die blaue Hand.
(6) DM 4,80
Der Brigant.
(111) DM 4,80
Der Derbysieger.
(242) DM 4,80
Der Diamantenfluß.
(16) DM 4,80
Der Dieb in der Nacht.
(1060) DM 3,80
Der Doppelgänger.
(95) DM 4,80
Die drei Gerechten.
(1170) DM 4,—
Die drei von Cordova.
(160) DM 4,80
Der Engel des Schreckens.
(136) DM 3,80
Feuer im Schloß.
(1063) DM 3,80
Der Frosch mit der Maske.
(1) DM 5,80
Gangster in London.
(178) DM 5,80
Das Gasthaus an der Themse.
(88) DM 3,80
Die gebogene Kerze.
(169) DM 3,80
Geheimagent Nr. sechs.
(236) DM 4,80
Das Geheimnis der gelben Narzissen.
(37) DM 4,80
Das Geheimnis der Stecknadel.
(173) DM 4,80
Das geheimnisvolle Haus.
(113) DM 4,80
Die gelbe Schlange.
(33) DM 4,80
Ein gerissener Kerl.
(28) DM 4,80
Das Gesetz der Vier.
(230) DM 4,80
Das Gesicht im Dunkel.
(139) DM 4,80
Im Banne des Unheimlichen
(117) DM 5,80

In den Tod geschickt.
(252) DM 3,80
Das indische Tuch.
(189) DM 4,80
John Flack.
(51) DM 4,80
Der Joker.
(159) DM 4,80
Das Juwel aus Paris.
(2128) DM 3,80
Kerry kauft London.
(215) DM 4,80
Der leuchtende Schlüssel.
(91) DM 4,80
Lotterie des Todes.
(1098) DM 3,80
Louba, der Spieler.
(163) DM 4,80
Der Mann, der alles wußte.
(86) DM 4,80
Der Mann, der seinen Namen änderte.
(1194) DM 3,80
Der Mann im Hintergrund.
(1155) DM 4,—
Der Mann aus Marokko.
(124) DM 4,80
Die Melodie des Todes.
(207) DM 3,80
Die Millionengeschichte.
(194) DM 3,80
Mr. Reeder weiß Bescheid.
(1114) DM 3,80
Nach Norden, Strolch!
(221) DM 4,80
Neues vom Hexer.
(103) DM 4,80
Penelope von der »Polyantha«.
(211) DM 3,80
Der goldene Hades.
(226) DM 3,80
Die Gräfin von Ascot.
(1071) DM 3,80
Großfuß.
(65) DM 4,80
Der grüne Bogenschütze.
(150) DM 4,80
Der grüne Brand.
(1020) DM 4,80
Gucumatz.
(248) DM 4,80
Hands up!
(13) DM 4,80
Der Hexer.
(30) DM 4,80
Der Preller.
(116) DM 4,80
Der Rächer.
(60) DM 4,80

Der Redner.
(183) DM 4,80
Richter Maxells Verbrechen.
(41) DM 3,80
Der rote Kreis.
(35) DM 4,80
Der Safe mit dem Rätselschloß.
(47) DM 4,80
Die Schuld des Anderen.
(1055) DM 3,80
Der schwarze Abt.
(69) DM 4,80
Der sechste Sinn des Mr. Reeder.
(77) DM 4,80
Die seltsame Gräfin.
(49) DM 4,80
Der sentimentale Mr. Simpson.
(1214) DM 4,80
Das silberne Dreieck.
(154) DM 4,80
Das Steckenpferd des alten Derrick.
(97) DM 4,80
Der Teufel von Tidal Basin.
(80) DM 3,80
Töchter der Nacht.
(1106) DM 4,80
Die toten Augen von London.
(161) DM 3,80
Die Tür mit den 7 Schlössern.
(21) DM 4,80
Turfschwindel.
(155) DM 4,—
Überfallkommando.
(75) DM 4,80
Der Unheimliche.
(55) DM 4,80
Die unheimlichen Briefe.
(1139) DM 4,80
Der unheimliche Mönch.
(203) DM 4,80
Das Verrätertor.
(45) DM 4,80
Der viereckige Smaragd.
(195) DM 4,80
Die vier Gerechten.
(39) DM 4,80
Zimmer 13.
(44) DM 4,80
Der Zinker.
(200) DM 3,80

Die weltberühmten Afrika-Romane von Edgar Wallace:

Sanders vom Strom.
(6435) DM 5,80
Bosambo.
(6436) DM 5,80
Bones in Afrika.
(6437) DM 5,80
Leutnant Bones.
(6438) DM 5,80
Sanders.
(6439) DM 5,80
Bones vom Strom.
(6440) DM 5,80
Sanders der Königsmacher.
(6441) DM 5,80
Hüter des Friedens.
(6442) DM 5,80

Im Großformat 21 x 28 cm:
Florian Pauer
Die Edgar Wallace Filme
Herausgegeben von Joe Hembus.
Mit über 250 Filmfotos.
DM 19,80

Das vollständige Programm

Goldmann Krimis... ...mörderisch gut

● = Originalausgabe / Preisänderungen vorbehalten

Sammlung dtsch. Kriminalautoren

Fortride, L.A.
Der Chrysanthemenmörder.
(4694) DM 3,80

Plötze, Hasso
Formel für Mord.
● (5609) DM 4,80
Lupara.
● (5607) DM 4,80
Die Tätowierung.
● (4877) DM 4,80
Gift und Gewalt.
● (4886) DM 4,80
Weidmannsheil, Herr Kommissar.
● (5604) DM 4,80
Eine Geisel zuviel.
● (5601) DM 4,80
Fluchtweg.
● (4833) DM 4,80
Die kalte Hand.
● (4845) DM 3,80

Rudorf, Günter
Mord per Rohrpost.
● (5603) DM 4,80

Wery, Ernestine
Die Hunde bellten die ganze Nacht.
(5608) DM 6,80
Sie hieß Cindy.
● (5606) DM 4,80
Auf dünnem Eis.
● (4830) DM 5,80
Als gestohlen gemeldet.
● (5602) DM 4,80
Die Warnung.
● (4857) DM 4,80

Lit. Krimi

Blake, Nicholas
Der Morgen nach dem Tod.
(5217) DM 5,80

Canning, Victor
Das Sündenmal.
(4779) DM 4,80
Querverbindungen.
(5207) DM 5,80

Crispin, Edmund
Morde — Zug um Zug.
(5214) DM 4,80
Der Mond bricht durch die Wolken.
(5205) DM 6,80

A Detection Club Anthology
Dreizehn Geschworene.
(5209) DM 6,80

Dibdin, Michael
Der letzte Sherlock-Holmes-Roman.
(5203) DM 4,80

Doody, Margaret
Sherlock Aristoteles.
(5215) DM 6,80

Ellin, Stanley
Jack the Ripper und van Gogh.
(5212) DM 5,80
König im 9. Haus.
(4811) DM 5,80

Freeling, Nicolas
Castangs Stadt.
(5221) DM 5,80
Die Formel.
(5213) DM 6,80
Inspektor Van der Valks Witwe.
(4897) DM 5,80
Der schwarze Rolls-Royce.
(5206) DM 5,80

Gores, Joe
Dashiell Hammetts letzter Fall.
(4801) DM 4,80
Der Killer in dir.
(4838) DM 4,80

Hare, Cyril
Erschlagen bei den Eiben.
(4774) DM 3,80
Er hätte später sterben sollen.
(4782) DM 3,80

Hill, Reginald
Noch ein Tod in Venedig.
(5219) DM 4,80
Das Rio-Papier u.a. Kriminalgeschichten.
(5216) DM 5,80
Der Calliope-Club.
(4836) DM 5,80

Hughes, Dorothy B.
Wo kein Zeuge lauscht.
(5210) DM 4,80

Maling, Arthur
Zuletzt gesehen...
(5201) DM 6,80

Neely, Richard
Der Attentäter.
(4556) DM 4,–
Lauter Lügen.
(4816) DM 4,80
Schwarzer Vogel über der Brandung.
(4748) DM 4,80
Flucht in die Hölle.
(4866) DM 4,80
Die Nacht der schwarzen Träume.
(4778) DM 4,80
Das letzte Sayonara.
(5208) DM 6,80

Ruhm, Herbert (Hrsg.)
Die besten Stories aus dem weltberühmten »Black Mask Magazine«
(4818) DM 6,80

Simon, Roger L.
Die Peking-Ente.
(5202) DM 4,80

Swarthout, Glendon
Das Wahrheitsspiel.
(5218) DM 6,80

Symons, Julian
Der Fall Adelaide Bartlett.
(5220) DM 6,80
Am Ende war alles umsonst.
(4773) DM 4,80
Roulett der Träume.
(4792) DM 4,80
Damals tödlich.
(4855) DM 5,80

Taibo II., Francisco J.
Die Zeit der Mörder.
(5222) DM 4,80

Tynan, Kathleen
Agatha.
(5204) DM 5,80

Weverka, Robert
Mord an der Themse.
(5211) DM 4,80

Action-Krimi

Charles, Robert
Sechs Stunden nach dem Mord.
(4760) DM 3,80

Copper, Basil
Mord ersten Grades.
(5408) DM 4,80
Geld spielt (k)eine Rolle.
(5410) DM 4,80

Crowe, John
Ein Weg von Mord zu Mord.
(4766) DM 4,80

Crumley, James
Der letzte echte Kuß.
(5414) DM 5,80

Downing, Warwick
...Zahn um Zahn.
(4747) DM 3,80

Faust, Ron
Der Skilift-Killer.
(4832) DM 3,80

Fish, Robert L.
Die Insel der Schlangen.
(5426) DM 4,80
Ein Kopf für den Minister.
(5415) DM 4,80

Gores, Joe
Überfällig.
(5419) DM 5,80
Zur Kasse, Mörder!
(5418) DM 4,80

Hallahan, William H.
Ein Fall für Diplomaten.
(4823) DM 5,80

Hamill, Pete
Ich klau' dir eine Bank.
(5413) DM 4,80

Jeder kann ein Mörder sein.
(5417) DM 4,80

Harrington, William
Scorpio 5.
(4739) DM 4,80

Hubert, Tord
Wenn der Damm bricht.
(4828) DM 4,80

Irvine, R.R.
Der Katzenmörder.
(4745) DM 3,80
Bomben auf Kanal 3.
(4850) DM 4,80

Israel, Peter
Der Trip nach Amsterdam.
(4876) DM 3,80

Jobson, Hamilton
Ein bißchen sterben.
(4888) DM 3,80
Kontrakt mit dem Killer.
(4755) DM 3,80
Richtet mich morgen.
(4808) DM 3,80

Jones, Elwyn
Chefinspektor Barlow in Australien.
(4862) DM 3,80

Kyle, Duncan
Todesfalle Camp 100.
(5402) DM 5,80

Lacy, Ed
Mord auf Kanal 12.
(5422) DM 4,80
Verdammter Bulle.
(5416) DM 4,80
Zahlbar in Mord.
(5406) DM 4,80
Geheimauftrag Harlem
(5404) DM 5,80

Lecomber, Brian
Schmuggelfracht nach Puerto Rico.
(4861) DM 5,80

MacDonald, John D.
Die mexikanische Heirat.
(5420) DM 4,80

MacKenzie, Donald
Nicht nur Schnappschüsse.
(5425) DM 5,80

Martin, Ian Kennedy
Regan und das Geschäft des Jahrhunderts.
(4834) DM 3,80

Marshall, William
Bombengrüße aus Hongkong
(4738) DM 3,80
Dünne Luft.
(4722) DM 4,80
Das Skelett auf dem Floß.
(5403) DM 4,80

Pronzini, Bill / Malzberg, Barry
Jagt die Bestie!
(5423) DM 5,80

Rifkin, Shepard
Die Schneeschlange.
(4863) DM 3,80

Ross, Sam
Der gelbe Jaguar.
(5411) DM 4,80

Simon, Roger L.
Das Geschäft mit der Macht.
(4874) DM 3,80
Hecht unter Haien.
(4880) DM 3,80

Stein, Aaron Marc
Der Kälte-Faktor.
(4841) DM 3,80
Unterwegs in den Tod.
(4835) DM 4,80
Auftrag mit heißen Kurven.
(5412) DM 4,80

Straker, J.F.
Mord unter Brüdern.
(4870) DM 4,80

Topor, Tom
Verblichener Ruhm.
(5424) DM 5,8C

Wainwright, John
Joey.
(4810) DM 3,80
Requiem für einen Verlierer.
(4733) DM 3,80
Gutschein für Mord.
(4848) DM 4,80
Nachts stirbt man schneller.
(5407) DM 4,80

Waugh, Hillary
Fünf Jahre später.
(4875) DM 3,80

Way, Peter
Der tödliche Irrtum.
(5421) DM 4,80

Weverka, Robert
Mord an der Themse.
(5409) DM 4,80

Wilcox, Collin
Der tödliche Biß.
(5401) DM 4,80
Das dritte Opfer.
(4689) DM 4,80
Der Profi-Killer.
(5405) DM 4,80

Wilcox, Collin / Pronzini, Bill
Montag mittag San Francisco.
(4884) DM 5,80

Wren, M.K.
Gewiß ist nur der Tod.
(4839) DM 4,80

Rote Krimi

Bagby, George
Ein Goldfisch unter Haien.
(4768) DM 3,80
Die schöne Geisel.
(4853) DM 3,80
Toter mit Empfehlungs schreiben.
(4864) DM 3,80

Beare, George
Die teuerste Rose.
(4843) DM 3,80

Blake, Nicholas
Das Biest.
(4889) DM 4,80

Brett, Simon
Generalprobe für Mord.
(4826) DM 3,80

Bunn, Thomas
Leiche im Keller.
(4846) DM 5,80

Carmichael, Harry
Liebe, Mord und falsche Zeugen.
(4847) DM 4,80
Der Tod zählt bis drei.
(4785) DM 3,80

Christie, Agatha
Alibi.
(12) DM 4,80
Dreizehn bei Tisch.
(66) DM 4,80
Das Geheimnis von Sittaford.
(73) DM 4,80
Das Haus an der Düne.
(98) DM 4,80
Mord auf dem Golfplatz.
(9) DM 4,80
Nikotin.
(64) DM 4,80
Der rote Kimono.
(62) DM 4,80
Ein Schritt ins Leere.
(70) DM 4,80
Tod in den Wolken.
(4) DM 4,80

Dolson, Hildegarde
Schönheitsschlaf mit Dauerwirkung.
(4825) DM 4,80

Durbridge, Francis
Der Andere.
(3142) DM 3,80
Die Brille.
(2287) DM 4,80
Charlie war mein Freund.
(3027) DM 4,—
Es ist soweit.
(3206) DM 4,80
Das Halstuch.
(3175) DM 4,—
Im Schatten von Soho.
(3218) DM 4,—
Keiner kennt Curzon.
(4225) DM 4,—
Das Kennwort.
(2266) DM 4,—
Kommt Zeit, kommt Mord.
(3140) DM 4,—
Ein Mann namens Harry Brent.
(4035) DM 3,80
Melissa.
(3073) DM 4,—
Mr. Rossiter empfiehlt sich.
(3182) DM 4,80
Paul Temple — Banküberfall in Harkdale.
(4052) DM 3,80
Paul Temple — Der Fall Kelby.
(4039) DM 3,—
Paul Temple jagt Rex.
(3198) DM 4,80
Paul Temple und die Schlagzeilenmänner.
(3190) DM 4,80
Der Schlüssel.
(3166) DM 4,80
Die Schuhe.
(2277) DM 4,80
Der Siegelring.
(3087) DM 4,—
Tim Frazer
(3064) DM 3,80
Tim Frazer und der Fall Salinger.
(3132) DM 4,80
Wie ein Blitz.
(4205) DM 3,—
Tim Frazer weiß Bescheid.
(4871) DM 4,80
Die Kette.
(4788) DM 4,80
Zu jung zum Sterben.
(4157) DM 3,—

Fleming, Joan
Das Haus am Ende der Straße.
(4814) DM 3,80

Fletcher, Lucille
Taxi nach Stamford.
(4723) DM 3,80

Francis, Dick
Der Trick, den keiner kannte.
(4804) DM 4,80
Die letzte Hürde.
(4780) DM 4,80

Gardner, Erle Stanley (A.A. Fair)
Alles oder nichts.
(4117) DM 4,80
Der dunkle Punkt.
(3039) DM 4,80
Goldaktien.
(4789) DM 4,80
Die goldgelbe Tür.
(3050) DM 4,—

Heiße Tage auf Hawaii.
(3106) DM 4,80
Im Mittelpunkt Yvonne.
(4749) DM 4,80
Kleine Fische zählen nicht.
(4802) DM 4,80
Lockvögel.
(3114) DM 4,80
Per Saldo Mord.
(3121) DM 4,—
Ein schwarzer Vogel.
(2267) DM 4,—
Der schweigende Mund.
(2259) DM 5,80
Ein pikanter Köder.
(3129) DM 3,80
Sein erster Fall.
(2291) DM 4,—
Treffpunkt Las Vegas.
(3023) DM 4,80
Wo Licht im Wege steht.
(3048) DM 4,—
Der zweite Buddha.
(3083) DM 4,80
Das volle Risiko.
(4852) DM 4,80
Die Pfotenspur.
(4309) DM 4,—

Gilbert, Michael
Geliebt, gefeiert und getötet.
(4911) DM 5,80
Das leere Haus.
(4868) DM 4,80

Goodis, David
Schüsse auf den Pianisten.
(4894) DM 4,80

Gordons, The
Letzter Brief an Cathy.
(4898) DM 5,80
Beeile dich zu leben.
(4765) DM 4,80
FBI-Aktien.
(2260) DM 4,80
FBI-Aktion »Schwarzer Kater«.
(4661) DM 3,—
FBI-Auftrag.
(3053) DM 3,—
Feuerprobe.
(4670) DM 4,—
Geheimauftrag für Kater D.C.
(3072) DM 3,—
Der letzte Zug.
(3074) DM 4,80

Gunn, Victor
Das achte Messer.
(201) DM 4,80
Auf eigene Faust.
(162) DM 4,—
Die Erpresser.
(148) DM 4,80
Das Geheimnis der Borgia-Skulptur.
(205) DM 4,—
Die geheimnisvolle Blondine.
(1232) DM 4,-
Gelächter in der Nacht.
(175) DM 4,—
Gute Erholung, Inspektor Cromwell.
(1137) DM 4,—
Im Nebel verschwunden.
(140) DM 4,80
In blinder Panik.
(1104) DM 4,—
Inspektor Cromwell ärgert sich.
(2036) DM 4,—
Inspektor Cromwells großer Tag.
(143) DM 4,—
Inspektor Cromwells Trick.
(294) DM 4,—
Die Lady mit der Peitsche.
(261) DM 4,80
Lord Bassingtons Geheimnis.
(3028) DM 3,—
Der Mann im Regenmantel.
(2093) DM 4,—
Der rächende Zufall.
(186) DM 4,—
Das rote Haar.
(1289) DM 4,—
Roter Fingerhut.
(267) DM 4,—
Schrei vor der Tür.
(2155) DM 4,—
Schritte des Todes.
(3049) DM 4,80
Die seltsame Idee der Mrs. Scott.
(1122) DM 4,—
Spuren im Schnee.
(147) DM 4,—
Der Tod hat eine Chance.
(166) DM 4,—
Tod im Moor.
(1083) DM 3,80
Die Treppe zum Nichts.
(193) DM 4,—
Der vertauschte Koffer.
(210) DM 4,80
Der vornehme Mörder.
(3062) DM 4,—
Was wußte Molly Liskern?
(1205) DM 4 —
Das Wirtshaus von Dartmoor.
(4772) DM 4,80
Wo waren Sie heute nacht?
(1012) DM 4,—
Die Rosenblätter.
(284) DM 4,80
Zwischenfall auf dem Trafalgar Square.
(254) DM 4,—

Healey, Ben
Letzte Fähre nach Venedig.
(4914) DM 4,80

Hensley, Joe L.
Giftiger Sommer.
(4869) DM 3,80

Hill, Peter
Mord im kleinen Kreis.
(4824) DM 3,80

Howard, Hartley
Der große Fischzug.
(4887) DM 4,80
Jenseits der Tür.
(4649) DM 4,80
Einmal fängt jeder an.
(4777) DM 3,80
One-Way Ticket.
(4813) DM 3,80
Der Abschiedsbrief.
(4890) DM 4,80
Der Teufel sorgt für die Seinen.
(4759) DM 4,80
Keine kleine Nachtmusik.
(4783) DM 3,80
Fünf Stunden Todesangst.
(4867) DM 3,80
Fahrkarte ins Jenseits.
(4730) DM 4,80
Nackt, mit heiler Haut.
(4715) DM 4,80

Hughes, Dorothy B.
Der Tod tanzt auf den Straßen.
(4900) DM 4,80

Knox, Bill
Frachtbetrug.
(4909) DM 4,80
Zwischenfall auf Island.
(4899) DM 4,80
Tödliche Fracht.
(4906) DM 4,80
Whisky macht das Kraut nicht fett.
(4873) DM 4,80
Gestrandet vor der Bucht.
(4842) DM 3,80

Law, Janice
Zwillings-Trip.
(4817) DM 3,80

Lewis, Roy
Morgen wird abgerechnet.
(4856) DM 3,80
Nichts als Füchse.
(4761) DM 3,80

Lockridge, F.R.
Lautlos wie ein Pfeil.
(4051) DM 3,80
Schluß der Vorstellung.
(4750) DM 4,80
Sieben Leben hat die Katze
(4820) DM 4,80

Lutz, John
Augen auf beim Kauf.
(4803) DM 3,80

MacKenzie, Donald
Der Fall Kerouac.
(4901) DM 4,80
Notizbuch der Angst.
(4883) DM 3,80
Die tödliche Lektion.
(4822) DM 3,80

Maling, Arthur
Eine Aktie auf den Tod.
(4807) DM 4,80
Manipulationen.
(4854) DM 4,80

Marsh, Ngaio
Der Tod im Frack.
(4908) DM 6,80
Mylord mordet nicht.
(4910) DM 6,80
Fällt er in den Graben, fällt er in den Sumpf.
(4912) DM 5,80
Ouvertüre zum Tod.
(4902) DM 5,80
Tod im Pub.
(4904) DM 5,80

Martin, Robert
Gute Nacht und süße Träume.
(4764) DM 4,80

Nielsen, Helen
Ein folgenschwerer Freispruch.
(4885) DM 4,80

Ormerod, Roger
Blick auf den Tod.
(4819) DM 3,80

Postgate, Raymond
Das Urteil der Zwölf.
(4896) DM 4,80

Roberts, Willo Davis
Tatmotiv: Angst.
(4776) DM 3,80

Roffman, Ian
Trauerkranz mit Liebesgruß.
(4881) DM 4,80

Sayers, Dorothy
Es geschah im Bellona-Klub.
(3067) DM 4,80
Geheimnisvolles Gift.
(3068) DM 4,80
Mord braucht Reklame.
(3066) DM 4,80

Siller, Hilda van
Der Bermuda-Mord.
(4734) DM 3,80
Das Ferngespräch.
(4758) DM 4,80
Ein fairer Prozeß.
(4635) DM 3,80
Ein Familienkonflikt.
(4767) DM 3,80
Der Hilfeschrei.
(4702) DM 3,80
Küß mich und stirb.
(4743) DM 3,80
Die Mörderin.
(4720) DM 3,80
Pauls Apartment.
(4725) DM 3,80
Die schöne Lügnerin.
(4621) DM 3,80
Niemand kennt Mallory.
(4751) DM 3,80

Smith, Charles Merrill
Reverend Randollph und der Racheengel.
(4860) DM 4,80
Die Gnade GmbH.
(4905) DM 5,80

Stout, Rex
Die Champagnerparty.
(4062) DM 4,—
Gambit.
(4038) DM 4,—
Gast im dritten Stock.
(2284) DM 4,—
Das Geheimnis der Bergkatze.
(3052) DM 4,—
Gift à la carte.
(4349) DM DM 4,—
Die goldenen Spinnen.
(3031) DM 4,—
Morde jetzt — zahle später.
(3124) DM 4,—
Orchideen für sechzehn Mädchen.
(3002) DM 4,—
P.H. antwortet nicht.
(3024) DM 4,—
Das Plagiat.
(3108) DM 4,80
Der rote Bulle.
(2269) DM 4,—
Der Schein trügt.
(3300) DM 4,—
Vor Mitternacht.
(4048) DM 4,—
Per Adresse Mörder X.
(4389) DM 4,80
Zu viele Klienten.
(3290) DM 4,—
Zu viele Köche.
(2262) DM 4,—
Das zweite Geständnis.
(4056) DM 4,—
Wenn Licht ins Dunkle fällt.
(4358) DM 4,—

Truman, Margaret
Mord im Weißen Haus.
(4907) DM 5,80

Upfield, Arthur W.
Bony stellt eine Falle.
(1168) DM 4,—
Bony übernimmt den Fall.
(2031) DM 4,80
Bony und der Bumerang.
(2215) DM 4,—
Bony und die Maus.
(1011) DM 4,80
Bony und die schwarze Jungfrau.
(1074) DM 4,—
Bony und die Todesotter.
(2088) DM 4,—
Bony und die weiße Wilde.
(1135) DM 4,—
Bony wird verhaftet.
(1281) DM 4,80
Fremde sind unerwünscht.
(1230) DM 4,—
Gefahr für Bony.
(2289) DM 4,—
Die Giftvilla.
(180) DM 4,80
Ein glücklicher Zufall.
(1044) DM 4,80
Die Junggesellen von Broken Hill.
(241) DM 4,80
Der Kopf im Netz.
(167) DM 4,80
Die Leute von nebenan.
(198) DM 4,80
Mr. Jellys Geheimnis.
(2141) DM 4,—
Der neue Schuh.
(219) DM 4,80
Der schwarze Brunnen.
(224) DM 4,—
Der streitbare Prophet.
(232) DM 4,80
Todeszauber.
(2111) DM 4,—
Viermal bei Neumond.
(4756) DM 4,80
Wer war der zweite Mann?
(1208) DM 4,—
Die Witwen von Broome.
(142) DM 4,80
Bony kauft eine Frau.
(4781) DM 3,80

Wainwright, John
Gehirnwäsche.
(4903) DM 4,80

Wallace, Penelope
Toter Erbe — guter Erbe.
● (4893) DM 3,80
Das Geheimnis des schlafwandelnden Affen.
● (4849) DM 3,80

Weinert-Wilton, Louis
Die chinesische Nelke.
(53) DM 5,80
Der Drudenfuß.
(233) DM 4,80
Die Königin der Nacht.
(281) DM 4,80
Der Panther.
(5) DM 4,80
Der schwarze Meilenstein.
(4741) DM 4,80
Der Teppich des Grauens.
(106) DM 4,80
Die weiße Spinne.
(2) DM 4,80

Woods, Sara
Kommt nun zum Spruch.
(4913) DM 4,80
Der Mörder tritt ab.
(4878) DM 4,80
Verrat mit Mord garniert.
(4882) DM 4,80
Ein Dieb oder zwei.
(4784) DM 4,80

Große Reihe

Das vollständige Programm / Preisänderungen vorbehalten

Romane Unterhaltung Tatsachenberichte

Aldridge, Alan (Hrsg.)
The Beatles Songbook.
Mit vielen farbigen Abbildungen und vollständigen Songtexten.
Im Großformat 21 x 28 cm.
(10197) DM 19,80

Aldridge, James
Der wunderbare Mongole.
Roman. (3941) DM 4,80

Barbier, Elisabeth
Verschlossenes Paradies.
Roman. (6308) DM 6,80

Die Mogador-Saga. Bd. I
Bezaubernde Julia.
Roman. (3655) DM 6,80
Die Mogador-Saga. Bd. II.
Leid und Liebe für Julia.
Roman. (3667) DM 5,80
Die Mogador-Saga. Bd. III.
Ludivine und Frédéric.
Roman. (3697) DM 6,80
Die Mogador-Saga. Band IV.
Schicksalsjahre für Ludivine.
Roman. (3708) DM 5,80
Die Mogador-Saga. Band V.
Junge Herrin Dominique.
Roman. (3724) DM 5,80
Die Mogador-Saga. Bd. VI.
Bittersüße Liebe für Dominique.
Roman. (3753) DM 5,80
Mein Vater, der Held.
Roman. (3945) DM 5,80
Weder Tag noch Stunde.
Roman. (3943) DM 6,80

Baumann, Bodo
Bitte recht amtlich.
Satiren aus Deutschland.
(3941) DM 4,80

Beaty, David
Flucht aus Kajandi.
Roman. (6302) DM 6,80
Zone des Schweigens.
Roman. (3852) DM 5,80
Gesetz der Serie.
Roman. (3448) DM 5.—
Um Haaresbreite.
Roman. (3460) DM 6,80
Testflug.
Roman. (3644) DM 5,80
Der letzte Flug.
Roman. (3764) DM 6,80
Sirenengesang.
Roman. (3712) DM 5,80

Bergfeld, Thorsten
Nachmittagssonne
Roman. (6352) DM 6,80

Bergius, C.C.
Söhne des Ikarus.
Die abenteuerlichsten Fliegergeschichten der Welt.
(3989) DM 6,80
Heißer Sand.
Roman. (3963) DM 5,80
Schakale Gottes.
Roman. (3863) DM 6,80
Der Tag des Zorns.
Roman. (3519) DM 5,80

Das weiße Krokodil.
Roman. (3502) DM 3,80
Entscheidung auf Mallorca.
Roman. (3672) DM 5,80
Dschingis Chan.
Roman. (3664) DM 7,80
Der Fälscher.
Roman. (3751) DM 6,80

Bergner, Elisabeth
Bewundert viel und viel gescholten.
Unordentliche Erinnerungen.
(3980) DM 8,80

Berthold, Will
Revolution im weißen Kittel.
Hoffnungen und Siege der modernen Medizin.
(3977) DM 7,80
Etappe Paris.
Roman. (3903) DM 5,80
Fünf vor zwölf — und kein Erbarmen.
Roman. (3702) DM 5,80
Brigade Dirlewanger.
Roman. (3518) DM 5,80
Feldpostnummer unbekannt.
Roman. (3539) DM 5,80
Prinz-Albrecht-Straße.
Roman. (3673) DM 6,80
Vom Himmel zur Hölle.
Roman nach Tatsachen.
(3842) DM 5,80
Auf dem Rücken des Tigers.
Roman. (3832) DM 5,80

Beth, Gunther
Meine Mutter tut das nicht.
Roman. (3915) DM 5,80

Bieler, Manfred
Der Kanal.
Roman. (3998) DM 9,80

Binding, Rudolf G.
Reitvorschrift für eine Geliebte.
Mit Federzeichnungen von Wilhelm M. Busch.
(3507) DM 3,80

Blaumeiser, Josef / Nittner, Tomas
Die Wüste bebt.
Absolut keine Legenden über Arabien.
(6951) DM 7,80

Blickensdörfer, Hans
Der Schacht.
Roman. (3650) DM 6,80

Blobel, Brigitte
Der Mandelbaum.
(6358) DM 5,80
Ehepaare.
Roman. (6359) DM 5,80
Das Osterbuch.
(3847) DM 5,80
Alsterblick.
Roman. (3917) DM 5,80
Jasminas Sohn.
Roman. (6357) DM 5,80

Brent, Madeleine
Cadi.
Roman. (3851) DM 6,80

Bromfield, Louis
Nacht in Bombay.
Roman. (3723) DM 7,80
Kenny.
Roman. (3392) DM 3,80
Früher Herbst.
Roman. (3661) DM 5,80

Buchheim, Lothar-Günther
Tage und Nächte steigen aus dem Strom. Eine Donaufahrt.
(6343) DM 6,80

Buck, Pearl S.
Frau im Zorn.
Roman. (3999) DM 6,80
Wer Wind sät...
Roman. (3960) DM 5,80
Die Liebenden. Erzählungen.
(3991) DM 6,80
Ruf des Lebens.
Roman. (3912) DM 5,80
Und fänden die Liebe nicht.
Roman. (3850) DM 5,80
Geheimnisse des Herzens.
Erzählungen. (3874) DM 6,80
Über allem die Liebe.
Roman. (773) DM 4,80
Die gute Erde.
Roman. (3654) DM 5,80
Das Mädchen Orchidee.
Roman. (3504) DM 6,80
Die Wandlung des jungen Ko-sen.
Roman. (3534) DM 4,80
Der Weg ins Licht.
Roman. (3944) DM 5,80

Burgess, Alan
Sieben Mann im Morgengrauen.
Das Attentat auf Heydrich.
(6329) DM 6,80

Busch, Fritz Otto
Das Geheimnis der »Bismarck«.
Kampf und Untergang des berühmten deutschen Schlachtschiffes.
(3523) DM 5,80

Buschow, Rosemarie
Der Prinz und ich.
Eine wahre Geschichte aus dem Lande der Ölscheichs.
Ein BUNTE-Buch.
(3957) DM 6,80 DE

Byhan, Inge
In 30 Sekunden Crash.
Die ungewöhnlichsten Flugzeugkatastrophen nach Berichten von Augenzeugen. Ein BUNTE-Buch.
(3952) DM 5,80

Caldwell, Erskine
In Gottes sicherer Hand.
Roman. (3910) DM 6,80

Caldwell, Taylor
Gesellschaft im Blizzard.
Roman. (3660) DM 3,80

Canning, Victor
Das brennende Auge.
Roman. (3859) DM 5,80

Colpet, Max
Es fing so harmlos an.
Roman. (3914) DM 5,80

Constantine, Eddie
Der Favorit.
Roman. (6321) DM 5,80
(6360) DM 7,80

Cordes, Alexandra
Dunkle Nacht, heller Tag.
Roman. (6307) DM 5,80
Sehnsucht ist mehr als ein Traum.
Roman. (6336) DM 5,80
Gefährliche Liebe.
Roman. (3969) DM 6,80
Das Lied von Liebe und Tod.
Roman. (3898) DM 5,80
Haus der Träume.
Roman. (3703) DM 5,80
Wilde Freunde.
Die Abenteuer des Rick Hardt.
(3524) DM 4,80
Die Buschärztin.
Roman. (3645) DM 5,80
Das Kind des anderen.
Roman. (3830) DM 5,80
Ich will mir dir allein sein.
Roman. (3908) DM 5,80
Saat der Sünde.
Roman. (3936) DM 5,80
Der Engel mit den schwarzen Flügeln.
Roman. (3868) DM 5,80

Courtney, Caroline
Olivia. Triumph der Liebe.
Roman. (6361) DM 4,80
Lucinda. Geheimnisvolle Liebe.
Roman. (3965) DM 4,80
Davinia. Königsweg der Liebe.
Roman. (3994) DM 4,80

Cussler, Clive
Eisberg.
Roman. (3513) DM 6,80
Der Todesflieger.
Roman. (3657) DM 5,80
Hebt die Titanic.
Roman. (3976) DM 7,80

Czuday, Axel
Allein in der Arktis.
(3896) DM 8,80

Deeping, Warwick
Hauptmann Sorrell und sein Sohn.
Roman. (3668) DM 7,80

Deighton, Len
Unternehmen Adler.
Tatsachenbericht.
(3979) DM 7,80

Große Reihe

Preisänderungen vorbehalten

Denk, Liselotte
Auf der Suche nach morgen.
6360 (DM 7,80)

Dietrich, Marlene
Nehmt nur mein Leben...
(6327) DM 7,80

Drewitz, Ingeborg
Gestern war Heute.
Roman. (3934) DM 9,80
Das Hochhaus.
Roman. (3825) DM 6,80

Dronsart, Claude / Nédélec, Hervé
Saint Tropez, ich liebe dich.
Reportagen und Bilder.
(6364) DM 6,80

Dumas d.Ä., Alexandre
Die drei Musketiere.
Roman. (404) DM 8,80
Der Graf von Monte Christo.
Roman. (815) DM 7,80
Das Halsband der Königin.
Roman. (3404) DM 7,80

Dumas d.J., Alexandre
Die Kameliendame.
Roman. (3389) DM 4,80

Endrikat, Fred
Das große Endrikat-Buch.
(3720) DM 5,80

Engelmann, Bernt
Eingang nur für Herrschaften.
Karrieren über die Hintertreppe.
(3699) DM 5,80

English, Harold
In letzter Minute.
Roman. (6311) DM 7,80

Erler, Rainer
Die letzten Ferien.
Roman. (6310) DM 5,80
Die Delegation.
Roman. (3701) DM 5,80
Fleisch.
Roman. (3727) DM 6,80
Das Blaue Palais.
Romane nach der gleichnamigen Fernsehserie:
Das Genie.
(3743) DM 4,80
Der Verräter.
(3757) DM 4,80
Das Medium.
(3767) DM 4,80
Unsterblichkeit.
(3858) DM 5,80
Der Gigant.
(3909) DM 5,80

Fabel, Renate
Wo die Liebe hinfällt.
Roman. (3916) DM 5,80

Fechner, Eberhard / Kempowski, Walter
Tadellöser & Wolff/Ein Kapitel für sich.
Materialien zu ZDF-Fernsehsendungen.
(3902) DM 6,80

Felinau, Josef Pelz von
Titanic.
Der berühmte Roman um die größte Schiffskatastrophe der Welt.
(3600) DM 6,80

Ferber, Edna
Saratoga.
Roman. (6328) DM 6,80
Giganten.
Roman. (3648) DM 7,80
Show Boat.
Roman. (3716) DM 6,80

Fernau, Joachim
Fernau siehe unten

Ferolli, Beatrice
Sommerinsel.
Roman. (3838) DM 6,80

Fischer, Marie Louise
Mutterliebe.
Roman. (4000) DM 5,80 (Mai 1981)
Ein ergreifender Roman der beliebten Autorin Marie Louise Fischer. Sie beschreibt das Urbild einer sich aufopfernden Frau und Mutter, der die Familie über alles geht.
Die Frauen vom Schloß.
Roman. (3970) DM 7,80
Aus Liebe schuldig.
Roman. (3990) DM 5,80
Tödliche Hände.
Roman. (3856) DM 5,80
Das Dragonerhaus.
Roman. (3869) DM 6,80
Der Schatten des anderen.
Roman. (3715) DM 5,80
Mit einer weißen Nelke.
Roman. (3508) DM 5,80
Süßes Leben, bitteres Leben.
Roman. (3642) DM 4,80
Des Herzens unstillbare Sehnsucht.
Roman. (3669) DM 4,80
Schwester Daniela.
Roman. (3829) DM 5,80
Diese heiß ersehnten Jahre.
Roman. (3826) DM 6,80
Die Rivalin.
Roman. (3706) DM 7,80

Joachim Fernau

Die Gretchenfrage.
Variationen über ein Thema von Goethe.
(6306) DM 5,80 (Juni 1981)
Joachim Fernau, eleganter Erzähler mit Esprit, der Philosoph unter den Sachbuchautoren, mit heiter-gelassenen Causerien über die Gretchenfrage: "Wie hältst du's mit der Religion?" Eine Variation in sieben Sätzen. Fernau - von Millionen gelesen, von Millionen geliebt.

Rosen für Apoll.
Die Geschichte der Griechen
(3679) DM 5,80

Disteln für Hagen
Eine Bestandsaufnahme der deutschen Seele
(3680) DM 5,80

Deutschland, Deutschland über alles ...
Von Anfang bis Ende
(3681) DM 6,80

Die Genies der Deutschen
(3828) DM 6,80

Caesar läßt grüßen
Die Geschichte der Römer
(3831) DM 6,80

Halleluja
Die Geschichte der USA
(3849) DM 6,80

Und sie schämeten sich nicht
Ein Zweitausendjahr-Bericht
(3867) DM 5,80

François
Wenn die Russen angreifen...
Mit einem Vorwort von Paul Carell.
(6324) DM 6,80

Freeman-Solomon, Ruth
Mit dem Herzen einer Wölfin.
Roman. (2946) DM 6,80
Der Falke und die Taube.
Roman. (3756) DM 7,80

Frick, Hans
Dannys Traum.
Roman. (3527) DM 6,80

Gast, Lise
Die Sache, die man Liebe nennt.
Menschen, Pferde und ein Roman.
(6345) DM 5,80
Die Schenke zur ewigen Liebe.
Roman. (3978) DM 4,80
Bittersüß wie Schlehenduft.
Roman. (3827) DM 5,80
Junge Mutter Randi.
Roman. (3710) DM 4,80
Das Familienkind.
Roman. (3458) DM 4,80
Geliebter Sohn.
Roman. (3393) DM 3,80
Das Haus der offenen Türen.
Roman. (3368) DM 4,80
Hochzeit machen, das ist wunderschön.
Roman. (3414) DM 3,80
In Liebe Deine Randi.
Roman. (3488) DM 3,80
Das Leben findet heute statt.
Roman. (3427) DM 4,80
Männer sind Gänseblümchen.
Roman. (3387) DM 3,80
Morgen oder übermorgen.
Roman. (3442) DM 4,80
Randi und das halbe Dutzend.
Roman. (3474) DM 4,80
Die Reise nach Ascona.
Roman. (3375) DM 4,80

Geller, Uri
Auf Biegen und Brechen.
(3995) DM 5,80

Golon, Anne
Angélique und die Verschwörung.
Roman. (3883) DM 6,80

Grumbach-Palme, Joseph M.
Erben gesucht.
Wem gehört das Geld?
(3968) DM 5,80

Habeler, Peter
Keine Angst vor Bergen!
(3959) DM 8,80
Der einsame Sieg.
Mount Everest '78.
(3740) DM 8,80

Hackett, General Sir John
Der Dritte Weltkrieg.
Roman. (3865) DM 7,80

Hampel, Bruno
13 Rosen für die Erbin.
Roman. (3918) DM 5,80

Hardeck, Marianne
Die Ehe der Vera S.
Roman. (6350) DM 6,80

Hassencamp, Oliver
Klipp und klar.
Gute und böse Gedanken.
(3911) DM 4,80

Heesters, Johannes
Es kommt auf die Sekunde an.
Erinnerungen.
(3879) DM 7,80

Heinrich, Willi
Schmetterlinge weinen nicht.
Roman. (3647) DM 6,80
Steiner I.
Das geduldige Fleisch.
Roman. (3755) DM 6,80
Steiner II. Das Eiserne Kreuz.
Siehe Warden, Robert.

Heinz, W.C.
Der Chirurg.
Roman. (3526) DM 5,80

Hocken, Sheila
Emma und ich. Die erstaunlichen Erlebnisse einer jungen blinden Frau mit ihrer klugen Hündin.
(3984) DM 6,80

Hoffenberg, Jack
Die Gunst des Schicksals.
Roman. (3985) DM 9,80

Horbach, Michael
Bevor die Nacht begann.
Roman. (6305) DM 6,80
Die schuldlos sühnen.
Roman. (6349) DM 6,80

Horster, Hans-Ulrich
Verschattete Heimkehr.
Roman. (6313) DM 7,80
Verlorene Träume.
Roman. (3967) DM 6,80
Herz ohne Gnade.
Roman. (3861) DM 6,80
Der rote Rausch.
Roman. (3872) DM 6,80
Ein Student ging vorbei.
Roman. (3735) DM 6,80
Wie ein Sturmwind.
Roman. (3881) DM 7,80
Suchkind 312.
Roman. (3737) DM 6,80
Eheinstitut Aurora.
Roman. (3738) DM 6,80
Die Toteninsel.
Roman. (3754) DM 6,80
Ein Augenblick der Ewigkeit.
Roman. (3821) DM 6,80
Karussell der Liebe.
Roman. (3761) DM 6,80

Houston, James
Wie Füchse aus den Wäldern.
Roman. (6331) DM 7,80

Hugo, Victor
Der Glöckner von Notre-Dame.
Roman. (3953) DM 7,80

Huna, Ludwig
Das Mädchen von Nettuno.
Roman. Die »Borgia«-Trilogie III.
(3505) DM 4,80

Jarman, Rosemary H.
Die heimliche Krone.
Katharina von Valois auf dem englischen Thron.
Roman. (6319) DM 7,80

Jersild, P.C.
Die Insel der Kinder.
Roman. (6309) DM 7,80

Johann, A.E.
Sohn der Sterne und Ströme.
Roman. (3515)
DM 6,80

Kempowski, Walter
Tadellöser & Wolff.
Roman. (3892) DM 9,80
Aus großer Zeit.
Roman. (3933) DM 9,80

Kempowski, Walter / Fechner, Eberhard
Tadellöser & Wolff/Ein Kapitel für sich.
Materialien zu ZDF-Fernsehsendungen.
(3902) DM 6,80

Kernmayr, Hans Gustl
Unternehmen Edelweiß.
Roman. (3725) DM 3,80
Erzherzog Johanns große Liebe.
Roman. (3521) DM 4,80

Kirst, Hans Hellmut
Glück läßt sich nicht kaufen.
Roman. (3711) DM 5,80
Die Nacht der Generale.
Roman. (3538) DM 5,80
08/15 heute.
Der Roman der Bundeswehr.
(1345) DM 5,80
08/15 in der Kaserne.
Roman. Teil 1 der »08/15«-Trilogie.
(3497) DM 5,80
08/15 im Krieg.
Roman. Teil 2 der »08/15«-Trilogie.
(3498) DM 6,80
08/15 bis zum Ende.
Roman. Teil 3 der »08/15«-Trilogie.
(3499) DM 5,80
Keiner kommt davon.
Roman. (3763) DM 6,80
Generalsaffären.
Roman. (3906) DM 6,80

Knebel, Fletcher
Dollarfiesta.
Roman.
(3731) DM 6,80

Knef, Hildegard
Tournee, Tournee.
Die Schauspielerin, der Filmstar, die Autorin, der Showstar.
(10200) DM 9,80
Das Urteil.
(3520) DM 8,80
Nichts als Neugier.
Interviews zu Fragen der Parapsychologie.
(3690) DM 8,80

Kolnberger, Evelyn
Der Wunsch.
Roman. (6353) DM 6,80

Lawrence, Margery
Die Madonna der sieben Monde.
Roman. (6338) DM 7,80

Leigh, Wendy
Was macht einen Mann gut im Bett?
(3854) DM 5,80
Was macht eine Frau gut im Bett?
(3742) DM 5,80

Große Reihe

Preisänderungen vorbehalten

Lentz, Mischa
Isabel.
Die Geschichte eines Sommers.
(6351) DM 5,80

Es ist schon sieben und Grischa nicht hier...
Roman. (6337) DM 5,80

Leonhardt, Rudolf Walter
(Hrsg.)
Lieder aus dem Krieg.
(3683) DM 6,80

Llewellyn, Richard
Der Judastag.
Roman. (3870) DM 7,80

Lundholm, Anja
Zerreißprobe.
Roman. (3877) DM 5,80

MacLean, Alistair
Rendezvous mit dem Tod.
Roman. (2655) DM 6,80
Das Mörderschiff.
Roman. (2880) DM 5,80

Mally, Anita
Premiere.
Roman. (6354) DM 5,80

Markus
Geschichte, die das Leben schrieb.
Ein stern-Buch.
(6952) DM 7,80

Martin, Hansjörg
Herzschlag.
Roman. (3951) DM 6,80

Maupassant, Guy de
Bel Ami.
Roman. (3411) DM 6,80

McKenna, Richard
Das Kanonenboot vom Yangtse-Kiang.
Roman. (3532) DM 6,80

Meissner, Hans-Otto
Im Zauber des Nordlichts.
Reisen und Abenteuer am Polarkreis.
(6347) DM 8,80
Der Stern von Kalifornien.
Reisen und Abenteuer im Südwesten der USA.
(3974) DM 8,80
Alatna.
Roman. (3857) DM 6,80
Versprechen im Schnee.
Roman. (3719) DM 5,80
Im Eismeer verschollen.
Roman. (2923) DM 4.—
Wildes rauhes Land.
Reisen und Jagen im Norden Kanadas.
(3760) DM 7,80
Gemsen vor meiner Tür.
Jagdgeschichten.
(3956) DM 7,80

Merkel, Max
Geheuert — Gefeiert — Gefeuert.
Die bemerke(l)nswerten Erlebnisse eines Fußballtrainers.
(3948) DM 6,80

Metternich, Tatiana
Bericht eines ungewöhnlichen Lebens.
(3922) DM 8,80

Moore, Robin
Das chinesische Ultimatum.
Roman. (3535) DM 5,80
Big Money.
Roman. (3675) DM 5,80

Moore, Robin / Dempsey, Al
Die Rom-Verschwörung.
Agententhriller.
(3973) DM 5,80
Die roten Falken.
Roman. (3659) DM 5,80
Die London-Falle.
Agententhriller.
(3946) DM 5,80 DE

Moore, Robin / Fuca, Barbara
Ein Leben für die Hölle.
Roman. (3717) DM 4,80

Müller, André
Entblößungen.
Ausgefallene, interessante, literarische Interviews.
(3887) DM 7,80

Munshower, Suzanne
John Travolta.
Disco-Star.
(3835) DM 5,80

Nelken, Dinah
Von ganzem Herzen.
Roman. (6301) DM 6,80

Och, Armin
Zürich
Paradeplatz.
Roman.
(6312) DM 6,80

Otta, Stephan
Nur ein Seitensprung.
Roman. (3919) DM 5,80

Pahlen, Henry
Der Gefangene der Wüste.
Roman. (2545) DM 6,80
In den Klauen des Löwen.
Roman. (2581) DM 5,80
Liebe auf dem Pulverfaß.
Roman. (3402) DM 4,80
Schlüsselspiele für drei Paare.
Roman. (3367) DM 6.—
Schwarzer Nerz auf zarter Haut.
Roman. (2624) DM 5,80

Pahlen, Kurt (Hrsg.)
Mein Engel, mein Alles, mein Ich.
294 Liebesbriefe berühmter Musik
(6320) DM 7,80

Pepin F.
Magic 17.
Erotische Begegnungen.
(3855) DM 5,80

Konsalik

Das Haus der verlorenen Herzen.
Roman. (6315) DM 6,80
Eine glückliche Ehe.
Roman. (3935) DM 6,80
Das Geheimnis der sieben Palmen.
Roman. (3981) DM 6,80
Verliebte Abenteuer.
Heiterer Liebesroman.
(3925) DM 5,80
Auch das Paradies wirft Schatten.
Die Masken der Liebe.
Zwei Romane.
(3873) DM 5,80
Der Fluch der grünen Steine.
Roman.
(3721) DM 5,80
Schicksal aus zweiter Hand.
Roman. (3714) DM 6,80
Die tödliche Heirat.
Kriminalroman.
(3665) DM 5,80
Manöver im Herbst.
Roman. (3653) DM 6,80
Ich gestehe.
Roman.
(3536) DM 5,80
Morgen ist ein neuer Tag.
Roman.
(3517) DM 5,80
Das Schloß der blauen Vögel.
Roman. (3511) DM 6,80
Die schöne Ärztin.
Roman.
(3503) DM 6,80
Das Lied der schwarzen Berge.
Roman. (2889) DM 5,80
Ein Mensch wie du.
Roman. (2688) DM 5,80
Die schweigenden Kanäle.
Roman. (2579) DM 5,80
Stalingrad.
Bilder vom Untergang der 6. Armee.
(3698) DM 7,80

Percha, Igor von
Charlotta, Gräfin von Potsdam.
Roman. (3466) DM 6.—
Christina Maria und die
Petersburger Nächte.
Roman. (3440) DM 4,80
Im Auftrag der Königin.
Roman. (3670) DM 4,80

Perrin, Elula
Nur Frauen können Frauen lieben.
Roman. (3926) DM 5,80

Marcel
Pagnol
Der Dichter der Provence

Marius — Fanny — César.
Szenen aus Marseille.
(3972) DM 7,80
Marcel.
Eine Kindheit in der Provence.
(3750) DM 5,80
Marcel und Isabelle.
Die Zeit der Geheimnisse.
(3759) DM 5,80
Die Zeit der Liebe.
Kindheitserinnerungen.
(3878) DM 6,80
Die Wasser der Hügel.
Roman. (3766) DM 6,80
Die eiserne Maske.
Der Sonnenkönig und das
Geheim nis des großen Unbek.
(3862) DM 6,80

Piechota, Ulrike
Traumkonzert
Roman. (6355) DM 5,80

Plievier, Theodor
Stalingrad.
Roman. (3643) DM 6,80

Poe, Edgar Allan
Der Doppelmord in der Rue
Morgue (523) DM 4,80
Der Untergang des Hauses Usher.
Erzählungen. (3410) DM 4,80

Poyer, Joe
Der Milliarden-Terror.
Polit-Thriller.
(3992) DM 6,80

Preute, Michael und Gabriele
Deutschlands Kriminalfall Nr. 1
Vera Brühne — ein Justizirrtum?
(3891) DM 5,80

Preute, Michael / Guldner, Renate
Elvis Presley. The King.
Mit 28 Illustrationen sowie vollst
Disco- und Filmographie.
(3597) DM 4,80

Raab, Fritz
Das Denkmal.
Roman. (6317) DM 7,80

Rampa, Lobsang
Das dritte Auge.
Ein tibetanischer Lama erzählt
sein Leben.
(3744) DM 6,80

Rand, Ayn
Der ewige Quell.
Roman. (3700) DM 9,80

Rattay, Arno / Chiczewski, Andrzej
Narben.
Wege zur Versöhnung
zwischen Deutschen und Polen.
(6365) DM 7,80

Rezzori, Gregor von
Die Toten auf ihre Plätze!
Ein Filmtagebuch.
(3541) DM 5,80

Rosendorfer, Herbert
Stephanie und das vorige Leben.
Roman. (3823) DM 5,80

Rothenberger, Anneliese
Melodie meines Lebens.
Ein Weltstar erzählt.
(2990) DM 4,80

Ruark, Robert
Die schwarze Haut.
Roman. (6304) DM 8,80
Nie mehr arm. Roman.
1. Teil: (6333) DM 6,80
2. Teil: (6334) DM 6,80

Schaake, Ursula
Zwölf Tage im August.
Roman. (3666) DM 4,80

Schönthan, Gaby von
So nah der Liebe.
Roman. (3890) DM 5,80

Schrobsdorff, Angelika
Die kurze Stunde zwischen
Tag und Nacht.
Roman. (3964) DM 9,80
Der Geliebte.
Roman. (3525) DM 6,80
Die Herren.
Roman. (3471) DM 7,80

Schulberg, Budd
Der Entzauberte.
Roman. (3986) DM 7,80
Die Faust im Nacken.
Roman. (3762) DM 6,80

Sebastian, Peter
Schwester Carola.
Roman. (6322) DM 5,80

Stop, Dr. von Menasse!
Arztroman. (6346) DM 5,80
Als die letzte Maske fiel.
Arztroman.
(3993) DM 5,80
Der Chefarzt.
Roman. (3662) DM 4,80
Kaserne Krankenhaus.
Roman. (3822) DM 4,80

Segal, Erich
Oliver's Story.
Roman. (3709) DM 4,80

Seymour, Gerald
Der Ruf des Eisvogels.
Roman. (3930) DM 6,80

Sheldon, Sydney
Ein Fremder im Spiegel.
Roman. (6314) DM 6,80
Jenseits von Mitternacht.
Roman. (6325) DM 7,80
Blutspur.
Roman. (6342) DM 6,80

Sing mit Fischer.
Die schönsten Lieder der
Fischer-Chöre.
(3942) DM 6,80

Sinn, Dieter
Rom zu meinen Füßen.
Cesare Borgia. Ein Roman der Macht.
(6340) DM 7,80

Slaughter, Frank G.
Intensivstation.
Roman. (3506) DM 6,80

Sommer, Siegfried
Meine 99 Bräute.
Roman. (3871) DM 5,80

Steffens, Günter
Die Annäherung an das Glück.
Roman. (3988) DM 9,80

Steinbeck, John
Die wunderlichen Schelme von
Tortilla Flat.
Roman. (3923) DM 5,80
Wonniger Donnerstag.
Roman. (3931) DM 6,80

Stevens, Robert Tyler
Sommer in Livadia.
Roman. (6339)

Stromberger, Robert
(Hrsg.)
Tod eines Schülers.
Wer ist schuld am Selbstmord von
Claus Wagner?
(3950) DM 7,80

Tessin, Brigitte von
Der Bastard.
Roman. (3932) DM 9,80

Stone, Irving
Die Träume leben.
Die Karriere des Heizers D.
Roman. (6326) DM 6,80

Tetsche
Neues aus Kalau.
Ein stern-Buch.
(6953) DM 9,80

Tolstoi, Leo N.
Krieg und Frieden.
Roman. (430) DM 9,80

Troll, Thaddäus
Herrliche Aussichten.
Satirische Feststellungen.
(3734) DM 3,80

Troy, Una
Der Brückenheilige.
Roman. (3676) DM 5,80
Sommer der Versuchung.
Roman. (3380) DM 5,80

Trudeau, Margaret
Ich pfeif' auf die Vernunft.
Erinnerungen.
(3864) DM 7,80

Große Reihe

Preisänderungen vorbehalten

Vialar, Paul
Madame de Viborne.
Roman. (3704) DM 9,80

Wagner, F.J.
Das Ding.
Roman. (3921) DM 6,80

Walker, Margaret
Die Sklavin.
Roman. (3568) DM 6,80

Wallace, Lewis
Ben Hur.
Roman. (645) DM 5,80

Warden, Robert
Steiner II. Das Eiserne Kreuz.
Roman nach Motiven von
Willi Heinrich.
(3884) DM 6,80

Wiseman, Thomas
Der Tag vor Sonnenaufgang.
Roman. (6330) DM 7,80

Woodiwiss, Kathleen E.
Wohin der Sturm uns trägt.
Roman. (6341) DM 7,80
Shana.
Roman. (3939) DM 8,80

Zola, Emile
Nana.
Roman. (3996) DM 8,80

Zwerenz, Gerhard
Der chinesische Hund.
Roman. (6323) DM 5,80
Salut für einen alten Poeten.
(3937) DM 5,80
Die 25. Stunde der Liebe.
Roman. (3971) DM 5,80
Schöne Geschichten.
Erotische Streifzüge.
(3987) DM 5,80
Die Quadriga des Mischa Wolf.
Roman. (3652) DM 6,80
Die schrecklichen Folgen der Legende, ein Liebhaber gewesen zu sein.
Erotische Geschichten.
(3674) DM 4,80
Die Ehe der Maria Braun.
Roman nach dem gleichnamigen Film von Rainer Werner Fassbinder.
(3841) DM 5,80
Wozu das ganze Theater?
Roman. (3824) DM 6,80
Eine Liebe in Schweden.
Roman. (3907) DM 5,80
Ungezogene Geschichten.
(3928) DM 5,80

Heitere Romane und Humor

Böttcher, Maximilian
Krach im Hinterhaus.
Roman. (6348) DM 6,80

Gallico, Paul
Kleine Mouche — Pepino — Die Schneeganz. Erzählungen.
(902) DM 3,80

Geißler, Horst Wolfram
Die Glasharmonika.
Roman. (2717) DM 4,80
Der unheilige Florian.
Roman. (1712) DM 4,80
Das Lied vom Wind.
Roman. (3641) DM 5,80

Gilbreth, Frank B. / Gilbreth Carey, Ernestine
Im Dutzend billiger.
Roman. (3929) DM 4,80

Heimeran, Ernst (Hrsg.)
Unfreiwilliger Humor.
(3381) DM 4,80

Holm, Sven (Hrsg.)
Bettfreuden.
Dänische Liebesgeschichten.
Erste Folge. (3531) DM 4,80
Zweite Folge. (3649) DM 4,80
Dritte Folge. (3975) DM 4,80

Lembke, Robert
Die besten, die größten,
die schlimmsten.
Rekorde reihenweise.
(3836) DM 5,80
Robert Lembkes Witzauslese.
(3355) DM 3,80
Zynisches Wörterbuch.
Mit 20 Zeichnungen von
Franziska Bilek.
(3437) DM 3,80

Lohmeier, Georg
Geschichten für den Komödienstadel.
(3456) DM 4.—
Neue Geschichten
für den
Komödienstadel.
(3470) DM 4.—

Nicklisch, Hans
Familienalbum.
(6335) DM 5,80

Rösler, Jo Hanns
An meine Mutter...
(3467) DM 3,80
Kitty und Johannes.
Erzählungen.
(3537) DM 4,80
Lachen Sie mit Jo Hanns Rösler.
(3484) DM 3,80
Wohin sind all die Jahre...
(3398) DM 4,80
Wohin sind all die Tage...
(3407) DM 4,80
Wohin sind all die Stunden...
(3421) DM 4,80

Scott, Mary
Übernachtung — Frühstück ausgeschlossen.
Roman. (6316) DM 4,80
Fremde Gäste.
Roman. (3866) DM 4,80 DE
Das Jahr auf dem Lande.
Roman. (3882) DM 4,80 DE
Ja, Liebling.
Roman. (2740) DM 4,80
Geliebtes Landleben.
Roman. (3705) DM 4,80
Das waren schöne Zeiten.
Mary Scott erzählt aus ihrem Leben.
Es ist ja so einfach.
Roman. (1904) DM 4,80
Es tut sich was im Paradies.
Roman. (730) DM 5,80
Flitterwochen.
Roman. (3482) DM 5,80
Fröhliche Ferien am Meer.
Roman. (3361) DM 4,80
Frühstück um Sechs.
Roman. (1310) DM 5,80
Hilfe, ich bin berühmt!
Roman. (3455) DM 4,80
Kopf hoch, Freddie!
Roman. (3390) DM 4,80
Macht nichts, Darling.
Roman. (2589) DM 4,80
Mittagessen Nebensache.
Roman. (1636) DM 4,80
Onkel ist der Beste.
Roman. (3373) DM 4,80
Tee und Toast.
Roman. (1718) DM 4,80
Truthahn um Zwölf.
Roman. (2452) DM 4,80
Und abends etwas Liebe.
Roman. (2377) DM 4,80
Verlieb dich nie in einen Tierarzt.
Roman. (3516) DM 4,80
Wann heiraten wir, Freddie?
Roman. (2421) DM 5,80
Zum Weißen Elefanten.
Roman. (2381) DM 5,80
Oh, diese Verwandtschaft.
Roman. (3663) DM 4,80
Zärtliche Wildnis.
Roman. (3677) DM 4,80
Das Teehaus im Grünen.
Roman. (3758) DM 5,80
Na endlich, Liebling.
Roman. (3913) DM 5,80

Scott, Mary / West, Joyce
Das Geheimnis der Mangroven-Bucht.
Roman. (3354) DM 4,80
Lauter reizende Menschen.
Roman. (1465) DM 4,80
Das Rätsel der Hibiskus-Brosche.
Roman. (3492) DM 4,80
Tod auf der Koppel.
Roman. (3419) DM 4,80
Der Tote im Kofferraum.
Roman. (3369) DM 4,80

Seeliger, Ewald Gerhard
Peter Voß, der Millionendieb.
Roman. (1826) DM 4,80

Smith, Richard
Schlank durch Sex.
Mit Kalorienangaben.
(3741) DM 4,80 DE

Spoerl, Alexander
Matthäi am letzten.
Roman. (2968) DM 3,80
Unter der Schulbank geschrieben.
(2957) DM 3,80

Spoerl, Heinrich
Die Hochzeitsreise.
Roman. (2754) DM 3,80

Tibber, Robert
Auch sonntags Sprechstunde.
Roman. (3328) DM 3,80
Heirate keinen Arzt.
Roman. (1912) DM 3,80
Ob das wohl gut geht...
Roman. (2908) DM 3,80
Kleiner Kummer, großer Kummer.
Roman. (1950) DM 3,80
Die lieben Patienten.
Roman. (1996) DM 3,80

Troy, Una
Die Pforte zum Himmelreich.
Roman. (2643) DM 4,80
Maggie und ihr Doktor.
Roman. (2354) DM 4,80
Meine drei Ehemänner.
Roman. (2390) DM 5,80

Wodehouse, P.G.
Fünf vor zwölf, Jeeves!
Roman. (3962) DM 5,80
Stets zu Diensten.
Roman. (3860) DM 4,80
Das Mädchen in Blau.
Roman. (3718) DM 4,80
Die Feuerprobe und andere Geschichten.
(2339) DM 4,80
Herr auf Schloß Blandings.
Geschichten. (3418) DM 3,80
Keine Ferien für Jeeves.
Roman. (3658) DM 3,80
Ohne Butler geht es nicht.
Roman. (3500) DM 3,80
Terry lebt verschwenderisch.
Roman. (3349) DM 4.—
Was tun, Jeeves?
Roman. (3947) DM 4,80
Der Junggesellen-Club.
Roman. (3924) DM 4,80

Wolfe, Winifried
Gefrühstückt wird zu Hause.
Roman. (1594) DM 4,80

Märchen und Sagen

Andersen, Hans Christian
Gesammelte Märchen.
(510) DM 5.—

Grimm, Brüder
Märchen der Brüder Grimm.
Nach der Ausgabe von 1857.
(412) DM 9,80

Mark, Herbert
Die schönsten Heldensagen der Welt.
(3748) DM 9,80

Schwab, Gustav
Die schönsten Sagen des klassischen Altertums.
(500) DM 5,80

Citadel-Filmbücher

Die Filmreihe ohne Alternative. Herausgegeben von Joe Hembus.

Programm- und Preisänderungen vorbehalten

(10201) DM 19,80

(10202) DM 19,80

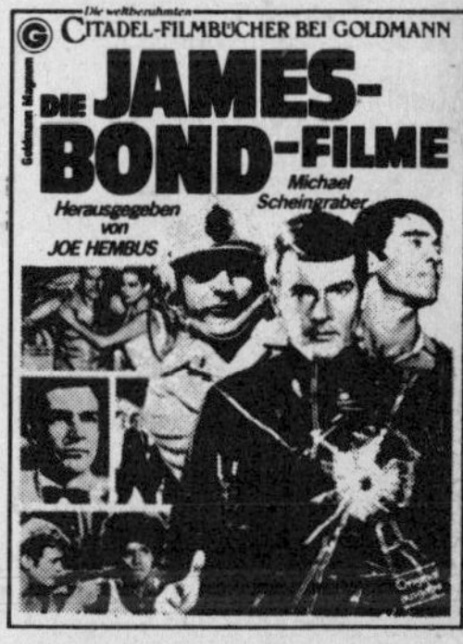

(10203) DM 19,80

(10204) DM 19,80

(10205) DM 19,80

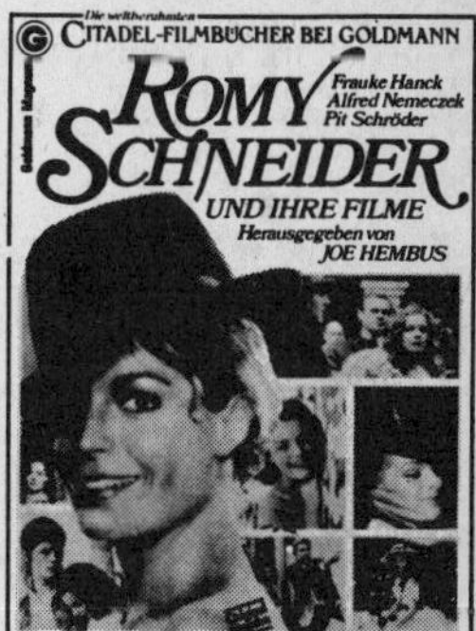

(10206) DM 19,80

Gary Grant
und seine Filme
10217 / DM 19,80

Ronald Reagan
und seine Filme
10215 / DM 14,80

(10207) DM 24,80

(10211) DM 24,80

10212 / DM 19,80

(10208) DM 19,80

(10209) DM 24,80

(10210) DM 19,80

(10213) DM 24,80

(10214) DM 19,80

10216 / DM 19,80

Im Großformat 21 x 28 cm